W0171855

KÜF KAUFMANN

WODKA IST IMMER KOSCHER

aufbau

Küf Kaufmann

Wodka ist immer koscher

Ein Roman über das Trinken und das Leben

aufbau

Deutsche Fassung:
Ekaterina Rubljewa-Kaufmann

MIX
Papier aus verantwortungsvollen Quellen
FSC® C083411

ISBN 978-3-351-03343-9 | Aufbau ist eine Marke der Aufbau Verlag GmbH & Co. KG | 1. Auflage 2011 | © Aufbau Verlag GmbH & Co. KG, Berlin 2011 | Umschlaggestaltung hißmann, heilmann, hamburg | Typografie Renate Stefan, Berlin | Gesetzt aus der Minion und der Locus durch Greiner & Reichel, Köln | Druck und Binden CPI-Clausen & Bosse, Leck | Printed in Germany | www.aufbau-verlag.de

INHALT

I.
WODKA IST IMMER KOSCHER

Wodka ist immer koscher. Das hat mir ein Rabbiner gesagt. Ja, ja, ich weiß schon: Ein Rabbiner sagt so, der andere so. Aber was Wodka angeht, sind sich alle Rabbiner dieser Welt einig: »Wodka ist immer koscher!«

Ich könnte ein Gedicht über Wodka schreiben, eine Ode sogar. Dieses göttliche Getränk hätte jedenfalls eine verdient. Mir ist es aber nie gelungen. Jedes Mal, wenn ich voller Eingebung zum Stift griff, unterbrach mich irgendwer: »Schenk ein!«, und ich tauschte sogleich den Stift gegen das Glas.

Nein, ich bin an sich keiner, der trinkt, aber »Schenk ein!!!«, dieser Imperativ macht jede Verweigerung unmöglich.

Diesen »Befehl« befolgt man in allen gesellschaftlichen Kreisen, ein jeder, der das Geheimnis des Genusses, den Wodka mit sich bringt, entdeckt hat.

Keine Fahne, kein Kater – ein ganz reines Vergnügen.

Natürlich ist hier die Rede von echtem klassischem Wodka und nicht von den unzähligen Imitationen mit sonderbaren Bezeichnungen.

»Schenk ein!«, sagte mein Freund, der, ganz unerwartet, aus weiter Ferne zu Besuch gekommen war. So machen wir Russen das, wir überfallen unsere Freunde gern. Wir hatten uns seit Jahren nicht mehr gesehen, und nun trafen wir uns bei mir, spontan, zu einer Flasche Wodka. Jetzt stand die Flasche, zu einem Eisblock gefroren, auf dem Tisch, als hätte sie uns schon erwartet.

Ich zog mir einen feuerfesten Handschuh, den ich normalerweise für die Grillpartys benutze, um heiße Schaschlikspieße und Würstchen umzudrehen, über die Rechte und nahm den Eisblock in die Hand.

Das Brennen des Eises war selbst durch den Handschuh zu spüren. Ich führte die Flaschenöffnung zu den vor uns stehenden Gläsern (normalerweise verstecken sich für einen Fall wie diesen stets einige davon in der Gefriertruhe zwischen Hühnerschenkeln, Hackepeter und einem Jahresvorrat Pelmeni). Die Eiskristalle auf den Gläsern funkelten uns fröhlich entgegen.

Nun gut, dann schenk ein!, dachte ich, und der kalte Wodka, zäh wie Öl, füllte die Gläser.

Ich weiß nicht, wieso genau jetzt, aber plötzlich erinnerte ich mich an Leningrad Mitte der 80er Jahre. Der Kampf gegen den Alkoholismus war damals in vollem Gange (der Alkoholismus selbst allerdings auch). Nach dem Willen des plötzlich ernüchterten Kreml wurden fast alle Restaurants »alkoholfrei«. Die zum Tisch herantretenden höflichen Kellner fragten im gedämpften Ton eines Geheimagenten: »Was wünschen Sie zu trinken? Kaffee oder Mineralwasser ohne Sprudel?«

Bestellte man ein Mineralwasser, bekam man eine Mineralwasserflasche, mit Wodka gefüllt. Und bestellte man Kaffee, erhielt man ein Kaffeetässchen aus feinstem Porzellan, randvoll mit Cognac.

Diejenigen aber, die mit großer Vorliebe ständig im Vollrausch waren, besuchten keine Restaurants. Dafür hatten sie weder Mittel noch Zeit. Sie tranken, schnell und zielgerichtet, ohne irgendwelche Häppchen oder Beilagen, in Hauseingängen und Hinterhöfen. Sie tranken Eau de Cologne und stinkenden Fusel unbekannter Herkunft. Man hätte meinen können, diese Menschen hätten sich bereiterklärt, eine neue Art Vernichtungswaffe an sich selbst zu testen.

Die, die es überlebten, erwachten am nächsten Morgen und gingen schweren Kopfes zur Arbeit auf ihre Baustellen und in ihre Fabriken. Gegen Mittag waren die abstinenten Schädel schon so schwer wie Blei und die Sehnsucht nach einer weiteren Dosis Alkohol unüberwindbar. So schwärmten dann die Bleikopfträger, kaum die Mittagspause abwartend, zu den Wodka- und Bierläden.

Ich wage es mir nicht vorzustellen, was diese Leute bewerkstelligt oder gebaut haben, aber es muss so wohl etwas wie der Schiefe Turm von Pisa gewesen sein.

Um auch diese Misslage in den Griff zu kriegen, erließ die Regierung ein neues Gesetz: »Verbot des Verkaufs von Alkohol während der Arbeitszeiten an Menschen in Arbeitskleidung.« Säufer in feinem Zwirn konnten so weiterhin ihrer Sucht frönen, aber das arme angetrunkene Arbeitervolk in seinen verschmierten Blaumännern blieb schockiert und ratlos zurück.

Und dann, eines kalten herbstlichen Tages, sah ich eine einsame Gestalt, eine Erscheinung aus schönen, vergangenen Petersburger Zeiten. Die Gestalt männlichen Geschlechts und hohen Alters stand vor dem Eingang eines Wodkageschäfts. Das feine, faltige Gesicht des Mannes zeugte von guter Herkunft und hohem Bildungsgrad. Der etwas ausgeblichene Hut saß weich auf den sauberen Ohren des Besitzers. Die Bügelfalten der Hose fielen sanft auf die glänzend geputzten Schuhe. Aber das Wichtigste war: der Mantel!

Ich konnte mich nicht sattsehen an diesem herrlichen Mantel. Dieses edle Stück aus feinstem Material hatte womöglich das Licht der Welt in den Goldenen 20er Jahren erblickt und trotzdem in keiner Weise an Eleganz eingebüßt.

Was macht der stolze Besitzer eines solchen Mantels an den Türen dieses schäbigen Wodkalädchens?!, fragte ich mich.

Genau in diesem Moment trat, die schmutzigen Hände an dem noch schmutzigeren Blaumann abschmierend, ein Geselle von einer der nahe gelegenen Baustellen an den alten Mann heran. Der

alte Mann begann langsam den Mantel auszuziehen, worauf sich der Arbeiter den schönen Mantel direkt über seinen dreckigen Blaumann streifte und das Geschäft betrat.
Einige Zeit stand der alte Mann, im Hut, aber ohne Mantel, einsam im kalten Wind. Der Arbeiter kam wieder heraus, und der Mantel ging zurück an seinen eigentlichen Besitzer.
Kurz darauf kam wieder ein Arbeiter des Weges. Abermals gab der Alte widerstandslos seinen Mantel her und schaute nur stumm zu, wie sich der Mann ungelenk in diesen hineinzwängte.
Dieses Schauspiel wiederholte sich noch einige Male.
Mein Herz entflammte vor Empörung. Warum nehmen die einem alten Herrn seinen Mantel weg!? Ich trat näher.
Der gute alte Herr hatte seinen Mantel nicht einfach so abgegeben. Gegen einen Rubel borgte er ihn den Bauarbeitern und verdiente sich so seine dringend benötigte Ration Wodka, während er gleichzeitig seinen Freunden in der Sucht ermöglichte, den Laden getarnt zu betreten.

»Stopp«, sagte mein Freund und machte dazu die typische Geste, indem er seine Hand entschlossen über sein Glas hielt.
An sich war diese Geste völlig unnötig, denn das Glas war bereits randvoll (was auch typisch ist).
»Spülen wir nach?«, fragte ich und meinte mit Mineralwasser.
»Machen wir nicht!«, antwortete mein Freund, den Wodka in der einen Hand, eine Salzgurke in der anderen.
Natürlich war das nicht das einzige »Nachgangshäppchen«, das meine Frau zu diesem feierlichen Anlass aus dem Ärmel geschüttelt hatte. Neben den eingelegten Pilzchen stand auf einem silbernen Tablett eine Schale mit rotem Kaviar, um die herum, nicht ohne eine gewisse Eleganz, Zitronenscheiben und gerollter Lachs drapiert waren.
Daneben fanden sich purpurrote, in schärfste Paprika eingelegte Tomaten, bestreut mit frischem Dill. Zwischen den roten Toma-

tenbacken blinzelten, in schönem Perlweiß, kleine Knoblauchzehen hervor, deren unbestritten markanter Duft über allem schwebte.
Kleine Filetstücke »koscheren« Hühnchens hatten nicht weit von Schwarzbrotscheiben auf einem Holzbrettchen Platz genommen. Auf dem Brot selbst wiederum lümmelten saftige Quadrate dünn geschnittenen »unkoscheren« Specks, welche hinreißende Zwiebelringe zierten. Zwischen diesen zwei widersprüchlichen Welten lag eine klar definierte Grenze aus grünen Lauchzwiebeln, befestigt und bewacht von rosa Radieschen.
»Lehaim!«, brachte ich den alten hebräischen Trinkspruch aus und meinte: »Auf das Leben!«
»Ja, na sdorowje! Auf dass wir gesund bleiben!«, sagte mein Freund auf Russisch und meinte: »Was ist schon das Leben ohne Gesundheit?«
Wie zwei Synchronschwimmer atmeten wir aus, streckten einander die Gläser entgegen, hoben unsere Köpfe, und mit dem nächsten Atemzug warfen wir sie in den Nacken und den Inhalt der Gläser in unsere Rachen und atmeten erst nach vollbrachter Kür wieder aus.
Man muss sagen, dass Wodka nicht zu den Getränken gehört, deren »Bouquet« oder Aroma der Nase schmeicheln. Wodka, echter Wodka, soll nicht riechen! Nach gar nichts!!!
Und es macht auch keinen Sinn, zu nippen und, mit der Zunge schnalzend, nach Geschmack zu suchen. Wodka, echter Wodka, hat keinen Geschmack! Gar keinen!!!
Der Genuss des Wodkas äußert sich woanders. Direkt in die Speiseröhre geschleudert, so geschmacks- und geruchslos, verfolgt man mit geschlossenen Augen, wie die Flüssigkeit langsam zum Magen hinabfließt. Kurzes Funkloch, kurzes Warten, aber dann: Nach wenigen Augenblicken steigt die Wärme in einem hoch, zum Herzen, zur Seele, und lässt dich auf ein Neues sagen: »Schenk ein!«

Auf das Leben, auf die Liebe, auf die Freundschaft und was nicht noch alles …

»Schenk ein!«, sagte meine Frau Mascha, und ich schenkte ein – »für drei«. »Für drei« ist die klassische Aufteilung einer Halbliter-Wodkaflasche. Das hat was von Demokratie. Ob weiter getrunken wird oder nicht, entscheidet die Mehrheit! Und die Mehrheit ist sich immer einig.

Nach dem fünften Glas erscheinen alle Gespräche bei Tisch als überaus sinnig und alle anwesenden Damen als sehr reizend. Und das ist dann genau der Moment, um innezuhalten und nicht mehr zu trinken.

Denn wenn man jetzt nicht aufhört, wird alles, was noch vor einem Augenblick überaus sinnig und reizend wirkte, nur noch zum Kotzen sein!

2.
ES WAR EINMAL EINE STADT IN RUSSLAND

Es war einmal eine Stadt in Russland namens Marx, direkt an der Wolga. Vor dem Krieg war sie die Hauptstadt der damaligen Wolgadeutschen Republik. Auf der einen Wolgaseite lag die Stadt Marx, auf der anderen Seite – eine andere Stadt namens Engels. Dazwischen befand sich eine riesengroße Brücke, die selbstverständlich Leninbrücke hieß.

Dort, in diesem Bermudadreieck des Kommunismus, genauer in Marx, wurde ich geboren. Und als ich 1989 nach Deutschland kam, habe ich meine ersten deutschen Papiere bekommen, in denen stand: Name: Marx, Beruf: Kaufmann.

So bin ich von Beruf Kaufmann geworden, aber dazu später mehr.

Mein Vater hat seinen ersten Ausweis auch nicht ohne Missverständnisse bekommen. In sowjetischen Papieren wurde bei Menschen jüdischen Glaubens an der Stelle, wo die Nationalität hingehört, »Jude« eingetragen. Schwierigkeiten waren damit vorprogrammiert. Eine Mitarbeiterin der Meldestelle hatte damals mit dem jungen Mann mit den feurigen Augen, dem gebräunten Gesicht und den langen schwarzen Haaren Mitleid und trug statt »Jude« »Indianer« ein. So kam ich als Sohn eines Indianers und einer jüdischen Mutter, als indianischer Jude also, auf die Welt.

Zurück zum September 1989. Zu diesem Zeitpunkt war ich schon 20 Jahre lang der inszenierende Regisseur der Leningrader Musik-Hall, des größten Staatsrevuetheaters in der Sowjetunion. Die Perestroika war im Anrollen, und auf der Bühne unseres Theaters gab der Berliner Friedrichstadtpalast sein letztes Staatsgastspiel in Leningrad. Die Berliner genossen großen Erfolg beim Leningrader Publikum, und nach der Vorstellung versammelte sich das halbe Ensemble in meinem Büro, um ein paar Gläschen zu kippen, die Perestroika zu loben und über mein Diensttelefon die Heimat anzurufen.

»Wie?! Honecker geht?! Und wer kommt, Mielke? Nein? Krenz?! Na ein Glück! Jetzt wird alles anders!«

Der Berliner Intendant äußerte, dass der Zeitpunkt jetzt wohl gut wäre, um eine gemeinsame neue Revue zu produzieren, und wir tranken freudig auf die unzerstörbare Freundschaft unserer beider Staaten, von denen keiner mehr so recht existierte.

So kam ich kurz vor der Wende nach Berlin, im festen Glauben, auf der Bühne des Friedrichstadtpalastes die besprochene neue Revue zu inszenieren. Aber die Wende hat mein Leben ganz anders inszeniert. Mein Freund, der Intendant, hatte seinen Job verloren. Viele andere Freunde und Kollegen auch. Das Angebot für die Zusammenarbeit war nicht mehr gültig.

So bin ich traurig in die Gaststätte »Tucholsky« gegangen und habe dort mit einem, auch traurigen, Freund viel Wodka getrunken. Und so, traurig und besoffen, ging ich nach einer reichlichen Stunde auf die Toilette, um mein kleines Bedürfnis zu erledigen. Da stand ich vor dem – wie heißt denn dieses Ding –, und direkt neben mir hatte sich ein Mann postiert. Er guckte auf meinen Hosenstall und guckte und fragte dann plötzlich: »Kommen Sie aus Russland?«

»Äh …? Nun ja … Warum?«

»Ich bin der Chef der Exportabteilung …« (es folgte der Name einer renommierten Bierbrauerei), »… wir suchen jemanden, der in der Lage ist, unser Produkt an die russische Armee zu verkaufen. Haben Sie Beziehungen zu diesen Kreisen?«

Ich habe sofort »Ja!« gesagt, obwohl ich keinen von der Armee kannte.
»Wen kennen Sie?«
Ich nannte den Namen des obersten Generals, weil ich diesen Namen erst neulich in der Zeitung gelesen hatte.
Der Mann war begeistert. »Versuchen Sie, eine Palette Bier zu verkaufen, als Probe!«
Bier kannte ich, aber was war eine Palette? Außerdem hatte ich noch nie in meinem Leben etwas verkauft. Aber gut, habe ich mir gesagt, wenn du ein Künstler bist, soll es dir egal sein, WELCHE Rolle du spielst. Die Hauptsache ist, diese Rolle GUT zu spielen.
»Was kostet das?«
Der Mann nannte einen Preis. Aha, dachte ich mir, so viel habe ich. Nach dem Gastspiel in Italien hatte ich 2000 Mark mitgebracht. Soo viel Geld! Für mich damals ein richtiges Vermögen! Ein paar Tage später bekam ich eine Palette Bier zugestellt, und die landete direkt in der Garage meines Kumpels. In den nächsten Tagen habe ich dann MEIN Geld, als hätte ich das Bier verkauft, an die Brauerei überwiesen. Der Chef war wieder begeistert: »So schnell hat das noch niemand hingekriegt!«, meinte er. Also bekam ich meinen ersten Arbeitsvertrag und ein fünf Kilo schweres Mobiltelefon mit dazugehörigem Koffer und meterlanger Antenne. Jetzt war ich Kaufmann von Beruf – nicht ausgebildet, aber perfekt ausgerüstet! Und mein Kumpel hat die nächsten Monate in der Garage verbracht.
Als Kaufmann Kaufmann bin ich dann zum Oberkommandierenden der Roten Armee gegangen – ohne Termin. Ich habe einfach meine noch gültige Visitenkarte, die mich als Regisseur der Leningrader Musik-Hall auswies, genommen und der Sekretärin des Generals hingelegt. Sie brachte die Visitenkarte dem General, und der kam PERSÖNLICH zu mir raus. (Unser Theater war in der Sowjetunion sehr bekannt und beliebt.)

»Genosse Kaufmann, herzlich willkommen! Kommen Sie bitte rein.«

Mit ein paar Gläschen georgischen Cognacs habe ich mit dem Genossen General ca. 40 Minuten verbracht. Das Gespräch verlief wie immer: Was macht die Kunst? Wer hat mit wem, warum und wie lange …

Dann hat mein General die Geduld verloren: »Genosse Kaufmann, was wollen Sie EIGENTLICH von mir?«

»Ich möchte Bier an Ihre Truppe verkaufen!«

Der General hat sich totgelacht, DAS hatte er nicht erwartet. Derart amüsiert, riss er ein Blatt aus seinem Block und setzte eine Empfehlung darauf. Dieses Schreiben, dieser »Goldene Ausweis«, hat mir alle Türen zu allen Handelsabteilungen aller russischen Garnisonen geöffnet. Das war ein Geschäft!!! Und als Jelzin das letzte Abkommen unterschrieb und die Russen nach Hause abzogen, war ich der Einzige in ganz Europa, der dagegen war!

3.
STEPAN, DER HOFWART

Stepan war Hofwart, Hausmeister und überhaupt Mädchen für alles. Er hatte einen Walrossschnurrbart und eine stete Wodkafahne.

Mein in die Jahre gekommenes Kindermädchen Babuschka Marischa überbrachte meiner Mutter die Neuigkeit: Stepan, der Hofwart, hat sich im Hof aufgehängt. Ich und alle Kinder unseres Hofes rannten hinaus, um den hängenden Hofwart zu sehen. Wir dachten, dass er sich mal wieder was Lustiges für uns ausgedacht hatte.

Er hat sich immer was Lustiges für uns ausgedacht. Gleich würden wir uns alle aufhängen und lustig lachend hin- und herschaukeln. Aber im Hof erwartete uns eine bittere Enttäuschung. Der Hofwart Stepan lag in seiner Schubkarre, bedeckt von einer alten grauen Decke. Seine Füße guckten darunter hervor, der eine nackt, der andere bekleidet mit einem verdreckten Halbschuh aus ehemals weißem Leinen.

Wir kannten diese Schuhe gut. An festlichen, frühlingshaften Tagen putzte Hofwart Stepan, wie im Übrigen auch alle anderen Männer unseres Hofes, diese seine Schuhe mit weißem Zahnpulver, um zur 1. Mai-Demonstration zu gehen und ein Plakat durch die Gegend zu tragen. Für die verantwortungsvolle Aufgabe, das Plakat zu tragen, bekam man fünf Rubel. Ein Heidengeld! Bis ins Jahr 1953 trug Stepan Stalins Konterfei, doch die folgenden Oberhäupter hat er nicht mehr erlebt.

Das Geld investierte er in Wodka, den er fast ununterbrochen trank. Kaum hatte er den ersten Durst gestillt, wurde er schon lustiger und fing an zu singen.
Er sang und stolzierte dabei quer über unseren großen Hof, den drei mehrstöckige Häuser umrahmten.
Besonders gern sang er mitten in der Nacht. Er stellte sich dafür in den flutenden Schein der einsamen Laterne, die den Kinderspielplatz in der Mitte des Hofes beleuchtete.
»Stepan! Geh schlafen!«, riefen ihm die müden und gefolterten Hausbewohner aller drei Häuser zu.
»Niemals!«, bockte Stepan und ging über in einen wilden Tanz. Er sprang in den Sandkasten und steppte mit seinen weißen Leinenschuhen darin umher, so dass der Sand in einem Wirbelsturm um ihn herum wehte. Er vollzog seinen Tanz voller Übermut und Eifer. Ein Reigen der Freude, eine Ode an die Leidenschaft. Er wirbelte um die eigene Achse, breitete die Arme dabei weit aus, stützte dann die selbigen in die Hüften und setzte an zum Kasatschok, wobei er den Inhalt des Sandkastens mit seinen schon dreckig gewordenen Schuhen in alle Himmelsrichtungen verteilte und sang und sang und sang …
Am nächsten Morgen grüßte er, als sei nichts gewesen, die unausgeschlafenen Hausbewohner, die sich auf den Weg zur Arbeit machten, half den Hausfrauen, ein paar Wäscheleinen zwischen den Pfosten vor den Schuppen zu befestigen, und wechselte in der Laterne am Sandkasten die Birne, die er vergangene Nacht im Rausch zerschlagen hatte. Vormittags trank er schon den einen oder anderen, nachmittags widmete er sich der wichtigsten Aufgabe seines Lebens: Er pflanzte kleine Bäumchen in unseren Hof. Wir Kinder sahen ihm dabei nicht nur interessiert zu, sondern halfen ihm auch. Fast jeder von uns bekam ein eigenes Bäumchen, welches Stepan uns auftrug zu gießen. Und wir gossen, lange Jahre, bis wir groß und flügge geworden waren und unsere Bäume ohne uns weiterwachsen mussten.

Manchmal erhielt Stepan Besuch von seinem Freund, dem Kackeschöpfer Sergei. Der kam nicht nur so, sondern geschäftlich. Er erschien in unserem Hof auf dem Kutscherbock seiner Bauernkutsche thronend, die von einer alten Stute gezogen wurde. Auf der Kutsche befand sich ein Fass, und an dem Fass hing eine große Kelle, ein einfacher Eimer mit einem überlangen Haltegriff aus Holz.

Die Aufgabe des stattlichen Sergei war das Schöpfen der Exkremente aus der Klärgrube unseres Hofes und das Verladen derselben in sein Fass. Bevor er sich an die Arbeit machte, hob er Sto Gramm mit Stepan, wischte sich mit dem Ärmel den Wodka von seinem mächtigen Kinn und machte sich, seine Kelle in weitem Bogen schwingend, daran, die Untiefen unseres Hofes von stinkenden menschlichen Abfallprodukten zu befreien. Die aufgeschreckten Mistfliegen summten empört und schossen in Form einer grünen Wolke Richtung Himmel, als ob sie dem gleißenden Sonnenschein ein Ende machen wollten.

Alles an Sergei war von berückender Herrlichkeit. Die Sicherheit, mit der er seine Kelle in die Kacke tauchte.

Die Kraft, mit der er den übervollen Eimer wieder heraushievte und den Inhalt in den Schlund des Fasses kippte.

Mir gefielen seine schwarzen Gummihandschuhe, die schwarze Gummischürze, seine schwarzen Gummistiefel. Ich begriff, dass Sergei eine sehr schwere Arbeit erledigte, aber eine von überlebensnotwendiger Wichtigkeit für die Menschen.

Und ganz anders als meine Altersgenossen, die davon träumten, Schauspieler, Piloten oder Ärzte zu werden, träumte ich davon, später Kackeschöpfer zu sein.

Als Sergei eines Tages wieder einmal in unseren Hof einbog, lag Stepan bereits unter der Decke auf seiner Schubkarre.

Erst als man Stepan längst weggebracht hatte, fanden wir im Sandkasten den verdreckten zweiten Leinenhalbschuh. Wahrscheinlich hatte er vorher die ganze Nacht durchgetanzt …

Manchmal, wenn ich unter den riesigen, von Stepan gepflanzten Bäumen im Hof meiner Kindheitstage sitze, erinnere ich mich an den Hofwart und seinen Freund, erinnere mich an meinen Traum, Kackeschöpfer zu werden. Und ab und zu, besonders an harten Tagen, scheint es mir, mein Kindheitstraum sei wahr geworden.

4.
DIE OHRFEIGE

Bis zu meiner Einschulung blieb noch ein Jahr. Mein älterer Bruder, der Sechstklässler Vitalij, von der Familie nur Vita genannt, bereitete mich auf diese kommende Herausforderung des Lebens vor. Dank seiner Hilfe konnte ich schon Silbe für Silbe lesen und in Blockbuchstaben die Namen aller menschlichen Bewohner unserer Wohnung, einschließlich des Katers Mursik, des verwöhnten Lieblings der Familie, schreiben. Des Weiteren konnte ich bis tausend zählen, multiplizieren und sogar dividieren. Mein Bruder wurde später Doktor und Professor der Mathematik, während meine mathematischen Erfolge für lange Zeit auf dem Stand von 1953 verharrten.

Zu meinem Unglück hatte ich ab der fünften Klasse dieselbe Mathelehrerin, die auch meinen Bruder unterrichtete. Ihn nannte sie ein Genie. Ich meinerseits, wenn ich mal an die Tafel kam, konnte nur lange und doof schweigen und auf die Porträts von Leibniz und Humboldt glotzen, die irgendeiner unserer Lehrer direkt nach Kriegsende als Trophäen von der Front aus Deutschland mitgebracht hatte.

Die Mathematiklehrerin hatte einen sehr guten Ruf als Spezialistin ihres Faches. Als Pädagogin war sie aber eine Niete, wie ich heute verstehe.

Wenn sie mich zur Tafel rief und sich überzeugt hatte, dass von mir mal wieder nichts als leeres Schnaufen zu erwarten war, drehte sie sich zur Klasse und sagte: »Seht ihr, wie es manchmal ist,

Kinder! In einer Familie, zwei Brüder! Der eine ein Genie, der andere ein völliger Idiot!« Mich hat das sehr getroffen. Ich schämte mich meiner Dummheit und beschloss eines Tages, vom Dach unserer fünfstöckigen Schule zu springen, um die Ehre der Familie nicht länger zu beschmutzen. Ich kletterte die Feuerwehrleiter hoch, die an der Außenwand der Schule emporführte. Oben erwartete mich bereits der Hausmeister, der mich am Ohr packte und zum Direktor führte. Der Direktor rief meinen Vater an und schickte mich geradewegs nach Hause.

»Warum hast du das gemacht?!«, fragte mich mein Vater sehr streng. Ich erklärte ihm die ganze Situation. Mein Vater schaute bedeutungsvoll zu meiner Mutter und sagte, er würde mit der Lehrerin sprechen. Von nun an gab er mir Nachhilfe in Mathematik. Intensiv.

Aber die Zeit, die man darauf verwendete, auch aus mir ein Mathegenie zu machen, war vergeudet. Zumal ich schon damals ganz andere Begierden und Interessen hatte. Schon im Vorschulalter bildete ich mir ein, »Regisseur« zu werden. Ich verstand zwar nicht so genau, was das im Einzelnen bedeutete, aber das Wort gefiel mir unheimlich.

Einen Fernseher hatte damals kaum jemand. Stattdessen besaß man einen anderen Kasten – das Radio. Wir hatten ein großes poliertes Radio mit einem grünblinkenden Auge in der Mitte. Dieses Auge hypnotisierte mich und zog mich zu sich wie ein Magnet.

Spätabends lag mein Vater gern im Dunkeln auf unserer »Couch«, einer Sprungfedermatratze mit Holzrahmen. Die Matratze stand auf vier Ziegelsteinen und war von einem großen Teppich bedeckt. Den Teppich hatten meine Eltern von Wolgadeutschen, die jetzt dank Stalin in der kasachischen Steppe wohnten. Der Teppich war an der Wand befestigt, legte sich von dort aus über die Matratze und ergoss sich dann hinunter auf den Boden. In völliger Dunkelheit hörte mein Vater klassische Musik und entspannte sich von seinem harten Arbeitstag. Manchmal schlief er dabei ein und schnarchte dissonant. Es war eine beängstigende Geräuschcollage. Aber ich wollte in dieses Zimmer – zum Radio. Wenn gerade Richard Strauss erklang, reichte mein Mut, um wenigstens bis zur Hälfte des Zimmers zu kommen. Aber wenn Tschaikowskis »Schwanensee« lief, dessen Handlung sehr dramatisch verläuft und worin der Schwan weitaus leidvoller verendet als bei Saint-Saëns, hatte ich Angst, das Zimmer überhaupt zu betreten.

Mal fixierte mich das grüne Auge des Radios, ohne zu blinzeln, mal erzitterte es plötzlich und blinkte, blinkte, blinkte. Die dunkelgraue Pupille auf grünem Untergrund zog sich böse zusammen oder öffnete sich wieder ganz weit, je nach Empfang oder musikalischer Dynamik. Es war gruselig. Aber dann ... dann begann immer die Sendung »Theater am Mikrophon«. Das war eine wahre Schatztruhe für die Phantasie des Zuhörers. Die Stimmen der Schauspieler und die zur lautmalerischen Unterstützung hinzugefügten Geräusche, wie Türenquietschen oder leise Schritte in der Ferne, beflügelten meine Vorstellungskraft. Wenn die Sendung vorbei war, nannte der Sprecher die Namen der Schauspieler und fügte hinzu: »Regisseur: Soundso ...«

»Mama, was ist ein Regisseur?«, fragte ich.

»Das ist der, der sich das alles ausgedacht hat, was du da gerade gehört hast.«

Ich wollte unbedingt Regisseur werden. Als ich es dann endlich war, stellte ich fest: Der Regisseur ist der, der selbst nichts kann, aber glaubt, ganz genau zu wissen, wie die, die was können, es zu tun haben.

Noch präziser hat den Inhalt dieser Tätigkeit meine Tochter im Alter von fünf Jahren dargestellt. Auf die Frage, was ihre Mutter beruflich macht, sagte sie: »Sie ist Tänzerin.«

»Und was macht sie da so?«

»Sie tanzt!«

»Und was ist dein Vater von Beruf?«
»Regisseur!«
»Und was macht er da so?«
»Er trinkt Kaffee und schimpft.«
Bis zur Geburt der Tochter sollte noch viel Zeit ins Land gehen. Vorerst war ich damit beschäftigt, mit anderen Vorschülern in unserem Hof Theater zu spielen.
Die auf der Wäscheleine hängende Wäsche war uns Vorhang und Kulisse zugleich, und die Eltern, die alle Stühle, die sie in ihren Haushalten finden konnten, in den Hof geschleppt hatten, waren ein dankbares Publikum. Die Handlung meiner ersten Inszenierung war so schwammig, dass ich mich ihrer nicht mehr entsinne.
Ein richtiges Theater gab es in unserer Zweihunderttausend-Seelen-Stadt nicht, deshalb konnte ich nur erahnen, wie man alles richtigmachte, und mich nur an der Kindervorstellung einer gastierenden Theatergruppe orientieren.
Darin ging es um gute Pioniere und die böse Bourgeoisie. Die Pioniere besiegten die böse Bourgeoisie und befreiten irgendeine Großmutter aus ihrer Gefangenschaft. Im Grunde wie Rotkäppchen, nur viel ernsthafter, politischer und dem Geist der Zeit entsprechend.
Nun war es die Zeit, als Stalin ernsthaft krank wurde. Und alle Ärzte standen unter Verdacht. Plötzlich waren alle »Trotzkisten« und »japanische Spione« und übrige »Klassenfeinde, die man 30 Jahre lang unerbittlich bekämpft hatte, vergessen. Einen neue Welle der Verhaftungen brach los. Die Ärzte, besonders wenn ihr Name eine jüdische Herkunft verriet, lebten in ständiger Angst. Es bedurfte keines medizinischen Fehlers, um verhaftet zu werden. Es reichte, wenn jemand einen denunzierte.
Die Zeitungen quollen über vor aufdeckenden Artikeln über die »der Sache wegen« einsitzenden Doktoren. Die Zeitungen spielten damals überhaupt eine große Rolle. Klopapier war ein Luxus-

gut. Deshalb benutzte man an dessen Stelle kleingeschnittene Zeitungsseiten. Auf dem Klo las man sich diese Schnipsel noch einmal gründlich durch. Und nur wenn da nichts parteipolitisch Bedeutendes stand, wischte man sich mit dieser Zeitung den Allerwertesten ab.

In unserer Familie war es Aufgabe meines Vaters, diese Abwischmöglichkeit herzustellen, da er auf dem Gebiet der Politik am gebildetsten war.

Die von ihm sorgfältig zugeschnittene Zeitung steckte man auf einen langen Nagel neben der Kloschüssel. Man musste extrem darauf achten, dass das Bild von Josef Stalin nicht auch dahin wanderte. Und es prangte damals auf fast jeder Druckseite. Gott behüte, wenn das Gesicht des Vaters des Volkes irgendeinen Arsch berührte.

Das Gefühl von Angst, aber auch von »Liebe« und »Respekt« vor dem großen Vater aller Völker, die das Territorium der UdSSR bewohnten, kannte ein jeder Bürger. Ich wusste: Stalin hat die Faschisten besiegt, alle Feinde verjagt und mir und meinem Bruder eine glückliche Kindheit geschenkt.

Eines schönen Sonntagmorgens im Jahr 1953 alberte ich mit meinem Bruder in dessen Zimmer herum. Wir veranstalteten eine wilde Kissenschlacht, sprangen umher und lachten unbekümmert. Auf dem Stuhl neben seinem Bett lag, fein säuberlich zusammengelegt, die von mir heiß begehrte Schuluniform meines Bruders. Über der Uniform lag das von mütterlicher Hand gebügelte rote Pionierhalstuch.

»Die Piraten haben unser Schiff geentert! Rette sich, wer kann!«, schrie ich und sprang auf das Bett, so dass es wankte wie im Sturm.

In diesem Moment klopfte es laut an der Wohnungstür.

Papa war im Bad und rasierte sein unbekümmertes, reichlich eingeschäumtes Gesicht, Mama war in der Küche und rührte mechanisch den Brei im Topf um, Kater Mursik verkroch sich

unter einen Stuhl, und Babuschka Marischa ging die Tür öffnen. Herein rollte unsere massige Nachbarin Tante Eugenia. Sie war ganz aufgelöst.
»Macht das Radio an! Stalin ist tot!« Tante Eugenia heulte. So hatte sie nicht einmal geweint, als es ihren Bruder im Kohleschacht erwischte. Jetzt schlossen sich auch meine Mutter und Babuschka Marischa dem Heulchor an. Mein Bruder band sich sein rotes Pioniertuch um den Hals und stellte sich, wie zum stillen Appell, vor sein Bett. Vater schaltete das Radio ein. Der Sprecher redete mit tragischer Stimme und viel Pathos.
Ich hatte aber irgendwie gar keine Angst und fing an zu lachen. Mein freundlicher älterer Bruder, der mich mehr liebte als den Kater Mursik, kam auf mich zu und gab mir, mit dem vollen Einverständnis meiner Eltern, eine schallende Ohrfeige.
Die sorglose Kindheit ging zu Ende, es schimmerte in der Ferne die Mündigkeit.
»Wie werden wir ohne Stalin nur leben!?« Meine Mutter wandte ihr verweintes Gesicht meinem politisch versierten Vater zu.
»Einfach weiter«, sagte mein Vater.

5.
SÜSSE RACHE

Es passierte lange, bevor ich wusste, wie's läuft.
Nichts Schlimmes ahnend, verliebte ich mich in ein Mädchen namens Mila. Und sie verliebte sich in mich. Wir waren beide sieben Jahre alt. Wir gingen zusammen. Spazieren.
Und dann, etwa zwei Wochen später, wie aus dem Nichts und ohne Vorwarnung, wie es so passiert, entliebte sich Mila wieder und fing an, mit einem anderen Jungen spazieren zu gehen.
Ich beschloss, mich an ihr zu rächen. An ihr und dem Widersacher, dem Rivalen.
Ich weiß nicht, was meinen Verstand getrübt hatte, ob nun des Liebeskummers tiefe Trauer oder der betörende Duft der Sahnecreme mit Zimt, der aus der Küche strömte, in der meine Mutter wieder einmal Wunderwerke der Konditorkunst vollbrachte – jedenfalls wählte ich für meine geplante Rache die wohl grausamste Waffe, die mir in diesem Moment großen Liebesschmerzes in den Sinn kam: das Sahne-Eclair.
Meine Mutter, nichts ahnend von meinen Plänen, befüllte mit einer großen Konditorspritze die im Ofen gebräunten Teighülsen mit der frisch gekochten Creme. Ich sah es schon vor mir, wie ich dieses Eclair nahm, es mit dem von der Spritze hinterlassenen Loch zu meinen Peinigern drehte und mit schneller Hand draufdrückte, so dass die Creme mitten in das schöne Gesicht meiner einstigen Geliebten und in die widerliche Fratze ihres neuen Freundes schoss.

Als meine Mutter fertig war, nahm ich nicht eins, sondern zwei Eclairs, um, wie die Cowboys in den Westernfilmen, aus beiden Händen zu feuern.
Derart munitioniert begab ich mich in den Park, wo ich, nach Aussage meiner geheimen Informanten, die Objekte meiner gerechten Strafe spazierend vorfinden würde, und versteckte mich im Gebüsch. Lange musste ich nicht warten. Kaum hatte ich es mir bequem gemacht, tauchten die beiden auf, ganz am Ende der langen schattigen Allee.
Sie ging, wie damals in jener schönen Zeit mit mir, nun an der Hand ihres neuen Geliebten. Mein Herz schlug so laut, dass ich dachte, es würde mir aus der Brust springen und davonfliegen. Ich legte meine Hand auf meine Brust – bum, bum, bum schlug mein Herz –, ich dachte, dieses laute Geräusch würde mein Versteck auffliegen lassen. Aber meine Opfer waren noch zu weit entfernt, um es zu hören. Sie schlenderten die Allee entlang.
Ich verharrte weiter in Position. Mehrmals kamen Hunde ins Gebüsch, schnüffelten an mir und befanden mich für unwürdig, um ihr Geschäft zu verrichten. Ich fühlte mich unbrauchbar und unnütz. Mit dem Gefühl der Verzweiflung kochte die Wut in mir hoch. Je näher die verhassten Gesichter der Verräterin und ihres Gespielen kamen, umso deutlicher sah ich sie nur noch als Zielscheiben. Außenkreis um Ohren, noch einige Kreise durch Augenbrauen und Mund, und ein dicker schwarzer Punkt mitten in ihren dreisten – Die lächeln ja auch noch! – Fratzen! Mitten auf der Nase!
Ich verengte die Augen zu Schlitzen, um besser zielen zu können, nahm ein Eclair in jede Hand und machte mich bereit für den Creme-Beschuss. Es würde kein Entkommen geben! Kein Erbarmen! Die Rache würde schrecklich sein!
Kaum waren die beiden in Höhe meines Busches angelangt, richtete ich mich in ganzer Größe auf und nahm eine erhabene Haltung ein. Das Pärchen stand da wie angewurzelt und ahnte

Schlimmes. Ich streckte beide Arme mit den »Waffen« aus, zielte noch einmal sicherheitshalber und drückte, was das Zeug hielt, auf die Backwaren. Bei all der Aufregung hatte ich gar nicht gemerkt, dass die Läufe meiner Creme-Pistolen nicht auf meine Feinde, sondern auf mich zeigten.
Die Creme schoss mit der Geschwindigkeit einer Revolverkugel in mein baffes Gesicht. So stand ich noch einige Zeit da, bis das sich vor Lachen krümmende Pärchen endlich um die Ecke gebogen war. Erst die anwachsende Fliegenschar in meinem klebrigen Gesicht brachte mich zurück in die Realität.
Seitdem habe ich nie wieder, egal bei wem, egal weshalb, das Verlangen nach Rache.

6.
WAGEN DES VOLKES

Es geschah etwa im Jahr 1962. Ich war damals 15 Jahre alt.

Alles, was ich berichten werde, wurde in der Küche meiner Eltern von ihnen selbst und ihren engsten Freunden noch viele Jahre später immer wieder aufs Neue erzählt und durchlitten. Nach ein paar Gläsern kramten sie diese Geschichte stets heraus.

Jedes Mal kam eine Vielzahl neuer Wendungen und Details hinzu, die sich proportional zum konsumierten Wodka vermehrten, womit der tatsächliche Tatbestand immer weiter in die Ferne rückte. Ich erzähle also aus zweiter Hand und ohne Gewähr für die absolute Richtigkeit der beschriebenen Fakten.

Ein Fakt ist aber absolut wasserdicht: 1962 war mein Vater Chefkonstrukteur des Werkes, das den Motor für das erste sowjetische Microautomobil, den »Saporoschez«, herstellen sollte. Der Saporoschez war eine schwächelnde Kopie des Fiat »Cinquecento«. Nein, natürlich war es keine Raubkopie. Irgendwas haben die Italiener uns da verkauft, irgendwas haben wir uns abgelinst und »optimiert«.

Der Motor war aber eine Herausforderung. Er musste auf die Gesamtheit der so verschiedenen Klimazonen der riesigen Sowjetunion abgestimmt sein. Von Sibirien bis zum Schwarzen Meer musste er funktionieren.

Und aus diesem Grund, vielleicht auch die mangelnden Wasserbestände der Republiken Mittelasiens berücksichtigend, entschied man sich, dem Saporoschez einen Motor mit Luftkühlung zu verpassen. Damals ein völliges Novum in der Geschichte der sowjetischen Motorenkonstruktion.

Und so brachte man in unsere Stadt, wo das Motorenwerk seinen Sitz hatte, zu Vergleichszwecken die modernsten luftgekühlten Microautos der gesamten damaligen Autoindustrie. Darunter der schon genannte Cinquecento, der VW-Käfer und die BMW »Isetta«.

Ich war der einzige Mensch in Osteuropa, zumindest in meiner Altersklasse, der seine ersten Erfahrungen in der Kunst des Autofahrens hinter dem Steuer der legendären Isetta machen durfte. Mich faszinierte einfach alles an diesem Auto, besonders aber die Tür mit der Windschutzscheibe, die vor dem Fahrersitz angebracht war. Sie öffnete sich nach vorn!

Die ganzen Sommerferien hindurch steuerte ich also begeistert auf dem sandigen, aber festen Strandboden des Asowschen Meeres herum. Bis ich eines Tages auf eine lange, breite Sandbank fuhr, die vom Ufer ins Wasser ragte.

Das Meer war still. Mich ergriff ein unbeschreibliches Gefühl. Ich öffnete die Tür, nach vorn, und stieg aus, der Brise entgegen und der in der Ferne schimmernden einsamen Welle.

Und genau diese einsame Welle erwischte mich in dem Moment, als ich im Begriff war, meine junge, aber nach Meinung meiner jüdischen Mama kränkliche Lunge mit Meeresluft zu füllen.

Die Welle rollte zu dem Punkt der Sandbank heran, auf dem ich und das unglückselige Exemplar der legendären Isetta geparkt hatten, und schlug mit voller Wucht in die geöffnete Fronttür des winzigen Automobils. Oh, Isetta. Sie hatte nicht einmal die Zeit, in Würde gluckernd unterzugehen.

In nur einer Sekunde hatte sich der Wagenraum komplett mit Wasser gefüllt. Meine Isetta rutschte vom Sandsteg und sank auf den Meeresgrund. Gott sei Dank ist das Asowsche Meer das flachste Meer auf der ganzen weiten Welt. Meine Isetta stoppte ihren Untergang, indem sie tapfer ihre kleinen, mehr an die Rollen eines großen Koffers erinnernden Räder gegen den Meeresgrund drückte. Nur ihr nasses Dach ragte glänzend aus dem Wasser. Sie sah aus wie ein glatzköpfiger Taucher, der beim Schnorcheln erstarrt war, beim Anblick der sich ihm darbietenden Kuriositäten der Unterwasserwelt. Eine Vielzahl neugieriger Fische schwamm sofort in das Innere des Autos und glotzte stumm auf den Stand des Kilometerzählers.

Ja, ich hatte nicht einmal die Zeit, wenigstens 1000 Kilometer mit meiner Isetta zu verfahren. Ja, meine Erfahrung im Umgang mit Technik war gering. Mit möglichen Angriffen der Natur auch. Aber irgendwoher muss man sich diese Erfahrungen ja holen.

Als Nächstes holte ich mir die Erfahrung einer heftigen Abreibung von meinem Vater, der sich seinerseits eine heftige Abreibung von meiner Mutter geholt hatte, weil er mich überhaupt mit dem Ding hatte fahren lassen, zwar auf dem menschenleeren Strand, aber so ganz ohne Aufsicht.

Doch Papa war das alles nicht so wichtig. Er war ja gerade dabei, mit dem ganzen Kollektiv einen neuen Motor zu entwickeln. Immerhin sollte ein »Wagen des Volkes« gebaut werden. Die ganze Familie war stolz auf diese wichtige, von höchster Regierungsstelle auferlegte Verantwortung.

Meine Mutter ließ meinen Vater sogar in Ruhe mit solchem Quatsch wie: »Wann hörst du endlich auf zu rauchen!«

Die Arbeit qualmte Tag und Nacht. Die Motoren wurden zusammen- und wieder auseinandergeschraubt. Man stellte sie zum Test auf Probepodeste und ließ sie laufen und laufen, bis zur völligen Erschöpfung.

Und dann kam endlich der große Tag. Der Motor hatte nach Papas Meinung seine Vollkommenheit erlangt – zumindest die der damaligen Zeit. Im Werk herrschte ein wahres Freudenfest. Alle tranken ausnahmsweise Krimsekt und zerbrachen die Flaschen an den Probepodesten, vorsichtig, um die schönen, glänzenden Metallteile der neuen Schöpfung nicht zu zerkratzen. Dann montierte man behutsam den Motor in die Karosse des ersten Saporoschez. Der erste Saporoschez sah seinem Bruder, dem italienischen Cinquecento, ziemlich ähnlich, aber er war knubbeliger und etwas gröber geraten. Im Volksmund bekam er den Namen »Buckliger«.

Es gab auch andere, verletzendere Namen, zum Beispiel die Abkürzung »Sapor«, was mit »Verstopfung« zu übersetzen ist.

Jedenfalls berichtete die zufriedene Direktion des Werkes dem Kreml über die gelungene Arbeit, und die dort ansässige Regierung überbrachte die freudige Botschaft Nikita Sergejewitsch Chruschtschow.

Nikita Chruschtschow selbst, als derjenige, der natürlich am besten über die Bedürfnisse des Volkes Bescheid wusste, beschloss, sich ganz und gar persönlich davon zu überzeugen, dass das Automobil ein rühmliches geworden sei.

Die Entwickler des Saporoschez und des neuen Motors wurden samt ihres Erzeugnisses in den Kreml geladen. Das Erzeugnis wurde geputzt, blankpoliert, vorsichtig verpackt und mit einem großen Laster nach Moskau geschickt. Dann setzten sich auch auserwählte Repräsentanten des Werkes in Bewegung Richtung Moskau. Unter ihnen mein Vater, Chefkonstrukteur des Motorenwerkes.

Am angekündigten Tag stand der Saporoschez auf einem großen Platz hinter den Mauern des Kreml neben der riesigen, etwa sechs Meter hohen Zar-Glocke. Wahrscheinlich wollte man die miniaturhafte Statur des Automobils vor der Kulisse des vorsozialistischen Monsterbaus noch deutlicher hervorheben.

Nikita Chruschtschow, selbst so bauchig wie die Zar-Glocke, gekleidet in ein mit traditionellen ukrainischen Stickereien verziertes Hemd und mit Strohhut auf dem Kopf, erschien recht plötzlich am Ort des Geschehens.

Die ihn begleitende vielköpfige Gefolgschaft schloss einen Kreis um den Saporoschez und seine Schöpfer.

Chruschtschow zeigte auf den Saporoschez und sprach: »Hm, klein.«

Das Gefolge nickte.

Chruschtschow ging um den Wagen herum.

Auch das im Kreis stehende Gefolge führte eine Art langsamen Reigen um den Saporoschez herum auf.

Chruschtschow stupste mit der Spitze seines Schuhs gegen ein Rad des Wagens.

Das Gefolge, da es gerade kein Rad vor den Füßen hatte, trat einfach ein bisschen auf der Stelle.

»Und so einer wie ich ...«, Chruschtschow schlug sich mit der flachen Hand auf seinen beträchtlichen Bauch, »... ist für so einen da drin auch genug Platz?«

»Natürlich! Natürlich!«, rief der Generaldirektor, sich lakaienhaft verbeugend, aus der vordersten Reihe und öffnete einladend die Tür des Wagens.

Chruschtschow presste sich mit Mühe in den Sowjet-Cinquecento.

»Na dann! Fahrt mich mal mit eurem Liliputaner!« Er war sichtlich bester Laune.

Mein Vater sprang hinter das Steuer. Was ihn geritten hatte, diesen schicksalhaften Schritt zu machen, konnte er selbst nie erklären.

»Wer bist du denn?!«, fragte Chruschtschow in schroffem Ton.

»Chefkonstrukteur des Motors, Genosse Chruschtschow!«, kam der militärische Report meines Vaters wie aus der Pistole geschossen.

»Na dann los, Chefkonstrukteur, fahr mich!«, befahl Chruschtschow, und mein Vater fuhr los.

Seine Fahrerfahrung übertraf nur sehr geringfügig die Fahrerfahrung des Typen, der da letztens seine Isetta im Asowschen Meer versenkt hatte. Zudem war er sehr aufgeregt und machte einen typischen Anfängerfehler: Er hatte vergessen, vor dem Losfahren

die Handbremse zu lösen. Und so ging sie also los, die Fahrt auf dem Kremlgelände, mit bis zum Anschlag angezogener Handbremse.
Der Motor jaulte, schrie und quälte sich, aber er zog und zog den Wagen immer weiter.
Mit großer Mühe fuhr der Wagen, zitternd vor unglaublicher Anstrengung, bei der Zar-Glocke in die Kurve und nahm Kurs auf die Zar-Kanone. Die seit dem 17. Jahrhundert daneben stehenden Geschosse, in Pyramidenform gestapelt, drohten in tausend Teile zu zerspringen durch die Vibration, die der Wagen des Volkes auslöste. Die goldenen Kuppeln des Kreml verschwanden in den schwarzen Wolken, die aus dem Auspuff der durchdrehenden Mikrokreatur kamen.
Chruschtschows Miene wurde düsterer und düsterer. Mein Vater sah schon Iwan den Schrecklichen und seine Männer im Sturm auf sich zurollen, mit Säbeln und zu Pferde, um ihm auf dem Roten Platz vor dem Leninmausoleum den Kopf abzuschlagen. Ohne einen Schimmer, was da plötzlich in den Motor gefahren war, trat er wie besessen weiter und fester auf das Gaspedal.
»Halt an!!!«, schrie Chruschtschow, und als diese Höllenfahrt endlich zu Ende war, stieg er aus dem Auto.
Es herrschte Grabesstille. Man hatte das Gefühl, gleich würde sich Nikita Sergejewitsch mal wieder einen Schuh ausziehen und das schöne kleine Auto zu Brei dreschen, wie er es seinerzeit auch mit dem Rednerpult der UNO-Generalversammlung vorhatte.
Aber Chruschtschow nahm seinen Strohhut vom Kopf. Der Generaldirektor fasste sich ans Herz.
»Gutes Auto!«, sagte Chruschtschow, nachdem er eine dramatische Pause eingehalten hatte, und streichelte liebevoll mit der Hand über den frischen Lack der Motorhaube.
»Aber der Motor zieht nicht! Ist schwach, der Motor! Der Chefkonstrukteur ist wohl auch ein bisschen schwach!?«, sagte er und strafte meinen Vater mit einem tödlichen Blick.

Der Direktor atmete erleichtert auf und unterschrieb am nächsten Tag ein Papier, das meinen Vater von seinem Posten als Chefkonstrukteur befreite.
Mein Vater, eigentlich ein wunderbarer Macher und Könner, bekam eine Stellung in einem völlig neuen Betriebsteil, der gerade im Entstehen war: Er wurde Chef des werkseigenen Rechenzentrums. Diese Aufgabe meisterte er mit Bravour. Ist auch kein Wunder, kein Computer dieser Welt hat eine Handbremse.

7.
DIE STUNDE DES MUTES

Anfang der sechziger Jahre, als ich noch zur Schule ging, gab es in unserer Schule nicht nur die gängigen Fächer, sondern auch eine Unterrichtseinheit mit dem Namen »Die Stunde des Mutes«.

Der Sinn dieses Faches war der folgende: Die Lehrer, also solche unter ihnen, die im Zweiten Weltkrieg gedient hatten, mussten uns Schülern, die nach dem Krieg zur Welt gekommen waren, von den Episoden und Begebenheiten ihres Lebens, in denen sie Mut und Tapferkeit bewiesen hatten, erzählen.

Das, was uns damals unser Mathematiklehrer Gregori Iwanowitsch zu erzählen hatte, beeindruckt mich bis heute. Nein, nicht die Heldenhaftigkeit seiner damaligen Tat, sondern vielmehr sein Mut, uns, seinen Schülern, diese Geschichte überhaupt zu erzählen.

»Es war der glücklichste Tag meines Lebens!«, sagte Gregori Iwanowitsch und drehte ein kleines Stück Kreide zwischen seinen Fingern: »Es war das Jahr 1944 …«

Der erst siebzehnjährige Gregori Iwanowitsch schrieb ein Einzugsgesuch als Frontfreiwilliger nach dem anderen. Es hagelte Ablehnungsschreiben. Kaum dass er achtzehn war, begab er sich zur Militärbehörde.

»So, Junge, jetzt wirst du deinem Vaterland dienen!«, entschied die Kommission. »Aber du gehst nicht direkt an die Front. Das

Land braucht nicht nur Soldaten, sondern auch Offiziere. Du besuchst ein halbes Jahr die Offiziersschule!«
Gregori Iwanowitsch stellte sich schon vor, wie er als Kompaniechef oder gar als Bataillonskommandeur die Soldaten unter der roten Fahne in den Kampf führte. Oder vielleicht würde er gar Regimentskommandeur werden. Er würde auf einem Abhang stehen, in der einen Hand ein Gewehr, die andere wies den Soldaten den Weg. »Hurra! Für die Heimat, für Stalin!« Das Heer würde ihm folgen und alles besiegen, was sich ihm in den Weg stellte.
»Ja!«, stößt er freudig aus, obwohl es seiner Zustimmung nicht bedurfte, es war längst beschlossene Sache.
Es war Herbst, als Gregori Iwanowitsch seine theoretische Ausbildung antrat. Er erlernte die Grundlagen der Strategie und Taktik. Er lernte, wie man Soldaten vor dem Angriff motiviert. In ein kleines Notizbuch schrieb er alle Militärweisheiten, die ihm die verwundeten Offiziere, die zur Genesung im Hospital neben der Offiziersschule lagen, erzählten.
Das halbe Jahr flog vorbei wie der Zug, der dampfend zur Front raste, wo sich der Krieg entscheiden sollte. In einem der Viehwaggons saß auch Gregori Iwanowitsch auf einem Strohhaufen in seiner brandneuen Offiziersuniform mit den glänzenden Sternen auf den Achselstücken.
»Aaaa-uss-steigen!!!« Als der Zug wieder einmal stehen blieb, kullerten die jungen Offiziere wie die Erbsen auf den Bahnsteig irgendeines halbzerstörten Bahnhofs.
»So!«, erklang laut das Kommando. »Ihr begebt euch jetzt zum Umformatierungspunkt, und danach kriegt jeder eine Einheit zugewiesen, die unter seinem Befehl steht! Und dann: Auf in den Kampf!«
Am Umformatierungspunkt versammelten sich die Reste der Kampftruppen verschiedener Einheiten, die allesamt schwere Verluste an der Front davongetragen hatten. Die im Lazarett

wieder aufgepäppelten, neu mit Waffen ausgestatteten und teilweise umuniformierten Soldaten wurden hier neuen Einheiten zugeteilt, in denen sie ihren Dienst fortsetzen sollten.
»Still-ge-STANDEN!«, brüllte ein schnauzbärtiger Mann eine Gruppe Soldaten an, als Gregori Iwanowitsch sich ihr näherte. Das war sie also, die Einheit, die er zu befehligen hatte. Männer um die dreißig, wenn nicht gar vierzig, die schon den ganzen Krieg erlebt hatten. Viele von ihnen waren verwundet worden, aber wenigstens nicht tot, wie so viele ihrer Kameraden und Freunde. Sie waren ausgezehrt und sehnten sich nach ihren Familien und Lieben, falls diese noch am Leben waren.
»Seid gegrüßt, Genossen Soldaten!«, schrie Gregori Iwanowitsch klangvoll mit heller jugendlicher Stimme.
»Sei gegrüßt, Genosse Leutnant«, entgegneten ihm die Soldaten mit einem freundschaftlichen Lächeln.
»Keine Angst«, legte ihm einer der ältesten die Hand auf die Schulter, »wir werden dich nicht enttäuschen.«
Die Männer nahmen ihre zusammengerollten Soldatenmäntel und ihre schweren Rucksäcke und machten sich auf in Richtung der Laster, die sie wieder an die Front bringen würden.
Dort bereitete man sich den ganzen Tag lang auf den bevorstehenden Angriff vor. Gregori Iwanowitsch war sehr angespannt. Er sah durch sein Fernglas in Richtung des Feindes, in der Hoffnung, jemanden zu erblicken, mit dem er morgen schon um Leben und Tod würde kämpfen müssen. Aber er sah nur die anrückende Kriegsmaschinerie.
Die Nacht brach herein. Auf Seiten der Roten Armee war auch alles in Bewegung. Die Geschütze wurden gewartet, die Panzer getarnt, vollbeladene Laster mit neuen Einheiten rollten heran. Eine dieser Einheiten bezog in einem Graben in der zweiten Reihe Stellung.
»Wer sind die denn?«, fragte Gregori Iwanowitsch einen seiner Soldaten.

»Ach …«, sagte der Soldat gleichgültig, »das ist das Sonderkommando. Wenn wir ohne Befehl unsere Stellung verlassen, knallen die uns ab.«
Der Soldat gähnte. »Mach den Flachmann bereit!«
»Wozu?«
»Für den Wodka! Hundert Gramm vor dem Sturm! Haste wohl schon vergessen?!«, lächelte der Soldat.
Gregori Iwanowitsch hatte es nicht vergessen. Er hatte es gar nicht gewusst. Er hatte nicht verstanden, ob es Teil der Strategie oder der Taktik war, kippte das Zeug aber ohne Widerworte und auf leeren Magen, wie alle anderen, hinter. Es wurde ihm warm ums Herz und klar im Kopf.
»Was denn, hast du etwa nur die Pistole?«, schüttelte der Soldat den Kopf. »Hier, nimm noch das Maschinengewehr, ist 'ne Trophäe! Und pack dir ein paar Handgranaten mit ein!«
Gregori Iwanowitsch behängte sich mit Handgranaten und nahm das Maschinengewehr in die Hand.
Die Einheit begab sich in Position auf dem von Bomben zerfurchten Feld. Inmitten des Feldes stand schwarz vor Ruß ein verbrannter Panzer, ob von den Russen oder den Deutschen konnte man nicht mehr erkennen.
»Tanne-Tanne, hier ist Weide …«, krächzte das Funkgerät, und Gregori Iwanowitsch setzte die Kopfhörer auf.
»Alles klar! Hab ich! Jawohl!«, er nahm sein Notizbuch und schrieb hinein: 1. Signalrakete abwarten – die Truppen zur Attacke vorbereiten / 2. zweite Signalrakete abwarten – los zur Attacke unter Schutz der Panzer.
Gregori Iwanowitsch verstaute das Notizbuch wieder in seiner Jacke und trank noch einige Schluck aus seinem Flachmann.
Die Signalrakete erschien plötzlich am Himmel, nachdem man schon die halbe Nacht auf sie gewartet hatte. Sofort meldeten sich die Geschütze auf beiden Seiten, und der höchst aufgeregte und nicht mehr ganz nüchterne Gregori Iwanowitsch verwech-

selte den Ablauf der Befehle, sprang hoch, streckte die Hand mit der Pistole in Richtung des Feindes, schrie: »Für die Heimat! Für Stalin! Mir naaaach!«, und rannte los.
Er rannte wie ein Verrückter durch den Frühlingsmatsch des offenen Feldes: »Aaaaaaaaa!!!!«
Rechts und links von ihm detonierten die Geschosse. Er rannte mit starrem Blick nach vorn, seine Granaten plumpsten in den Matsch und blieben liegen wie Fallobst.
»Für Leeeniiin!«, Gregori Iwanowitschs Stimme versagte, und er drehte sich um. Keiner war ihm nachgekommen. Die erfahrenen Soldaten warteten auf das Ende des Artilleriebeschusses und die zweite Signalrakete.
Gregori Iwanowitsch machte noch einige Schritte nach vorn und blieb stehen. Ihm wurde plötzlich sehr mulmig. Er warf sich auf den Boden und kroch schnell zu der einzigen Zuflucht, die es weit und breit auf dem Feld gab – dem rußschwarzen Panzer. Als er den Körper des auf ewig ruhenden Monstrums erreicht hatte, lehnte er sich schwer atmend gegen dessen kalte gepanzerte Seite.
Alles war jetzt still geworden. Die Frühlingssonne erwachte am Horizont. Gregori Iwanowitsch schaute sich um und kam nicht klar. Wohin nun? Wo waren die Seinigen, wo der Feind? Gregori Iwanowitsch beschloss, den Panzer zu umkriechen, um sich etwas besser zu orientieren.
Er bog von hinten um die Ketten des Panzers, kam auf der anderen Seite an und erstarrte. Genau ihm gegenüber kroch ein deutscher Soldat gleichen Altes heraus und erstarrte ebenfalls. So starrten beide einander an, Auge in Auge und das Gewehr aufeinander gerichtet. Gregori Iwanowitsch war jetzt endgültig nüchtern.

»Ich weiß nicht, was wir in den Augen des anderen gelesen haben …«, sagte Gregori Iwanowitsch, während er sich mit dem feuchten Lappen die Kreide von den Fingern wischte. »Aber wir sprangen beide auf wie zwei Verbrühte, luden unsere Gewehre durch und rannten plötzlich, was das Zeug hält, in entgegengesetzte Richtungen los. Wir rannten und feuerten in die Luft und waren beide ganz außer Atem wegen der Erkenntnis, dass wir uns soeben das Leben geschenkt hatten.«

8.
DIE DEUTSCHEN!!!

»Die Deutscheeen!!!« Das grelle Brummen der Motoren kam aus der Ferne, und sogleich erschienen am Horizont des wolkenlosen Sommerhimmels schwarze Punkte. Die Punkte näherten sich mit unglaublicher Geschwindigkeit, bis sie sich in Kreuze verwandelten, fliegende Kreuze mit Hakenkreuzen auf den Tragflächen. Von den Bäuchen der Flugzeuge rissen sich Bomben los und flogen mit jaulendem Pfeifen herab.

Der Zug, der die ganze Familie meiner Mutter samt ihrem kleinen Bruder, den kinderlosen Tanten und den Eltern in den Südosten des Landes in Sicherheit bringen sollte, stand auf dem Bahnhof der Stadt Schitomir und wartete darauf, mit Wasser und Kohle befüllt zu werden.

»Die Deutscheeen!« Die Bomben krachten auf die Erde und zerfetzten die Gleise und die Züge, die darauf standen. Der Wagen, in dem die Familie meiner Mutter untergebracht war, flog in die Luft und landete vor den Augen meiner Mutter, unter seinem eigenen Gewicht zerberstend, hart auf dem Boden.

Damals war meine Mutter noch gar keine Mutter. Sie war siebzehn Jahre alt und hatte den Waggon zehn Minuten zuvor verlassen, um die wild wachsenden Blumen, die zwischen den weit weg vom Bahnhof liegenden Gleisen gewachsen waren, zu pflücken.

Die Flugzeuge zogen noch einen Kreis über dem brennenden Bahnhof und verschwanden in der Ferne.

Meine Mutter stand bewegungslos da. Sie starrte auf die Stelle, an

der gerade noch der Zug gestanden hatte, der sie und ihre Familie irgendwo hinter die Wolga hätte bringen sollen. Nichts war mehr da. Nicht der Zug, nicht der Waggon. Ihr kleiner Bruder, ihre Tanten, ihr Vater, ihre Mutter – niemand war mehr da.
Die Schreie der Verletzten verstummten in ihren Ohren. Sie war bei Bewusstsein und war es doch nicht. Sie spürte nicht das Blut, das von ihrer durch einen Bombensplitter zerfetzten Wange rann, nicht die kräftigen Arme irgendwelcher Menschen, die sie zum medizinischen Versorgungspunkt brachten. Das Dach des Bahnhofvorbaus, in dem man die provisorische Versorgungsstation untergebracht hatte, war von der Druckwelle weggefetzt worden. Statt einer Decke klaffte oben ein riesiges Loch, das freie Sicht auf den Himmel bot. Das war gut, denn das grelle Licht der Sonne beleuchtete den Operationstisch ohnehin besser als irgendwelche elektrischen Lampen. Und Strom gab es sowieso im ganzen Ort nicht mehr.
Der erschöpfte Doktor im blutverschmierten Kittel schaute meine Mutter gleichgültig an: »Nichts passiert. Lebst noch«, sagte er, als er ein gruseliges metallisches Instrument in ein großes Glas mit Flüssigkeit tauchte, das neben der Flasche Wodka stand.
»Wir haben nun mal keine anderen Desinfektionsmittel«, erwiderte er den starren Blick meiner Mutter. »Und eine andere Betäubung kann ich dir auch nicht anbieten. Hier! Trink das!«
Der Doktor goss meiner Mutter Wodka in ein kleineres Glas. Meine siebzehnjährige Mutter, Tochter aus gutem Hause, lehnte den Wodka ab und schrie wie eine Verrückte, während ihr der erschöpfte Doktor mit groben Klammern die Wange heftete.
»Ich habe keine Fäden! Habe ich nicht!«, sagte er und trank das Glas, das meine Mutter verschmäht hatte, auf ex.
»Die Deutscheeen!!!«, schrie jemand mit angsterstickter Stimme. Die Flugzeuge, die abgezogen waren, kamen plötzlich zurück, als hätten sie noch was vergessen. Sie ließen auf das direkt an den Bahnhof grenzende Feld, das schon lange auf Niederschlag ge-

wartet hatte, einen Geschossregen prasseln. Die Menschen sprangen unter die Wracks der Züge. Die Kugeln droschen wie Hagel auf die Waggons, auf die Bahnhofshäuschen, auf das fehlende Dach des Versorgungspunktes. Der erschöpfte Doktor im blutverschmierten Kittel verharrte für immer auf dem Fußboden mit seinem leeren Glas in der Hand.

Meine Mutter suchte ihren Waggon und konnte ihn nicht finden. Alles war verbrannt. Der Waggon, die Familie, die Fotografien, die Vergangenheit.

Meine Mutter erinnerte sich an einen Sommer in ihrer Heimatstadt Odessa. Die Familie war gerade für die Sommermonate aus ihrer Wohnung in eine gemietete Datscha in den Stadtteil Lusanowka gezogen. Jeden Morgen kam der Bäcker und Konditormeister Onkel Hans die Straße entlanggefahren. Onkel Hans kam täglich aus dem Nachbardorf Lustdorf-Liebental, um den Urlaubern frische Brötchen und luftiges Gebäck zu bringen.

»Die Deutschen«, sagte die Mutter meiner Mutter respektvoll, »sind die besten Bäcker der Welt!«

Onkel Hans lächelte zufrieden und gab dem noch ganz kleinen Mädchen, das meine Mutter damals war, und ihrem Bruder noch zwei Stück Gebäck, einfach so, gratis.

Alles lebte friedlich in dem von den Winden des Schwarzen Meeres gestreichelten Odessa. Es gab deutsche Dörfer und griechische. Die russische Sprache und die ukrainische und die jiddische.

Der lärmende Odessaer Markt störte sich nicht an dem schönen Opernhaus, wo italienische und französische Opern gegeben wurden. Dort im Orchester spielte der Vater meiner Mutter die Trompete. Und eine ihrer kinderlosen Tanten war die bekannteste Schneiderin im ganzen Ort; nach dem letzten Schrei der Pariser Mode nähte sie sowohl für die Primadonnen als auch die Primaballerinen.

»Wir müssen gehen. Die Deutschen …«, sagte ein ernster Mann, der wie Stalin in einen Feldrock und hohe Stiefel gekleidet war.

Damals sahen nur die Ranghöchsten so aus, und allen war klar, man musste jetzt gehen. Die Deutschen waren schon ganz nah.

*

Mir war es strengstens untersagt, auf den Balkon unserer Wohnung zu treten. Wir wohnten jetzt in der südukrainischen Stadt Melitopol, wohin man meinen Vater ein paar Jahre nach Kriegsende von Berufs wegen versetzt hatte.

Die Wohnung befand sich in der obersten Etage eines dreistöckigen Hauses, und der Balkon war ihre größte Zierde. Besonders schön fand ich die auf geheimnisvolle Weise miteinander verwebten Streben, die das Loch im Balkongeländer umrahmten.

Das Loch im Geländer stammte von einem Panzergeschütz. Es war groß, und ich hätte hindurchfallen können, aber die Neugier besiegte alle Verbote. Wenn meine Eltern auf der Arbeit waren und mein 60-jähriges Kindermädchen Babuschka Marischa sich in der Küche beschäftigte, öffnete ich die Balkontür und kroch hinaus, um den Kopf durch das Loch zu stecken und die breite und staubige Straße zu beobachten.

Im Winter war das nicht möglich. Im Winter beklebten mein Vater, meine Mutter und Babuschka Marischa die Rahmen der Balkontüren, wie auch alle übrigen Fensterrahmen, mit Streifen von Zeitungspapier. Damit es nicht zog. Die Zwischenräume der Fenster legte man mit Watte aus. Das sah dann aus wie Schnee. Auf die Watte stellte mein Vater ein Glas Wodka, damit die Fenster nicht beschlugen.

Wenn die Kälte vorbei war, wurde das Zeitungspapier entfernt, und ich konnte wieder heimlich auf meinen Balkon. Die Straße beobachten.

Am Rand der Straße wuchsen Aprikosenbäume. Im Frühling blühten sie weiß, und im Sommer warfen sie die rot-gelben Früchte entlang der Straße ab, wo sie liegen blieben, neben den braunen Früchten der Stuten und Hengste, die immer noch auf alte Art die Ernte der bäuerlichen Gemüsegärten auf den städtischen Markt schleppten.

Einst wurden auf dieser Straße die Zufuhren aus der Krim geradewegs nach Moskau geschleppt, um den Zarenhof mit dem kostbaren Salz vom See Siwasch zu beliefern.

»Die Deutscheeen!!!«, schrie einer der Jungs von unten, und ich war vom Balkon wie weggeweht. Zusammen mit den anderen Kindern lief ich zu den Toren unseres Hofes.

Versteckt hinter deren gusseisernen Mustern, beschlossen wir, die Deutschen aus sicherem Abstand zu beobachten. Eine Kolonne identisch in Dunkelgrau gekleideter Männer schritt die Straße entlang. Es waren so viele Männer, wie bei einer Parade zum 1. Mai, die mir immer sehr gefiel. Jedoch hatten diese Männer Spaten statt Plakate in den Händen, sie waren stumm und wurden nicht begleitet von Musik und Gesängen. Die Kolonne lief müde im Gleichschritt. Neben den Männern liefen in gleichmäßigen Abständen Wachen mit Gewehren in der Hand.

Der Dienstälteste von ihnen kommandierte erschöpft: »Eins, zwo … eins, zwo, drei … links, links, eins, zwo, drei …«

»Halt!«, die Kolonne der kriegsgefangenen Deutschen blieb unweit unseres Hauses stehen.

»Se-tzeeen!!!«

Die Kriegsgefangenen ließen sich entlang des Bürgersteigs nieder. Die Rotarmisten mit den Gewehren setzten sich ebenfalls.

Nach etwa einer halben Stunde kam ein sehr schickes Auto angerollt. Ihm entstiegen irgendwelche zivilen Brillenträger und begannen, wichtigtuerisch mit großen Schritten irgendetwas auszumessen. Dann schauten sie nacheinander durch ein Gerät, das auf einem Stativ befestigt stand, auf eine lange senkrechte Leiste, die wie ein übergroßes Thermometer bemaßt war. Dann rollten sie irgendwelche Skizzen aus, piekten mit ihren Fingern darin herum und rollten die Skizzen wieder ein.

»Die Deutschen werden hier eine Straße von der Krim nach Moskau bauen!«, sagte der Informierteste unter den Jungs.
»Hast du die schon mal richtig gesehen?«, fragte leise einer, dessen ganze Familie von Deutschen ermordet worden war. »Wie sind die so?!«
»Na ja, so wie wir eigentlich«, sagte der Informierteste.
»Kann nicht sein«, erwiderte der kleine Waise überzeugt. »Die haben alle von den Meinen getötet.«
Wir fingen an zu beraten: Was sollen wir mit den Deutschen tun?! Gleich anfangen, Rache zu üben, oder sie uns doch erst mal aus der Nähe anschauen?
Nachdem wir fertig beraten hatten, steckte sich ein jeder von uns einen nicht allzu kleinen Stein in die Hosentasche, und wir traten vor das Tor, auf die Straße.
Es ging auf Mittag zu, und gleich würde eine Feldküche kommen, um die Arbeitskräfte zu verpflegen. Die gefangenen Deutschen, von der heißen Sonne etwas ermüdet, genossen ihre freien Minuten und sammelten, ohne sich von der Stelle zu rühren, die Aprikosen auf, die zu ihren Füßen lagen. Einer holte seine Mundharmonika aus der Tasche und spielte »Katjuscha«.
»Molodez!! Guter Junge!«, lobte ihn der dienstälteste Rotarmist. »Gutes Repertoire! Von uns!«
Die Deutschen bauten an dem Abschnitt der Straße, die unter meinem Balkon entlangging, etwa ein halbes Jahr.
»Ach, was denn!«, lallte der immer besoffene Hofwart Stepan. »Sollen die doch bauen! Das haben die doch im Blut, Autobahnen bauen!«
Die Deutschen besänftigten die Wachen mit dem Singen von »Katjuscha« unter Begleitung der Mundharmonika. Sie schnitzten aus Akazien- und Ahornzweigen irgendwelche Figürchen und Pfeifen und warfen sie uns zu. Wir schleppten frisches Brot von zu Hause an und warfen es rüber zu den Deutschen. Obwohl jeder von uns mit einem Stein in der Hosentasche ausgerüstet

war, hatten wir doch Angst, ihnen zu nahe zu kommen. Was weiß man denn?! Sind ja Faschisten immerhin!?

*

»Die Deutscheeen!!!« Das Gerücht über das Eintreffen eines deutschen Kamerateams verbreitete sich blitzartig in dem beinah gänzlich im Schnee versunkenen Dorf.

Das deutsche Fernsehteam hatte sich vorgenommen, etwas über die Taiga in den Zeiten der Perestroika zu drehen, und schlug nun nach hartem Arbeitstag in diesem vergessenen, abgelegenen Örtchen auf, um sich aufzuwärmen und zu übernachten.

»Na ja, ein Hotel haben wir hier, wie Sie sicher verstehen, keines!«, sagte der Dorfbürgermeister. »Für solche Fälle haben wir hier Babuschka Mascha. Wie viele seid ihr? Sechs Mann? Das geht! Ihr Haus ist groß, und sie lebt schon die letzten 50 Jahre allein. Keiner ihrer Männer – nicht der Sohn, nicht der Mann und nicht der Vater – ist je aus dem Krieg heimgekehrt«, erklärte er.

Babuschka Mascha, die von den Dorfkindern bereits informiert worden war, öffnete die Tür auf das Klopfen des Fernsehteams mit den Worten: »Sdrawstwuitje, liebe Gäste! Seid willkommen!«

Die Fernsehleute traten ein in das über die Zeit etwas schief gewordene Blockhaus. In seinem Innern erwies sich das Haus als ein großer Raum, in dessen Mitte ein riesiger, lange nicht mehr gebleichter, aber sehr gut durchgeheizter Ofen stand. Die Wände des Hauses waren, ob nun von der Zeit oder vom Ofen, ganz dunkel geworden. Bis auf einen Tisch mit einem Samowar, einer Ikone und dem Einzelbett hinter einem Vorhang im hinteren Teil des Raumes gab es keine Möbel, abgesehen von einigen großen Holzkisten mit dem Schriftzug »Ersatzteile«, die Gott weiß wie hierhergekommen waren und Babuschka Mascha anscheinend als Kommoden dienten. An der dunklen Wand hingen drei alte

Fotos von drei Männern mit gleichem Haarschnitt und in Uniform. Jedes in einem schwarzen Trauerrahmen.
Die Fernsehleute schauten sich erst um und dann einander an.
»Was man hat, das macht auch glücklich«, sagte Babuschka Mascha. »Hier …«, sie zeigte auf den Platz um den Ofen, »… machen wir Heu hin, darauf kommen Decken, da legt ihr euch drauf. Und bedecken könnt ihr euch mit euren Mantels.«
Die müden Männer nickten zufrieden. Auf dem Hof herrschte längst Dunkelheit.
»Na kommt!«, sagte Babuschka Mascha und nahm ihre Kerosinlampe in die Hand.
Die Männer gingen ihr hinterher, auf einem schmalen Trittpfad durch den tiefen Schnee, zum Heustall. Jeder nahm beide Hände voll von dem Heu, das nach Sommer duftete, als sei es erst gestern geschnitten worden, und so brachten die Fernsehleute es samt dem draußen wehenden Geruch klirrender Kälte ins Haus. Sie legten es aus, wie Babuschka Mascha es gesagt hatte, und schauten einander an. Die Tasche mit ihrem Proviant lag immer noch in dem weit entfernten Hotel im Ballungszentrum.
»Babuschka …«, fing der Übersetzer in entschuldigendem Ton an, während er die kahlen Wände des Hauses anblickte, »vielleicht … findet sich was zu essen?«
»Warum denn auch nicht?!« Babuschka Mascha wurde geschäftig und holte einen übergroßen Topf unter dem Ofen heraus.
»Geht schön raus, holt mir ein bisschen Schnee in den Topf! Bis zum Rand.«
Da in der Kälte plötzlich alle mussten, stellte sich das Kamerateam in Reihe auf und erleichterte sich an der einen Ecke des Hauses in den Schnee, unter dem Risiko, mit dem Strahl am vereisten Boden festzufrieren. Dann gingen sie zur anderen Ecke, Schnee in den Topf sammeln.
Kaum war der Topf auf der erhitzten Ofenplatte gelandet, schickte die Alte ein paar der Männer in den kalten Schuppen, auf dass

sie dort mit der Axt ein gutes Stück Fleisch mit Knochen von dem vereisten Rinderbein abhackten, das Babuschka Mascha von ihren Nachbarn geschenkt bekommen hatte. Die anderen Männer ließ sie Kartoffeln schälen und den Kohl und die Zwiebeln in feine Streifen schneiden. Der Schnee im Topf hatte sich längst in kochendes Wasser verwandelt, und Babuschka Mascha warf alle Zutaten hinein und verschloss den Topf mit einem schweren Deckel.

Nach einer Stunde hatten sich Gemüse und Fleisch in einen schmackhaften Borschtsch verwandelt, der einen verführerischen Duft im ganzen Haus verbreitete.

Die Fernsehmänner setzten sich mit Löffeln um den Topf und schauten einander wieder an.

»Babuschka ...«, begann der Übersetzer erneut, »vielleicht findet sich auch was zu trinken?«

»Warum auch nicht?!«, sagte Babuschka Mascha und ging hinaus. Sie kam wieder mit einer Dreiliterflasche Selbstgebranntem und einem Einmachglas mit salzigen Gurken.

Der ratternde Generator, der das ganze Dorf mit Strom versorgte, war längst ausgeschaltet. Das Fernsehteam saß bei Borschtsch und im Licht der Kerosinlampe am Tisch, trank den selbstgebrannten Wodka, aß die knackigen Gürkchen und führte lange heitere Gespräche, bis zum Morgengrauen. Babuschka Mascha saß etwas abseits, lauschte der deutschen Sprache und sah auf die Fotos an der Wand.

Als die satten, müden und angeheiterten Männer bewusstlos und ohne sich mit ihren »Mantels« zuzudecken in ihre Heubetten fielen und einschliefen, machte Babuschka Mascha die Kerosinlampe aus, bekreuzigte sich vor der Ikone und legte sich auch hin.

Am Morgen, als die Männer vom Fernsehen die Augen auftaten, herrschten in der Hütte wieder Ordnung und Sauberkeit, und auf dem Tisch stand das Einmachglas mit dem Salzwasser, in dem gestern noch Salzgurken geschwommen waren. Daneben ein

Becher. »Trinkt, Jungs, wenn einer von euch Kopfschmerzen hat.« Babuschka Mascha zeigte auf das Einmachglas. »Hilft!«
Die Männer schauten einander an, steckten die Köpfe zusammen, berieten sich und entschieden, Babuschka Mascha eine für damalige Verhältnisse unglaubliche Entlohnung von einhundert D-Mark zu geben.
»Neeein!«, sagte Babuschka Mascha, »ich nehme kein Geld.«
»Wie denn jetzt?! Wir haben hier wunderbar genächtigt, gut gegessen, getrunken sogar! Sie haben für uns so viel getan. Bitte, nehmen Sie das Geld!«
»Nein!«
»Ja, aber warum denn nur nicht?!« Der Übersetzer konnte es einfach nicht verstehen.
»Ihr seid Deutsche?«
»Ja, Deutsche.«
»Und von Deutschen nehme ich kein Geld an«, beendete Babuschka Mascha die Verhandlungen.
Den Männern verschlug es die Sprache. Sie schauten einander schuldbewusst an. Dann Babuschka Mascha, die so dastand, zahnlos, buckelig, an den Füßen zu große Walenki und vom Kopf bis zur Hüfte in ein Wolltuch gewickelt.
»Warum?« Die Stimme des Übersetzers erstickte.
»Ihr seid Deutsche. Und das heißt, dass ihr und wir im Zweiten Weltkrieg …«, Babuschka Mascha lächelte traurig, »… zusammen gelitten haben.«
Ich hörte diese Geschichte von jemandem, der sie wiederum von einem anderen gehört hat. Aber jedes Mal, wenn ich an Babuschka Maschas Worte denke, scheint es mir, als wären es die Worte meiner Mutter.

9.
DAS NICHT AUFGEKLÄRTE VERBRECHEN

Als ich noch ganz jung war, beging ich ein Verbrechen, welches bis heute unaufgedeckt blieb: Ich habe eine Kiste Wodka gestohlen. Ich beging diese Tat nicht allein, sondern mit einem Komplizen, einem Schulkameraden. Es geschah eines lauen Abends, direkt nach dem Abschlussball, als wir, angeheitert vom billigen Wein, aus der Schule taumelten, um etwas frische Luft zu schnappen. Ein Restaurant neben der Schule wurde gerade reichlich mit Waren beliefert. Man lud die Waren aus, darunter auch, in mehreren Kisten verpackt, Wodka, und ließ alles vor dem Lieferanteneingang stehen.

Mein Kumpel und ich, wir konnten uns vieler Talente rühmen: Ich zeichnete gut, schrieb Gedichte, und mein Freund spielte alle möglichen Musikinstrumente. Ich weiß nicht, warum, aber in diesem Moment erwachte in uns ein anderes, ein kriminelles Talent. Wir schnappten also eine der Wodkakisten und liefen los in Richtung eines nahegelegenen Parks.

Dieser kleine Park beherbergte ein Denkmal für die im Zweiten Weltkrieg gefallenen Soldaten: In seiner Mitte stand ein riesiger Panzer. Der Panzer thronte stolz auf seinem Podest, umringt von duftendem Flieder. Mein Freund und ich krochen unter den Panzer, die Wodkakiste mit uns ziehend, als sei es eine Munitionstruhe. Unter dem Panzer herrschte schwarze, feuchte Stille. Vorsichtig guckten unsere dummen Schädel hinter den Ketten des Panzers hervor: keine Verfolgung. Wir schauten einander an,

dann die Kiste. Die schwere Last des Vergehens drückte plötzlich auf unsere minderjährigen Schultern. Wir bereuten unsere Tat und wünschten, es wäre nicht passiert. Aber die Beweise?! Uns war klar: Die Beweise musste man vernichten. Also fingen wir an. Wir tranken den warmen Wodka, direkt aus der Flasche, eine nach der anderen.
Ich weiß nicht, wie viele Flaschen wir geschafft hatten, doch tief in der Nacht fanden Polizisten bei ihrer Routinestreife durch den Park unsere besinnungslos unter dem Panzer liegenden Körper. Sie fragten nicht nach, wo wir so viel Wodka herhatten, sondern brachten uns direkt in die Notaufnahme.
Mein Kumpel und ich erwachten erst Stunden später im Krankenhaus aus unserem Delirium. Die schwere Alkoholvergiftung, die wir beide erlitten hatten, war die gerechte Strafe für unser Verbrechen. Das Verbrechen selbst blieb unaufgedeckt. Unaufgedeckt und unbemerkt, denn die Mitarbeiter des Restaurants klauten wohl selbst so viel, dass die eine Kiste in keiner Weise ins Gewicht fiel. Jedoch die Vergiftung blieb nicht folgenlos. Während mein Kumpel zum schweren Alkoholiker geworden ist, konnte ich die nächsten 20 Jahre nicht nur keinen einzigen Tropfen Wodka mehr trinken, sondern übergab mich fast schon beim Anblick einer Wodkaflasche, geschweige denn einer ganzen Kiste. Erst viel, viel später sollte ich das Geheimnis des Genusses dieses Getränks für mich wiederentdecken.

Mein Körpergefühl für die richtige Dosis, besser gesagt mein fehlendes Gefühl dafür, bewahrte mich vor mehreren schlechten Angewohnheiten.
Auf dem Höhepunkt meiner Pubertät entschied ich mich, mit dem Rauchen anzufangen. Eigentlich missfiel mir der Geruch von Vaters Zigaretten, auch sein nach Rauch riechender Atem, wenn er mir einen Kuss gab, und der Gelbstich an den Fingern seiner rechten Hand. Deshalb wollte ich keine Zigaretten rau-

chen, sondern Zigarren! Das nämlich hatte Klasse, das hatte ich in unzähligen ausländischen Filmen gesehen, wo feine Herren mit weißen Manschetten und Zylindern in ihren großen Limousinen die schönsten Mädchen ausführten. Ich wollte schon mal mit den dicken Zigarren anfangen, mit den Mädchen konnte ich noch warten. Irgendwo auf dem südlichen Halbkreis unserer Erde darbte das kleine Kuba aufgrund der amerikanischen Wirtschaftsblockade: Amerika weigerte sich, die wichtigste Exportware Kubas zu rauchen, die Zigarren. Ich wollte Kuba helfen.

Aber es stellte sich heraus, dass die kubanischen Zigarren, die man neuerdings in jedem Tabakladen unseres provinziellen Städtchens kaufen konnte, ein unglaubliches Geld kosteten – einen ganzen Rubel.

Man muss hinzufügen, dass man für einen Rubel zur damaligen Zeit in der Schulkantine ein köstliches weiches Brötchen, ein Glas Milch sowie ein Schokoladenbonbon kaufen konnte, und es blieben noch 30 Kopeken für eine Kinokarte.

All dem entsagen?! Dieses Opfer zu bringen war ich nicht bereit, nicht einmal der kubanischen Revolution zuliebe. Also musste ich andere, heimische Zigarren rauchen, hergestellt in den Untiefen Mittelasiens.

Die Zigarren waren in minderwertigsten grauen Pappschachteln verpackt, und auf der Schachtel klebte in goldenen Lettern der klangvolle Name: »Brennzeug«. Aber das Wunderbarste an diesen Zigarren war der Preis: 20 Kopeken für 10 Stück. Die Zigarren selbst waren nicht so dick wie die in den Filmen, und über Qualität und Wirkung machte ich mir keine Gedanken. Damals malte das Gesundheitsministerium noch keine Schädel und Knochen auf die Schachteln. Ich kaufte also das »Brennzeug«, angeblich für meinen großen Bruder, und kroch in den unterirdischen Bunker, den man in unserem Hof angelegt hatte, zum Schutz vor amerikanischen Atombomben. Der Bunker war so etwas wie ein Untergrundstützpunkt für uns Jugendliche. Dicke Wände schützten uns vor dem Zugriff der Eltern und vor dem sozialistischen Alltag. Hier hörten wir kratzende Rock 'n' Roll-Raubkopien, die man damals in Tonstudios auf Röntgenaufnahmen presste. Wir nannten das »Rock auf Knochen«. Wenn ich eine solche »Schallplatte« mit der Abbildung eines Brustkorbes auf den Elektroplattenspieler legte, erinnerte ich mich immer an die strenge Schwester von der Röntgenstation unserer Poliklinik. Sie kam immer in das Wartezimmer und verkündete in durchdringendem Ton: »Schädel! Sie warten! Beckenknochen, Sie humpeln jetzt mal schön in Kabine drei!«

In Form von Elvis Presleys schmelziger Stimme drang die bourgeoise Massenkultur durch die unüberwindbaren Mauern des Betonbunkers. Elvis' Porträt ersetzte hier unten das Porträt von Lenin, das oben, über der Erde, allgegenwärtig war. In meiner Ecke des Bunkers hingen darüber hinaus einige Nacktbilder in Schwarzweiß aus dem halberotischen DDR-Blatt »MAGAZIN«. Aber die Hauptgegenstände waren ein Spiegel und die Fotografien einiger berühmter Zigarrenraucher. Beispielsweise Fidel Castro.

Den Spiegel brauchte ich, um das Rauchen zu proben. Ja, wirklich proben, denn ich fand die Hauptsache an der ganzen Angelegenheit war, wie man beim Rauchen aussah.

Die Zigarrenraucher auf den Fotos wirkten sehr imposant, und ich wollte es ihnen gleichtun. Ich steckte die Zigarre in den Mundwinkel, schaute mit strengem, etwas herablassendem Blick in den Spiegel und versuchte, eine Augenbraue hochzuziehen. »Na, was ist, Kleines, steig in meinen Wagen!« Eigentlich war der Wagen ein noch viel erotischerer und unerreichbarerer Traum als die Kleine.

Ich hatte mich also im Spiegel vergewissert, dass alles saß und gut aussah, und machte mich nun ans Werk. Ich wusste nicht, wie man es wirklich anstellte, also sog ich voller Inbrunst den Rauch der billigen Stumpen in meine Lungen ... ganz tief, immer und

immer wieder. Beim Ausatmen versuchte ich, Ringe zu bilden und sie hinauf zur Decke zu schicken. Aber das wollte mir nicht gelingen. Etwa nach der zehnten Zigarre sah ich statt der Ringe viele andere geometrische Formen: Quadrate, Dreiecke, Rhomben, Hexagone; und Elvis' Stimme klang wie die Stimme eines Engels, der vom Himmel herabgeschwebt kam, um mich zu Gott zu geleiten. Der Engel stellte sich als mein Vater heraus, der mich schon seit zwei Stunden gesucht hatte, um mich zum Abendessen zu holen – und Gott sei Dank auch fand.
Ich rauchte nie wieder. Selbst nach den ersten Experimenten der körperlichen Liebe, wenn Mädchen mir die brennende Zigarette danach in den Mund steckten, spuckte ich sie direkt wieder aus, auch wenn ich einen Brand im elterlichen Schlafzimmer riskierte.

Meine Eltern waren immer sehr geduldig mit mir und meinen »Ideen«. Sie waren stolz auf meine Erfolge, traurig über meine Misserfolge, aber einmal waren sie sehr traurig: Ich hatte beschlossen, mein elterliches Zuhause zu verlassen, um in Leningrad zu studieren. Und dort lernte ich eine Frau kennen, die deutlich älter war als ich. Im Gegensatz zu meinen sich in gesittetem Schweigen übenden Eltern gingen mich meine Freunde sehr direkt an: »Was willst'n du mit dieser Schabracke?! Das ist eine alte Kuh!! Wach auf, du bist erst siebzehn!!!« Ja, ich war siebzehn, und die alte Kuh siebenundzwanzig.
Sie war Model in einem Leningrader Modehaus und hieß Irka. Irka rauchte nicht und trank nicht. Ich fläzte auf ihrem Bett, sah ihrem schönen nackten Hintern zu, wie er, getragen von ihren langen Beinen, durch das große Schlafzimmer defilierte, und konnte mein Glück kaum fassen.
»Willst du einen Kaffee?«, flötete sie und verschwand irgendwohin, weit weg, dahin, wo sich die Küche befand.
Die große Wohnung gehörte ihren Eltern, die zum Arbeiten in

die Antarktis gegangen waren. Ihr Vater war ein großer Wissenschaftler, der den Norden erforschte, und die Mutter beschützte ihn vor allem, was reales Leben bedeutete, Eisbären inklusive.
Irka wusste viel und erzählte sehr gut und sehr gern Geschichten. Ihre Geschichten waren für mich wie die von Scheherazade. Ich lag oft zu ihren Füßen auf dem den Fußboden zierenden riesigen Eisbärenfell und hörte ihr mit offenem Mund zu. Fehlte nur noch die Wasserpfeife.
Kennengelernt hatte ich Irka auf einer Modenschau. Man hatte mich, den Regiestudenten, eingeladen, um bei der Inszenierung zu helfen. Diesmal sollte eine Kollektion von Samtgewändern präsentiert werden. Die Models schritten den Laufsteg entlang, gekleidet, als seien sie Pagen aus dem 17. Jahrhundert. Große samtene Hüte mit Federn, weiße Blusen mit Rüschen und riesigen Kragen, samtene Kniebundhosen. Der obere Teil des Kostüms wechselte, die Hosen blieben. In den kurzen Pausen setzten sich die Models auf die für sie vorbereiteten Hocker, um sich kurz zu entspannen. Dabei streiften sie nicht nur die hohen Schuhe ab, sondern zogen sich auch die Hosen in die Kniekehlen und saßen minutenlang so da, wie auf der Kloschüssel.
Irka hatte meinen verstörten Blick gesehen und lachte: »Das ist, damit die Hosen keine Sitzfalten bekommen!« So lernten wir uns also kennen: ich mit glupschigen Augen, Irka mit heruntergelassener Hose. Dieses Bild sollte bezeichnend werden für unsere Beziehung …
Bei Irka zu Hause, nach allen Spielen und Zärtlichkeiten, wandte sie mir den Rücken zu und ging ins Badezimmer. Heraus kam sie mit einem kleinen, blutigen Wattebausch in der Armbeuge.
Auf meine Fragen sagte sie, sie bräuchte das, der Gesundheit wegen, und setzte wieder an, zu erzählen, über ferne Länder, exotische Vögel, märchenhafte Tiere …
Einmal, als mir das mit der Wasserpfeife herausgerutscht war, schaute sie mich sehr genau an und sagte: »Weißt du was? Lass

uns zusammen einen Schuss setzen. Das wird so ein High, wenn wir das zusammen machen!«
Mir wurde ganz kalt. Erstens hatte ich schreckliche Angst vor Spritzen, und zweitens: Wodka, na gut, Zigarren, na gut, aber *das*?! Ich stammelte irgendwas.
»Liebst du mich?«, flüsterte Irka und schaute mir tief in die Augen.
Ich liebte Irka sehr und war bereit, alles zu tun, was sie von mir verlangte. »Mach!«, atmete ich aus, und Irka küsste mich so, wie sie mich noch nie zuvor geküsst hatte. Von diesem Kuss blieb mir das Herz fast stehen, und meine Haut war wie betäubt. Irka stach in diese betäubte Haut und traf die Vene: »Gleich kommt's! Gleich kommt's! Gleich bist du bei mir!«
Ich weiß nicht, was in ihrer Spritze war. Gestorben bin ich nicht. Aber anstatt mit ihr neuen Welten entgegenzufliegen, kotzte ich mir die Seele aus dem Leib. »Das ist nur beim ersten Mal so!«, stotterte Irka ganz aufgeregt, »aber morgen …« – ihr Gesicht leuchtete vor Erwartung –, »morgen wird das gut! Dann fliegen wir zusammen!« Und wie eine Verrückte küsste sie mein bekotztes Gesicht. Aber am nächsten Tag wiederholte sich nur das Geschehen. Am übernächsten Tag auch. Und das war der letzte Tag. Ich liebte Irka nicht mehr. Es schien, als hätte ich all mein Gefühl für sie ausgekotzt. Nur die Angst vor Spritzen ist mir bis heute geblieben.

10.
MEERJUNGFRAU ELLA

Das Meer. Allein seinem Rauschen zuzuhören verwirrt die Sinne und gibt einem das Gefühl von Glück. Man braucht nur die Augen zu öffnen, und schon wird dieses Glück Wirklichkeit. Die Wellen dieser Wirklichkeit brechen irgendwo in der Ferne und kommen als Hunderte kleiner weißer Schäfchenlocken über die smaragdenen Tiefen an das Ufer gelaufen. Die Schäfchenlocken rollen an Land und verwandeln sich in eine dünne Glasschicht, die über den Sand fließt und alles ummantelt, was auf ihrem Weg liegt.

Das Meer. Bittersalzig und eiskalt in der Tiefe, aber lieblich warm in der Bucht. Geht man bis zum Knie hinein, umzingeln sofort unzählige Fischlein und durchsichtige Krebse das Bein, verschlucken gierig die aufsteigenden Bläschen oder sonst welche Leckereien, die ihnen die behaarte menschliche Haut bietet. Ihre schwarzen Äuglein zucken im Wasser an den kurzen Fädchen, die sie mit den durchsichtigen, hirnlosen Kopfkörpern verbinden. Die Krebschen verfitzen sich mit ihren Fühlern in den Haaren des Beins und beißen dieses böse. Man schüchtert diese winzigen Meeresungeheuer ein, indem man den großen Zeh in den goldenen Sand des Meeresbodens steckt und ihn dann mit dem Fuß ruckartig hochschleudert und aufwirbelt. »Wen glotzt ihr denn hier so an, Winzlinge?!« Die Wolke der lautlosen Sandexplosion verjagt die gerade noch zufrieden mampfende Schar der Kaltblüter und Blutlosen. Die Fischchen und Krebslein scheren aus und verharren dann in sicherem Abstand im Kreis um einen

herum, als wollten sie sagen: »Was denn, den ganz Kleinen willst du was tun?«
Man schämt sich. Man legt sich ruhig an den Strand, streckt alle viere von sich und lässt die Krebslein, die Sonne, das Meer alles tun, was sie tun wollen. In diesem Moment ergibt man sich und wird ein Teil des Ganzen.
Stellen Sie sich ein agiles Männlein vor. Mit einem großen Kopf, der stolz auf einem dünnen, etwas nach vorn gestreckten Hals sitzt. Die Größe des Männleins übertrifft kaum 170 Zentimeter, und das Gewicht reicht kaum an 50 Kilogramm heran. Auf dem dürren Hintern dieses Geschöpfes sitzt ballonartig und extravagant eine Badehose in Kindergröße, und die dürren Ärmchen scheinen sogleich aus den Gelenken zu fallen. Das zerbrechliche Skelett des Männleins ist straff umspannt von blassgrüner Haut. Große, wie es scheint, alles verstehende Augen glotzen durch die Gegend.

Wenn Sie jetzt glauben, ich wolle Ihnen hier einen Außerirdischen beschreiben, dann irren Sie sich. Dieses Männlein war mein siebzehnjähriges Ich. Und geglotzt habe ich auf die mir bekannten, aber noch durchaus unerforschten Mädchen. Zum Zeitpunkt des Geschehens dachte ich, die Liebe sei etwas, das plötzlich entsteht und genauso plötzlich wieder geht. Etwas wie Sonnenaufgang und -untergang, wie Flut und Ebbe. Also etwas durch und durch Naturgegebenes und absolut kein dramatisches Ding. Kaum hatte ich die Grenze der Pubertät überschritten, begann ich ausgiebig diese Naturgegebenheit auszukosten. Die Umgebung dafür war absolut perfekt: das Asowsche Meer, schön und gemütlich, fast direkt vor dem Elternhaus. Endlose sandige Strände, auf denen man, bis auf ein einsames Kamel, das Gott weiß auf welchem Wege aus der Wüste Afrikas in die ukrainischen Steppen gelangt war, weit und breit kaum ein Lebewesen antreffen konnte. Und des Weiteren, und das war wohl das Wichtigste, befanden sich genau an diesem Strand zwei Sommerstudentenlager: Das eine war das Lager der Medizinischen Fakultät, das andere, in ein paar Kilometern Entfernung, das Lager der Pädagogischen Fakultät. Ich brauche wahrscheinlich nicht zu erwähnen, dass in beiden Fächern hauptsächlich Vertreterinnen des schönen und schwachen Geschlechts immatrikuliert waren.

Jeden Sommer, kaum waren die Ferien angebrochen, schlug unsere milchbärtige Clique ihre Zelte zu den Füßen eines dieser beiden Lager auf. Abends holten wir aus den Tiefen des Meeres die dort von uns vorher an einer langen Angelschnur zum Kühlen hineingeworfene Wodkaflasche. Wir machten ein Lagerfeuer, und ich nahm die Gitarre in die Hand, auf der ich, genau für solche Anlässe, ein paar der notwendigsten Akkorde zu zupfen gelernt hatte. Schon nach etwa fünf oder sieben Akkorden schloss sich um unser Feuer ein magischer Ring dankbarer Zuhörerinnen. Sie wiegten sich mit ihren unglaublich verführerischen Hüften im Takt. Manchmal waren diese Hüften umwickelt von leichten bunten Tüchern mit langen Quasten. Manchmal beschränkte sich das Auditorium auf einen kleinen Bikini – ein faszinierender Minimalismus. Manche zogen über ihre jungen, von jeglichen Fettansammlungen noch vollkommen unberührten Körper durchsichtige Tuniken mit folkloristischen Stickereien. Die langen glatten Haare dieser Nachtfalter, die zum wärmenden Schein unseres Feuers geflogen gekommen waren, wurden von bunten Bändern gehalten. Unzählige lange Ketten mit Nagellack bunt gefärbter Muscheln klimperten an den schlanken Hälsen und begleiteten meinen Gesang. Es war vollkommen egal, was ich sang. Und auch »singen« konnte man mein akzentuiertes Rezitieren nur schwer nennen. Aber es waren meine Lieder, ich hatte sie selbst geschrieben. Der eine Teil der Clique bewunderte mich als Poeten, der andere als Komponisten. Und auch ich selbst war stolz auf mich. Dieser Stolz ersetzte alle fehlenden Zentimeter an Körpergröße und Kilogramm an Gewicht. Ich empfand die Wirkung meiner Kunst so, wie wahrscheinlich auch ein Hypnotiseur die seine empfindet, wenn er sein Opfer, den Kopf auf einem Stuhl, die Füße auf einem anderen, 15 Minuten lang einem vollen Saal schlafend und schnarchend vorführt.

Die Damen hörten mir mit Bewunderung zu und tranken mit uns den kalten Wodka, der unsere Herzen wärmte. Das war unser eigenes, kleines Woodstock.

An einem solcher Abende verliebte ich mich in ein Mädchen, an dessen Namen ich mich leider nicht mehr erinnere.

Sie war Medizinstudentin, und es waren ihre letzten Sommerferien. Noch ein bisschen, und sie wäre Frau Doktor.

Mir kam es so vor, als würde sie auch mich, der noch Schüler war, als Patienten sehen. Ich fühlte mich wie eine Bazille unter ihrem Mikroskop. Eine Bazille, die von einem unglaublich großen menschlichen Glück ereilt worden war.

Meine namenlose Freundin teilte mit mir all ihre unbändige Begierde und die ganze Erfahrung ihrer langjährigen Studien. Und als die Ferien zu Ende waren, nahm sie ein Stück Kohle aus den Resten des Lagerfeuers und schrieb auf Latein an die Decke meines Zeltes: »Gut gibt der, der reichlich gibt!« Dabei meinte sie natürlich sich selbst.

Im Sommer darauf schlugen wir die Zelte auf dem Strand vor dem Erholungslager der Pädagogik-Studentinnen auf.

Ich suchte meine alten und neu geschriebenen Lieder zusammen.

Die angehenden Lehrerinnen versammelten sich im engen Kreis um unser Feuer. Sie unterschieden sich optisch kaum von den Medizinerinnen des Vorjahres, doch die Zeiten hatten sich geändert, die Mode schritt voran, und nun kamen manche von ihnen zu unseren nächtlichen Festen nicht nur in kurzen durchsichtigen Tuniken, sondern auch gänzlich ohne. Barbusig.

Auf ernste Drohungen seitens des komsomolischen Lagerleiters, der ab und zu vorbeischneite, um nach dem Rechten zu sehen, entgegneten die Mädchen, sie zeigten sozialistische Solidarität mit der Witwe von Patrice Lumumba, dem von Imperialisten im Kongo getöteten afrikanischen Freiheitskämpfer. Diese habe als Trauerzeichen nach uralter afrikanischer Tradition oben ohne Léopoldville durchschritten.

Ansonsten blieb das Szenario gleich. Eines Tages verliebte ich mich in eine der angehenden Lehrerinnen, an deren Namen ich mich gar nicht erinnern möchte. Ob nun wegen des vielen Wodkas oder eines flüchtigen Hingerissenseins, jedenfalls blieb sie über Nacht bei mir in meinem von Sommerwinden zerfledderten Zelt. Aber als unsere nackten Körper eigentlich schon bereit zu verschmelzen waren, fing die angehende Lehrerin plötzlich an, das Liebesspiel auf jede erdenkliche Weise hinauszuzögern. Kaum berührte ich ihre intimen Bereiche, wollte sie unbedingt etwas über die politische Situation Nicaraguas wissen. Kaum küsste ich sie zärtlich hinter dem Ohr, wollte sie wissen, wie groß wohl die Entfernung zwischen unserem Zelt und dem Nordpol sei. Ich habe, zugunsten des erfolgreichen Ausgangs der Situation, sogar eine Kerze angezündet. Doch es half nichts. Diese ganze Sache dauerte schon länger als eine Stunde. Mein junges Organ wuchs, verwelkte, wuchs und verwelkte wieder. Um dem totalen Reinfall dieses Liebesblödsinns zu entgehen, drehte ich meine nächtliche Besucherin auf den Rücken und fing an, sie unter meinen Küssen zu verführen. Ich begann am Hals und kam gerade mal bis zum Bauchnabel, da sah die angehende Lehrerin im Licht der Kerze den in Latein an die Decke meines Zeltes gekritzelten Spruch.

»Oh!«, sagte die Lehrerin, »und was heißt denn das?!«

»Gut gibt der, der sofort gibt!!!«, antwortete ich, dieses ewigen Vorspielhorrors müde.

Ein Sommer folgte dem anderen. Meine Kumpels und ich waren jetzt selbst Studenten, wir hatten die Elternhäuser verlassen und trafen uns jetzt nur noch in den Semesterferien, im Juli und August. Wie immer brachten wir alle unsere Zweimann-Zelte mit an den Strand. Das einzig Neue daran war, dass alle Jungs jetzt feste Freundinnen hatten und wir unser Lager daher weit weg von den Sommerlagern aufschlagen würden. Ich hatte keine feste Freundin und beschloss, meine ersten Semesterferien im Sinn, die Einsamkeit zu genießen. Doch kaum hatte mein Zug den Bahnhof meiner Heimatstadt erreicht, sollte ich Ella begegnen.

Ella war ein Jahr jünger als ich. Sie hatte gerade die Schule beendet und verkaufte Eis am Gleis. Ella war ein stattliches Mädchen mit großen Brüsten und breiten Hüften. Nein, nein, Ella war nicht dick. Ella war groß. Nur ihre naturgegebene Langsamkeit, die stockende Reaktionsfähigkeit und die Grobmotorik ihrer Bewegungen hatten sie davon abgehalten, zum Beispiel der Star einer namhaften Handballmannschaft zu werden. Ich kannte Ella noch aus der Schule. Sie war einige Zeit die Freundin eines Klassenkameraden gewesen, und so hatten wir mal Silvester zusammen verbracht. Als sie hörte, dass ich mit meiner Clique ans Meer fahren wollte, wurde sie still und brummte dann in gedämpftem Contralto: »Ich will auch ans Meer. Ich will mit euch mit.«

»Ella!«, sagte ich, »erstens kommen alle Jungs mit ihren Freundinnen. Der einzige freie Platz wäre in meinem Zelt, und ich, bitte versteh mich richtig, habe keinerlei Lust auf eine, sagen wir, fremde Zeltgefährtin. Und weiterhin würde dich deine Mutter bestimmt nicht lassen.«

»Bitte«, sagte Ella flehend und tief, »ich werde dich bestimmt nicht stören.«

»Und die Arbeit?« Ich wies auf den Eisstand.

»Ich kündige.«

»Na und deine Mutter? Ich werde dich auf keinen Fall mitnehmen, wenn deine Mutter das nicht erlaubt!«, sagte ich, denn ich war vollkommen sicher, dass ihre Mutter ihr garantiert unsere Gesellschaft verbieten würde.

»Mama ruft dich morgen an.«

Ihre Mama rief mich tatsächlich am nächsten Tag an: »Ja! Aber

wirklich nur, weil Sie es sind«, sagte sie. »Sie sind der Einzige, dem ich vertraue, und ich weiß, dass gar nichts …«, und sie betonte es beim Wiederholen mit Nachdruck, »… gar nichts passieren wird!«
Ich war mir auch sicher, dass nichts Derartiges passieren würde. Die schwerfällige Ella gehörte beim besten Willen noch nie zu den Objekten meiner Begierde.

Meine Clique wunderte sich nicht und nahm Ellas Erscheinen gelassen hin. Nachdem wir das Auto, das uns an den Strand gebracht hatte, entladen hatten, machten wir uns daran, Meergras einzusammeln, das, von der Sonne getrocknet, am Strand herumlag. Es empfiehlt sich, diese rauschende und federnde Masse unter die Zeltböden zu legen, damit es weicher ist. Diese absolut spezielle Algenart, die man nur im Asowschen Meer vorfindet, sieht getrocknet aus wie Tonbandsalat.
Ella schaute sich die Algen ganz genau an. Sie pulte die kleinen Krebse und Spinnen heraus, entließ sie ins Meer, nahm erst dann den Algenhaufen in beide Arme und brachte ihn zu den Zelten.
Diesmal wählten wir für unseren Aufenthalt die breite Sandbank zwischen dem Meer und einer Flachwasser-Lagune – dem Liman. Diesem Liman wurden heilende Kräfte nachgesagt. Sein Schlamm, schwarz wie Pech und schmierig wie Öl, sollte angeblich Rheuma, aber auch alle anderen Krankheiten kurieren. Besonders Frauen waren diese Schlammbäder empfohlen. Genau gegenüber unserem Lager, am anderen Ufer des Liman, befand sich ein Sanatorium, in dem sich Frauen von der Unfruchtbarkeit heilen ließen.
Der Chefarzt dieses Sanatoriums rühmte sich der Tatsache, dass über die Hälfte der Frauen, die dort stationiert waren, die von ihm geleitete medizinische Einrichtung bereits schwanger verließen.
Nachdem das Meergras gesammelt war, ging Ella stumm zum Liman und bettete ihren Leib in den schwarzen, nach Jod riechen-

den Matsch. Der Matsch verschlang schmatzend ihren großen Körper.
Meine Clique schaute sich verdutzt an, ich hob die Schultern: »Ella …«
Ella hob ihr schlammschwarzes Gesicht mit dem perlweißen Lächeln aus dem Matsch und schaute uns an, als seien wir doof. Nach ausgiebigem Schlammbad richtete sie sich langsam auf und stellte sich zum Trocknen mit ausgebreiteten Armen in die Sonne. So stand sie, bis der Schlamm in Brocken von ihrem weißen Körper herabfiel. Ella hatte keine Eile, und damit hatte sie auch recht. Die Sommerferien hatten gerade erst begonnen.
»Ella«, sagte ich, »weißt du, wenn ich mich in irgendjemanden verlieben sollte«, ich zeigte auf die menschenleeren Weiten des Strandes, »dann musst du im Schlafsack draußen schlafen.«
»Natürlich!«, sagte Ella und kroch auf allen vieren in das Zelt, um dort Gemütlichkeit herzustellen.
Die Jungs und ich hatten die Zelte fest im Boden verankert, gruben ein Loch für das Lagerfeuer, ein noch größeres für die Aufbewahrung der Konservendosen und zimmerten aus den Überresten eines alten Kahns so etwas wie eine Küche. Um frische Produkte zu besorgen, entschied man, mit Hilfe unseres einzigen Fahrrades zu den einheimischen Bauern zu fahren.
»Ich kann einkaufen fahren«, schlug Ella vor.
»Nein, nein!«, widersprachen alle in der Angst, sie würde losfahren, um Milch für das Frühstück zu holen, und mit saurer Sahne für das Abendbrot zurückkommen.
»Du wirst für Ordnung verantwortlich sein!«, ereilte jemanden die Idee.
»Gut«, sagte Ella und begann aus dünnen trockenen Zweigen einen Besen zu flechten.
Der Tag neigte sich dem Ende zu. Die heiße Sonne sank langsam hinter den Liman und tauchte ihn in leuchtendes Rot.
Auf der gegenüberliegenden Seite, hinter dem dunklen Blau des

Meereshorizonts, kam eine schmale, blasse Mondsichel zum Vorschein. Die Mädchen zauberten etwas mit Gemüse in der Küche und kicherten über ihren Kram. Die Männer zogen Schwimmflossen an, bewaffneten sich mit Harpunen und gingen ins Meer, auf Jagd nach der flachen Flunder.
Ella tauchte ihre Hände ruhig in das salzige Meerwasser und polierte mit dem Sand die Teller, Tassen und das übrige Küchenzeug. Ich widmete mich einer überaus wichtigen Arbeit, die von uns allen auch wirklich nur ich ausführen konnte: Ich stimmte meine Gitarre. Ich drehte an den Wirbeln, zupfte etwas an den Saiten und quälte meine Gitarre, bis jaulende, beinah hawaiianische Klänge herauskamen.
In der Pfanne schmolz bereits die Butter, die Jungs nahmen ihren Fang aus, die Mädchen weinten vor Freude, die ihnen das Schneiden der Zwiebeln bereitet hatte, und Ella saß windgeschützt hinter dem Zelt und pulte die letzten Reste des heilenden Schlamms aus ihren Fußnägeln.
Ich weiß nicht, wie viel alle an diesem Abend intus hatten. Ich weiß nur, dass es sehr lustig war und nicht nur ich Gitarre gespielt hatte, sondern auch alle anderen. Sogar solche, die noch nie vorher eine Gitarre in der Hand gehabt hatten. Der schwarze Baldachin des Sternenhimmels hing über unseren Köpfen, und der Mond nahm seinen nächtlichen Lauf.
Ich zupfte die Saiten, jaulte etwas Lyrisches, und meine Freunde, wie in der Abschiedssinfonie Haydns, verließen, Pärchen für Pärchen, das erlöschende Feuerlager. Ella und ich blieben allein.
»Lass uns schlafen gehen«, sagte Ella müde und schüttete Sand in die welken Flammen, um sie endgültig zu löschen. Ich schleifte mich ihr hinterher.
Im von der Sonne aufgeheizten Zelt war es unerträglich heiß. Wir zogen uns aus.
»Und was jetzt?«, fragte Ella düster. »Wollen wir jetzt einfach so rumliegen?«

Ich legte meine Hand auf Ellas große Brust. Was dann geschah, kann man in keinem Polizeibericht beschreiben. Ella sprang hoch, als sei unter ihrem Hintern eine Hundert-Kilotonnen-Bombe explodiert. Sie schmiss sich in die Luft, schnappte mein knochiges Skelett und riss an mir und wirbelte mich, wie der Affe die Zeitung, unter wildem Kampfesgeschrei Gott weiß welcher Stämme. Die Druckwelle von Ellas Explosion erwischte mich ohne Vorwarnung, und ich, am ganzen Körper zuckend, drang in sie – wie mir schien, samt meines Kopfes.

»Meeehr!!!«, schrie Ella, während sie mir mit voller Wucht auf den Hintern klatschte.

Ich bemühte mich nach Kräften. Mein armes Herz wollte sich jeden Moment von meinem mickrigen Körperchen verabschieden. In diesem Moment dachte ich an meine Mutter. Warum nur habe ich mich den Vitamintabletten verweigert, die sie mir in der Kindheit verabreichen wollte. Ich dachte an meinen sportlichen Vater, dessen Beispiel ich vehement nicht folgen wollte und somit jeder Art von Körperertüchtigung am Morgen und am Abend immer aus dem Weg gegangen bin. Warum nur, warum!?

Ella war unermüdlich. Sie drehte mich wie ein Trapezkünstler seinen Partner, den er mal kopfüber wie eine Puppe in der Luft dreht, mal runter in das Netz schmeißt. Aber ich hatte das Gefühl, dass da kein Netz war.

Ella indes, ob nun wegen des Heilschlammes oder anderer übernatürlicher Kräfte, schien nichts an Power einzubüßen und jonglierte mit mir ohne Ermüdung. Die Energie, die von Ella ausging, hielt mich fortwährend unter kitzelndem Strom.

Sie umschlang mich wie wild, sie drückte mich mit ihren Beinen, und sie küsste mich so tief, dass ich das Gefühl hatte, ein Taucher zu sein, der in einem Meer aus Wärme und Liebe versinkt.

»Uuuuuh!«, dröhnte die unersättliche Ella, und ich verstand, dass ich den physiologischen Erguss meiner materialisierten Emotionen nicht mehr zurückhalten konnte.

»Aaaaah«, drang es aus meinem Hals und verschmolz mit dem Jaulen des einsamen Dorfhundes und dem Krächzen irgendeines Hahns, der sich wohl in der Zeit vertan hatte. Mein Körper zuckte noch einmal, und ich fiel erschöpft auf die in voller Größe ausgebreitet liegende Ella. Mein Kopf ruhte zwischen ihren Brüsten, als sei er von hohen Hügeln umgeben. Meine dürren Beinchen hingen leblos irgendwo in der Schlucht zwischen ihren Knien. Ich wagte mich nicht zu rühren.
»War's das?«, brummte Ella.
»Ja«, piepste ich.
Ella griff mich, ohne ein weiteres Wort zu verlieren, unter den feuchten Achseln und entfernte mich von sich. Dann öffnete sie genauso lautlos die Plane des Zelteinganges, und die hereinwehende Brise gab mir ein Stück Lebenskraft zurück. Das Zelt stand genau am Ufer. Die weichen Wellen flüsterten irgendwas, und vor meinem Zelt hing das weiße Gesicht des neugierigen Mondes, zerfurcht von unzähligen Pockenkratern.
Die nackte Ella schritt auf dem noch warmen Sand, und das Licht des Mondes fiel auf die Konturen ihres Körpers. Ihre runden Hüften bebten im Takt der heranrollenden Wellen. Ihre langen, starken Beine trugen den gemeißelten Torso so, wie ein Schiff sein Segel der wilden und unbändigen See entgegensetzt. So etwas Schönes hatte ich noch nie gesehen. Ihre langen, glatten, goldenen Haare reichten vom Scheitel bis zum Steiß. Die schwarze Silhouette ihres Körpers in diesem Mondlichtschein hatte etwas Göttliches. Ohne sich nach mir umzudrehen, schritt Ella langsam immer weiter auf dem leuchtenden Pfad, den der Mond ihr auf dem Wasser gezeichnet hatte. Die Sterngirlanden schienen wie der Schmuck der überirdischen Ella, die ihn in dieser Unordnung auf dem Laken des nächtlichen Himmels ausgebreitet hatte.
Ella trat sicher in das kühle Meer hinein. Ohne auch nur mit einem Muskel zu zucken, ohne auch nur eine Sekunde anzuhalten, ging Ella immer weiter. Bis zum Knie, bis zur Hüfte, bis zur

Brust. Als sie die nötige Tiefe erreicht hatte, hob sie gleichzeitig ihre beiden starken Arme wie Flügel, schlug mit ihnen auf das Wasser und schwamm, indem sie ihren Körper immer wieder bis zur Taille gegen die Wellen aufbäumte, dem Horizont entgegen. Die Spritzer, die dabei entstanden, vermischten sich mit dem Licht der über dem Meer schwebenden Glühwürmchen. Ich dachte, Ella verlässt jetzt unser Strandstädtchen für immer, um auf ewig in ihre Welt zurückzukehren, dahin, wo es ihr wohlergeht.
Ich schaute auf die Weiten des Meeres und sah nur noch die Sterne, den Mond und den Streifen Licht, den er warf. Dann schlief ich ein.
Als ich aufwachte, fegte Ella bereits langsam und gelassen den herangewehten Müll von unserem Zeltplatz. Die Mädchen waren in der Küche und weinten wegen der Zwiebeln, und die Jungs zwängten sich wieder in die Tauchausrüstungen. Das Meer lag still. Die Sonne schien dort, wo gestern noch der pockige Mond hing. Ich wollte am liebsten alle umarmen. Am meisten Ella. Aber ich tat es nicht, denn ich befürchtete, dass, wenn ich Ella noch einmal berührte, die Explosion vielleicht so gewaltig wäre, dass es uns alle und alles um uns herum wegfegen würde.

II.
SCHWEDISCHE STIEFEL

Etwa im zweiten Semester an der Kunstakademie begann ich mir ernsthaft Gedanken über das Leben und den Tod zu machen. Über das Leben machte ich mir an sich schon seit längerem Gedanken, denn meine Mittel reichten dafür nicht aus, und am Tod war ich nicht etwa interessiert, weil er einen Ausweg aus den finanziellen Problemen bot, sondern nur so, rein philosophisch: Wie war es wohl »dort«, wenn das alles hier zu Ende war?!

Auf den natürlichen Tod hätte ich noch ziemlich lange warten müssen, also entschied ich mich, den Prozess zu beschleunigen, genauer gesagt, den Tod mit sofortiger Wirkung eintreten zu lassen. Allerdings, um danach genauso schnell wieder ins Leben zurückzukehren, um dann als gut bezahlter Referendar von meinen Erlebnissen berichten zu können, als lebendiger Zeuge aus dem Reich des Jenseits.

Ich nahm ein dickes Seil und ging in die Toilette unseres Studentenwohnheims. Der Winter war zwar noch jung, aber die kalten nackten Wände unserer unbeheizbaren Toilette waren schon von Frost bedeckt.

An einem Ende des Seils machte ich eine Schlinge. Das andere Ende befestigte ich am Zugmechanismus des alten Spülkastens oben unter der Decke und begann, vorsichtig in die Hocke zu gehen, wobei sich die Schlinge um meinen Hals immer mehr zuzog. Enger und enger. Der Spülkasten entleerte sich seines Inhalts, das Wasser schoss wie ein Wasserfall in die Kloschüssel – als würde ich versuchen, mich selbst wie Scheiße von dieser Welt zu spülen. Jetzt, gleich, gleich ist er da, der Übergang vom Leben zum Tod. Ich schloss die Augen und versuchte, mir vorzustellen, was mich auf der anderen Seite erwartete: Vielleicht waren es Engel, die gleich erscheinen würden, oder ihre Widersacher, die kleinen Teufelchen. So immer tiefer sinkend, glitt ich irgendwann bewusstlos auf den gechlorten Boden des WC. Genau in diesem Moment wurde mein Zimmergenosse Solowei, was übersetzt Nachtigall heißt, von einem dringenden Bedürfnis zur Toilette getrieben. Er öffnete die nicht verschlossene Tür, sprang sofort zu mir, löste die Schlinge von meinem Hals und ohrfeigte mich voller Schreck so lange, bis ich wieder zu Bewusstsein kam. Mit großer Enttäuschung musste ich feststellen: »Dort« gab es gar nichts zu sehen.

»Ist es wegen ihr? Wegen Wika? Macht sie dich fertig?!«, japste der große, muskelbepackte Nachtigall und streichelte meine blöde Birne.

Wika war Nachtigalls Mädchen. Sie kam jede Nacht zu uns ins Zimmer, genoss mit Nachtigall die Freuden der körperlichen Liebe, während ich mich schlafend stellte. Danach, wenn Nachtigall tief und fest schlief und wie ein Traktor grunzte, quälte sie mich bis zum Morgengrauen mit irgendwelchen tiefsinnigen intellektuellen Gesprächen, die mir tierisch auf den Sack gingen.

Im Gegensatz zu Nachtigall und mir, die nur zugezogene Provinzler waren, lebte Wikas Familie seit eh und je in St. Petersburg. Ihr Vater war ein hohes Tier bei der Eisenbahn.

»Ach Quatsch«, beruhigte ich Nachtigall, »das ist rein philosophisch.« Und ich versuchte, ihm meine Idee vom Aus-dem-Leben-Gehen und vom Zurückkommen zu erklären. Nachtigall verstand es auf seine Weise und sagte, ich solle mir keine Sorgen machen, er würde sich um eine Möglichkeit des Zuverdienstes für uns beide kümmern. Daraus darf man nicht schließen, dass meine Eltern mich ohne einen finanziellen Zuschuss meinem Schicksal überlassen hätten. Sie schickten mir einen monatlichen

Betrag, von dem man ein einfaches, aber erträgliches Leben bestreiten konnte. Nur war mir dieses einfache Leben nicht erträglich.

Das Geld von Papa und Mama zerfloss binnen zwei Wochen in meinen Händen. Und das Stipendium, das ich bekam, war so mickrig, dass es nicht einmal der Rede wert war.

Und da die Idee mit den teuren Seminaren über das Leben danach auf dem Boden der Toilette gestorben war, wurde es tatsächlich Zeit, sich um einen vernünftigen Job zu kümmern.

Nachtigall sprach diesbezüglich sehr eindringlich mit Wika. Wika sprach sehr eindringlich mit ihrem Vater, und Wikas Vater stellte sich tatsächlich als einflussreicher Mann heraus.

Innerhalb einer Woche hatten wir einen Megajob: Wir wurden Nachtwächter im Speisewagen des Zuges Leningrad-Warschau/Warschau-Leningrad.

Um sich diesen Zug vorzustellen, muss man sich die Beschreibung des Orient-Express' von Agatha Christie ins Gedächtnis rufen und sich dann alle vergoldeten Details, Kringelchen und jeglichen bourgeoisen Schnickschnack wegdenken. Ansonsten alles wie bei Agatha.

Der Zug erreichte den Leningrader »Warschauer Bahnhof« gegen Mittag. Sobald alle Passagiere ausgestiegen waren, stellte man den Zug auf das Abstellgleis. Dort, weit ab vom Bahnhof, wurde eine Grundreinigung und ein Wäschewechsel in den Schlafwaggons durchgeführt. Auch im Speisewagen wurde gründlich in allen Ecken gekehrt, Geschirr gespült und der Herd auf Hochglanz poliert.

Punkt 20 Uhr gab man den Wagen in unsere Obhut, an geraden Tagen in Nachtigalls, an ungeraden in meine. Aber meistens hielten wir zusammen Wache.

Wir hatten die Aufgabe, Einbrecher, die Jagd auf Alkohol machten, von dem jede Menge im Speisewagen lagerte, abzuschrecken; aber hauptsächlich sollten wir in kalten Zeiten alle Öfen des Waggons die ganze Nacht hindurch heizen, damit das Wasser in den Heizungsrohren bei den teilweise weit unter -20° C sinkenden Temperaturen nicht gefror. Wir achteten also darauf, dass im Abteil Zimmertemperatur herrschte und der Ofen immer heiß war, so dass man gleich eine warme Mahlzeit zubereiten oder einen Tee aufsetzen konnte, sobald der Zug sich wieder in Bewegung setzte.

Alle Öfen wurden mit Kohle beheizt. Die zuständigen Eisenbahner brachten die Briketts auf Elektrokarren direkt zum Waggon und kippten sie davor aus.

Nachtigall und ich füllten die Briketts in extra dafür vorgesehene stabile Leinensäcke und trugen sie in den Zug. Unsere Gesichter waren schwarz vom Kohlestaub, und wir fühlten uns wie richtige Männer.

Wika stattete Nachtigall nächtliche Besuche ab. Ihr Jaulen drang jetzt ausschließlich aus dem kleinen Personalschlafraum. Der liebestrunkene Nachtigall rannte barfuß zum lodernden Ofen, schmiss möglichst viele Kohlen hinein und begab sich schnellstmöglich wieder zu Wika. Wika war in voller Fahrt, der Waggon wackelte, und ich hatte das Gefühl, wir rollten los. Aber die Laternen zogen nicht vorbei, sondern verharrten auf der Stelle.

Die Mechaniker hinter den beschlagenen Fenstern ließen die Lichtkegel ihrer Taschenlampen über den Bauch des Speisewagens wandern, klopften mit Hämmern auf die Eisenräder und schlugen nebenbei die riesigen gelben Stalaktiten ab, die unter den Toiletten herabhingen. Das Leben auf dem Abstellgleis hatte seinen eigenen Charme.

Nachtigall und ich liebten unseren Waggon. Kein Wunder angesichts unseres winzigen Zimmers im Wohnheim, und dann gab es auch noch den ganzen Warschauer Bahnhof dazu.

Der Warschauer Bahnhof war Mitte des 19. Jahrhunderts erbaut worden und erinnerte mit all seinen Rundbögen und anderen eleganten Verflechtungen an den Eiffelturm. Und die unzähligen

Gleise, die aus dem Bahnhof in die ferne Welt führten, sahen aus wie Hunderte Eiffeltürme, deren Spitzen sich irgendwo in unsichtbarer Ferne trafen.
Nachts war der Bahnhof geschlossen. Aber nicht für uns. Unter seinen hohen Gewölben konnten wir die wildesten Partys feiern. Einmal, in einer Silvesternacht, rückten all unsere Kommilitonen mit Gitarren und Musikgeräten an. Die Krimsektkorken flogen mit lautem Knall nach oben und scheuchten Tauben und anderes Federvieh, das es sich auf den massiven Kronleuchtern gemütlich gemacht hatte, jäh aus dem Schlaf.
Die Mädchen forderten die diensthabenden Bahnhofsmilizionäre zum Twist auf. Die Milizionäre gingen in die Hocke und wedelten, den Oberkörper nach hinten gebeugt, wie wir alle mit ihren Gesäßen. Es lag ihnen fern, für Ordnung zu sorgen und diese grölende Meute rauszuwerfen.
Aber noch mehr als solche Partys liebten wir die nächtlichen Zusammenkünfte in unserem warmen Waggon, auf den Ledersofas bei Kerzenschein. Wir sprachen über Kunst und Politik, probten unsere Stücke, die wir im Studium aufzuführen hatten, frönten der Liebe und träumten von kommenden Erfolgen. Getränke brachten unsere Freunde immer mit, und zu essen hatten Nachtigall und ich immer genug. Die Köche überließen uns die nicht verkauften Buletten, an guten Tagen waren es so an die zwanzig. Des Weiteren durften wir uns von den Kartoffeln und den Zwiebeln, die unter der Spüle gelagert waren, nach Belieben bedienen. Was brauchte ein Student denn mehr?! Es erschien uns sinnvoll, bei der Eisenbahn um Asyl auf Lebenszeit zu bitten und ewig auf dem Abstellgleis zu leben.
Doch es brach immer wieder ein neuer Morgen an, ein neuer Schwung Köche und Kellner kam, und der ganze Zug lief wieder auf die Gleise, um Passagiere mit Tickets nach Warschau willkommen zu heißen, während wir den Waggon satt und müde verließen. Ausschlafen konnten wir dann während des Marxismus-

Leninismus-Unterrichts-Pflichtfachs, das es an jeder sowjetischen Hochschule gab. Neben Fächern, die für unser Handwerk unabdingbar waren, gab es auch solche wie »Zivilverteidigung«. Der Dozent, der dieses Fach vermittelte, war vor seiner Pensionierung Admiral der Ostseeflotte gewesen. Er kommandierte uns herum wie ein Bootsmann seine Matrosen. Dennoch amüsierten wir uns gut. Wir stülpten uns Gasmasken aus dem Jahre 1914 über den Kopf und imitierten Elefanten, die mit dem Rüssel wedeln. Manche warfen sich auf den Boden, wie zum Schutz vor einer Explosion, und wollten nicht wieder aufstehen, was sie mit der standhaften Behauptung begründeten, ihre Verletzung sei tödlich gewesen.

Wenn Erste Hilfe dran war, kannten wir vor Freude kein Halten mehr. Der Admiral erklärte uns, dass man, bevor man anfing, Erste Hilfe zu leisten, sicherstellen müsse, ob die betroffene Person überhaupt noch lebte. Sonst verwendete man ja die Desinfektionsmittel und das Verbandszeug völlig umsonst, fügte er hinzu. Als Erstes würde man den Puls fühlen, erklärte er weiter. Den Puls finde man am Hals und im Schritt.

An dieser Stelle war der theoretische Teil des Unterrichts beendet, und die Praxis ging los. »So, jetzt sucht gegenseitig euren Puls!« Keiner von uns suchte den Pulsschlag am Hals oder am Handgelenk. Es entstand ein Gewusel, das bis zum Unterrichtsschluss andauerte. Dann erhob sich der Admiral, zog mit einem Handgriff seine schwarze, goldbeknopfte Uniform zurecht, brachte den Offiziersdolch in die richtige Position, hielt die Hand zum Salut an den Schirm seiner Mütze und verließ den Raum. Wir alle bewunderten ihn, und einige der Mädchen waren sogar in ihn verliebt.

Morgens, wenn nicht gerade ein Schneesturm wütete, war die Luft klar und beißend kalt. Nachtigall und ich rannten das Gleis entlang, um nicht zu viel von unserer über Nacht gesammelten

Wärme einzubüßen, und plumpsten ins Taxi. Das Taxi wartete jeden Morgen vor dem Eingang auf uns. Wir verdienten nicht schlecht, diesen Luxus konnten wir uns leisten. Außerdem war es in den meisten Fällen ein Taxi, hinter dessen Steuer unser Freund Dima Bartoschewitsch saß. Dima war viel älter als wir, so um die vierzig. Er kannte das Leben. Auch das Leben hinter Gittern. Man hatte ihn wegen unerlaubten Besitzes westlicher Valuta in Höhe von 25 Dollar verklagt. In der Regel besaß er einiges mehr, aber zum Zeitpunkt der Durchsuchung und Festnahme eben nur 25. Dafür bekam er von unserer strengen, aber fairen sowjetischen Rechtsprechung faire eineinhalb Jahre. Vor dem Arrest arbeitete Dima als Kunsthistoriker in der Eremitage, danach wollte man ihn dort nicht mehr haben. Er wurde Taxifahrer.

Die Freundschaft mit dem kunstkundigen Dima machte uns innerlich reicher, äußerlich schöner und ruinierte uns finanziell. Nein, für die Fahrten nahm er von uns keine Kopeke. Das Taxi war in staatlicher Hand, und sobald wir in Dimas Wolga saßen, machte er das Taxometer direkt aus. So hat er den Staat für alles Unrecht, das ihm von dieser Seite angetan wurde, täglich mit etwa 10 Rubel Bußgeld bestraft.

Schöner und ärmer wurden wir durch die Freundschaft mit Dima, weil er uns immer coole Klamotten mitbrachte, die man in keinem Laden hätte kaufen können. Die Klamotten kaufte er von finnischen Touristen, die am Wochenende nach Leningrad strömten, um sich ins Delirium zu trinken.

Sie kamen mit Zügen, mit Flugzeugen, aber meistens in Kolonnen schön lackierter Busse, auf denen die Gesichter schöner ausländischer Models, vollgespritzt vom Dreck der russischen Straßen, prangten.

Wie es in unserem Alter üblich war, jagten wir wie wild der Mode hinterher, und Dima war ein wichtiges Element bei dieser Jagd. Er beschaffte uns Jeans, Pafum, Unterwäsche und vieles andere. Manchmal bekamen wir, als Geschenk für einen getätigten Kauf,

wunderliche Präservative. Ein sinngleiches Exemplar der heimatlichen Produktion war nicht nur frei von jeglicher Romantik, sondern glich eher einer Requisite aus einem Horrorfilm. Wir freuten uns sehr über die bunten, duftenden Erzeugnisse der Präservativkunst ausländischer Meister, so wie sich Kinder über spannendes Spielzeug freuen.
Einmal schlug mir mein damaliges Mädchen, das später meine Frau wurde, vor, dies Wunderwerk der westlichen Sexindustrie an sich, als lebendes Objekt, auszuprobieren. Wir berieten lange, wann man das Päckchen öffnen sollte. Vor dem Vorspiel? Während des Vorspiels? Danach vielleicht? Nachdem wir ein paar Kerzen angezündet hatten, um mehr Romantik zu erzeugen, entschieden wir uns, das Päckchen gleich nach dem Vorspiel zu öffnen. Vielleicht sogar mit den Zähnen, wie in der Werbung. Das Präservativ war von interessanter Farbgebung, ein wilder Mischmasch aus Violett, Rot und Knallorange. Das Ungewöhnlichste an diesem Erzeugnis waren aber die auf die gesamte Länge verteilten Noppen. Sie glichen Warzen oder allergischen Bläschen. Und am Ende des Präservativs hatte der erfinderische Hersteller ein kleines Büschel langer Härchen angebracht.
Mein Organ wartete geduldig, solange wir dieses Latexwunder bestaunten. Letzten Endes platzierten wir es an der dafür vorgesehen Stelle. Unseren Augen bot sich folgendes Bild: Ein einsamer lila-rot-oranger Zylinder prangte im Kerzenschein und warf einen riesigen Schatten an die Wand. Auf seinem Kopf stand ein Büschel Haare zu Berge. Das Schattengebilde sah in etwa aus wie ein pickeliger Puppentheater-Punker. Wir mussten lachen. Wir lachten mehr und mehr, und das, worauf das Präservativ saß, wurde weniger und weniger. Der pickelige Punk begann sich zu bücken und verendete zusehends. Wir stöhnten vor Lachen und ließen uns schließlich erschöpft auf das Bett fallen. Meine zukünftige Frau griff zur Zigarette.

Die anderen Dinge, die Dima anbrachte, waren hingegen toll. Besondere Freude hat mir ein Paar schwedische Stiefel bereitet. Als Dima uns mal wieder abholte, zog er unter seinem Fahrersitz einen ziemlich großen Karton hervor und öffnete ihn feierlich vor unseren Augen. Darin befand sich etwas Unglaubliches. Es sah zwar aus wie Schuhe, war aber in Wahrheit das prächtigste Zeugnis wahrer Schönheit inmitten all der herkömmlichen Schuhmodelle. Der Schnitt glich einem Budapester, aber alle extravaganten Nähte, Löchlein und Zacken zeugten von unfassbarer Eleganz. Der Schaft reichte über den Knöchel, war abgerundet, und die dünnen Lederschnürsenkel erlaubten es, den Schuh ganz eng zu tragen. Es sah aus, als wären die Füße in zwei kleine Korsetts eingeschnürt.

Diese Schiffe aus hellem Leder mit beiger Tönung ruhten auf einer dicken, halbdurchsichtigen Sohle aus irgendeinem unglaublich leichten künstlichen Material.

»Größe!?«, fragten Nachtigall und ich mit stockendem Herzen im Chor.

»41«, sagte Dima. Nachtigall hatte 45. »Hurrraaaa!«, brach es taktlos aus mir heraus. Nachtigall war so traurig, dass er sogar krank wurde.

Die ganze darauffolgende Woche hielt ich allein Wache. Auf dem Weg zur Arbeit konnte ich mich gar nicht sattsehen an meinen neuen Schuhen. Und obwohl sie ein Vermögen gekostet hatten, ganze drei Monatslöhne, entschädigte mich ihr Anblick voll und ganz.

Ich schmatzte mit den Sohlen, wenn ich am Eingang zur Metro in den Matsch trat, ich glitt wie auf Schlittschuhen den Marmorboden der unterirdischen Hallen entlang und quetschte mich schnell auf frei gewordene Sitzplätze im überfüllten Zug, nur um allen, die Beine lässig übereinander geschlagen, die halbdurchsichtigen Sohlen zu präsentieren, an deren Absatz eine Metallplakette verkündete: »MADE IN SWEDEN«.

Der Winter wurde rauer und kälter, und man musste immer mehr heizen im Speisewagen. Nachtigall fehlte mir sehr, und ich hatte keine Lust mehr, nachts große Feten zu veranstalten. Einsam aß ich die Buletten von gestern, die in der Pfanne aus Warschau gekommen waren, und dachte an Nachtigall.
Es war nicht meine Schuld, dass seine Füße nicht aufgehört hatten zu wachsen, und dennoch plagte mich das schlechte Gewissen bei jedem Blick auf meine schwedischen Stiefel, die ich nicht einmal zum Schlafen auszog.
Alle 30 Minuten stand ich auf und warf weitere Kohlen in den Ofen. Die Briketts gingen langsam zur Neige, und die Temperatur draußen sank auf -39 °C.
Lautes Klopfen an die Fenster riss mich aus einer weiteren 30-minütigen Schlafphase.
»Komm raus! Kohlen sind da!« Die schmutzigen Eisenbahner in ihren Tschapkas und dicken Schafspelzkutten luden eine Fuhre Kohlen aus und lösten sich mit ihrem Elektrowagen in den Tiefen der Dunkelheit auf.
Ich warf mein Mäntelchen über, wickelte mir schnell einen Schal um den Hals, öffnete die Tür und sprang mit dem Leinensack in der Hand heraus in den Schnee, um die Kohlen einzusammeln. Die Tür verschloss sich fest hinter mir. Bei dieser Kälte wäre der kleinste Spalt vernichtend gewesen für die von mir so sorgsam erhaltene Wärme im Waggoninneren.
Beim Einsammeln der Briketts bewegte ich mich zielgerichtet und energisch.
Mein Körper widerstand der Kälte so gut wie möglich. Aber die Füße … Die schwedischen Stiefel wärmten kein Stück. Ungeachtet ihrer nordischen Herkunft und der dicken Sohle waren sie doch ganz offensichtlich für anderes Wetter gebaut. Als der Sack voll war, wollte ich endlich wieder in den Waggon klettern, aber die Tür ging einfach nicht auf. Sie war festgefroren am Türrahmen und würde sich wohl bis zum Frühling nicht wieder davon lösen.

Meine Zehen verloren langsam jedes Gefühl und bewegten sich nicht mehr, während ich panisch wurde. Ich stellte mir schon vor, wie alle Öfen ausgingen, alle Wasserrohre platzten und ich am Operationstisch mit amputierten Füßen aufwachte. Wie wild drosch ich auf die verschlossene Tür ein.

Auf meinen Lärm hin öffnete sich die Tür im Wagen nebenan. Die Tante, die nebenan heizte, stierte böse auf mich herunter: »Was ist denn los!? Bist du voll oder was?!« Ich, der seit dem Abschlussball nie wieder auch nur einen Tropfen angerührt hatte, erklärte ihr die Situation. »Gottchen, was für ein Problem!«, meinte sie sarkastisch, »Komm hier rein, und dann gehst du zu dir durch.« Ich ging nicht, ich flog in mein Abteil, riss den Ofen auf, warf Kohle rein, schnappte mir einen Bierkasten und stellte ihn direkt vor den Ofen. Ich setzte mich auf den Kasten und streckte meine beiden gefrorenen Beine der glühenden Hitze entgegen. Die Schnürsenkel meiner schwedischen Stiefel waren in Schnee und Eis erstarrt. Sie zu öffnen, zumal mit unbeweglichen Fingern, war unmöglich, also entschloss ich mich, erst die Schuhe abzutauen und dann die darin gefangenen Füße. Die Flammen leckten an den dicken gegossenen, halbdurchsichtigen, synthetischen Sohlen. Das Feuer loderte, mir wurde warm, und der Schlaf zog mich in sein Reich. Ich träumte, es wäre Sommer, meine Mama hätte mir Sandalen gekauft, ich probierte sie an, aber die Sandalen wären so furchtbar heiß, so heiß, heiß … Ich öffnete die Augen.

Die Sohlen meiner Schuhe loderten in Flammen, ich kam mir wie ein Ketzer im Feuer der Inquisition vor. Blitzschnell zog ich die Beine zurück und stellte mich hin, um die Flammen zu löschen. Und so blieb ich auch stehen. Die Sohlen meiner schönen schwedischen Stiefel klebten untrennbar auf dem Boden des Speisewagens. Die am Morgen zur Schicht erscheinenden Köche und Kellner halfen mir bei dem Versuch, mit Messern meine Schuhe vom Fußboden abzukratzen. Aber Qualität ist Qualität, und so klebten sie dort am Ofen wie ein Denkmal.

Einer meiner Helfer in der Not gab mir dann ein paar weiße Filzstiefel, damit ich meine nackten Füße bekleiden konnte.
»Sibirische! Gibste dann später zurück.«
Der Kampf um die Schuhe dauerte bis zum Pfiff des Schaffners, erst in letzter Sekunde sprang ich aus dem Zug. Da stand ich am Gleis in der Kälte, in meinem winzigen Mantel und riesigen weißen Filzstiefeln.
Ich atmete schwer und stieß dabei so große Wolken aus, als sei ich selbst eine Dampflok, die dem großen Zug hinterher wollte, der gerade den Waggon mit den prachtvollsten Stiefeln in das ferne Warschau zog.

12.
FRISCHER SALAT

Wenn von frischem Salat die Rede ist, muss ich oft an eine alte Geschichte denken. Diese Geschichte war mir eine Lehre fürs Leben. Mitten in der Nacht, als mein Rendezvous gerade in die heiße Phase kommen sollte, hatte mich das Objekt meiner Begierde plötzlich aus dem Bett geschmissen. Was ich falsch gemacht hatte, verstehe ich bis heute nicht. Aber sie warf mich gnadenlos raus. Und nicht nur aus dem Bett, schlimmer noch, sie warf mich aus der Wohnung. Um vier Uhr früh!

Es war die Zeit der Weißen Nächte. St. Petersburg, damals noch Leningrad, ist unglaublich schön in dieser Zeit. Die Sonne versinkt nicht, sondern rollt langsam am Horizont entlang. Aber mir war in diesem Moment nicht nach dem Betrachten von Schönheit, mir war kalt. Ich hatte nur kurze Hosen und ein T-Shirt an. Busse oder Bahnen, die mich ins Studentenwohnheim hätten bringen können, fuhren noch nicht. Geld für ein Taxi hatte ich keins. Mir war zum Heulen zumute, und ich hatte Hunger. Ich hatte nur einen Rubel, damals gerade genug, um ein Paar Würstchen mit Salat zu kaufen. Aber wo?

Da fiel mir ein, dass es auf dem Newski-Prospekt, den »Champs-Élysées« Leningrads, ein Schnellrestaurant gab. Es hieß »Zu den drei Schweinchen«. Dort gab es die besten Würstchen der Stadt. Und dazu: frischen Salat! Das Restaurant machte in zwei Stunden auf, und der Fußweg dauerte anderthalb Stunden. Also ging ich los.

Zwanzig Minuten vor der Öffnungszeit stand ich vor der Tür der »Drei Schweinchen«. Die Tür war zu. Der Marsch dahin hatte mich etwas erwärmt, und um nicht wieder zu frieren, beschloss ich, vor der langen Schaufensterfront auf und ab zu gehen. Im Schaufenster lag frischer Salat, er sollte den Appetit der Passanten anregen und sie hineinlocken.

In diesem Moment tauchte aus der Tiefe des Raumes eine Verkäuferin auf, mit weißer Schürze und einem schneeweißen Häubchen. In der Hand hielt sie ein Glas voll Wasser. Sie trat ganz dicht an die Teller mit dem Salat heran, nahm den Mund voll Wasser und prustete dann aus voller Kraft auf die Auslage. Und der Salat (sicher schon am vorletzten Morgen angerichtet) begann zu glitzern wie der neue, taufrische Tag.

Und ich hatte eines der »drei Schweinchen« kennengelernt.

13.
KALINKA

Sie haben es sicher schon einmal gehört: Kaaaalinka, kalinka, kalinka moja, heej Kalinka, Kalinka …

Ich kenne keinen, der beim Erklingen dieses russischen Liedes nicht in die Hände zu klatschen beginnt und ein fröhliches Lächeln aufsetzt. So war es auch jedesmal bei den Konzerten des Leningrader Tanz- und Gesangsensembles, wo ich meinen Wehrdienst leistete.

Der Militärdienst war ein absolutes Muss für jeden gesunden männlichen Bürger der Sowjetunion. Aber vor allem eine Sache der Ehre, wie uns von Plakaten ein rotwangiger Soldat belehrte, hinter dessen Schultern sich, in völliger Sicherheit wiegend, unser schönes, friedliches Land in Gestalt einer Landkarte ausbreitete. Um noch überzeugender zu sein, packte man vorsichtshalber noch eine unbekannte stillende Bäuerin mit strengem Blick und großen Titten mit ins Bild.

Ich muss gestehen, dass ich diese Art Ehre gern umgangen hätte und es auch nicht unversucht gelassen habe. Ich war ein sehr unsportlicher Junge, wog immer noch 48 Kilo bei 171 Zentimetern Körpergröße, und hatte wirklich nicht die geringste Lust, das Opfer vom Spieß zu werden. Ich versuchte das alles zu vermeiden, aber zum Äußersten griff ich nicht. Weder schoss ich mir selbst in die Hand noch in den Fuß und gab auch nicht vor, verrückt zu sein, wie einige meiner Bekannten.

Einer meiner Freunde beispielsweise erschien täglich bei der

Musterung und verkündete: »Ich will unbedingt zur Armee!!! Ich will dienen!!! Aber Oma muss mit!«
Die zuständigen Angestellten des Militärkommissariats sagten ihm immer wieder, das ginge nicht, denn die Oma wäre nicht im dienstfähigen Alter. Und überhaupt ... Aber Sliwa, so hieß mein Freund, bestand auf seiner Forderung. Man begegnete ihm mit unerwarteter Toleranz und schickte ihn nach Hause. Bis zur nächsten Musterung. Als er wieder einen Brief mit einer Vorladung zur Musterung bekam, erschien er an angegebener Stelle, mit allem gerüstet, was in dem offiziellen Schreiben gefordert war, einem Blechbecher, einem Aluminiumlöffel, einem Rucksack ... und einer Oma. Die Oma selbst riss sich absolut gar nicht um eine Karriere beim Militär, machte aber aus Liebe zu ihrem Sprössling fleißig alle Tricks, die ihr der Simulanten-Enkel abverlangte.
Sie erschien diszipliniert und entschlossen und ebenfalls in voller Montur – mit Rucksack, Löffel, Becher und den Enkel an der Hand – zur Musterung, und niemand, weder Militär noch Polizei, die monatelang mit Sliwa zu kämpfen hatten, konnte ihn von seiner Oma trennen. »Ich will zur Armeee!!!«, schrie er, »aber meine Oma muss mit!!!«
Die Beamten hatten die Schnauze gestrichen voll und ließen Sanitäter rufen. Diese brachten Sliwa samt Oma in die Klapse. Genau das hatte er gewollt.
Die Oma wurde schnell entlassen, Sliwa behielt man dort, für grundsätzliche psychotherapeutische Untersuchungen. Ungutes ahnend, entschied Sliwa, den Grad seines »schwierigen gesundheitlichen Zustandes« zu untermauern. Er beschloss, tagsüber in die Hose zu nässen und nachts in sein Bett.
»Zur Armee will ich!!!«, schrie Sliwa weiter, wohl wissend, dass die Rote Armee keinen gebrauchen konnte, der sich in die Hose machte, noch bevor es überhaupt zur Sache ging.
Die Ärzte gaben nicht auf. Sie verschrieben dem Simulanten ein

starkes Schlafmittel für die Nacht, so dass er das Pinkeln verpasste. Sliwa erkannte den Ernst der Lage und die erneut drohende Gefahr, entlarvt zu werden. Also verabredete er mit seinen verrückten Mitinsassen, dass sie bei nächtlicher Notdurft genau diese nicht auf der Toilette verrichten sollten, sondern unter seine Bettdecke.

Insgesamt waren noch elf Patienten in dem Zimmer. Die Verrücktheit von vieren davon bestand darin, dass es ihnen in den Sinn gekommen war, die Sowjetregierung zu kritisieren. Diese, die Politischen, lehnten es ab, Sliwa anzupissen.

Zwei hatten gar nicht verstanden, worum es überhaupt ging, und die anderen, solche Strolche wie mein Freund selbst, nahmen die Aufgabe mit Freude an. Zumal sich die Toilette weit weg am Ende des Ganges befand. Sliwa hatte sich sogar erkältet wegen der nassen stinkenden Lache, in der er jeden Morgen aufwachte.

Die Oberärztin hatte schon längst alles durchschaut und ergab sich schließlich, die Entschlossenheit meines Freundes honorierend. In ihrem Schreiben hieß es: »Für den Wehrdienst ungeeignet aufgrund einer schwerwiegenden psychischen Störung, die sich erheblich auf die Harntätigkeit auswirkt.«

Sliwa verließ die Klinik als bepisster, aber freier Bürger.

Ich hingegen bin vor der Armee schlicht weggerannt. Ich fuhr weg aus Leningrad nach Petrosawodsk, Hauptstadt der autonomen Republik Karelien, und inszenierte dort mein erstes Stück.

Bis eines Tages die Polizei erschien, in der Hand meinen Einberufungsbefehl. Gefunden … Ich sammelte meine Sachen ein, nahm einen Blechbecher, einen Aluminiumlöffel mit und schlich geknickt den Polizisten hinterher. Diese brachten mich zum Bahnhof und setzten mich in den Zug: »Nach Leningrad kommen Sie allein«, sagten die Milizionäre in freundlich-strengem Ton. »Aber morgen«, drohte mir der älteste unter ihnen mit dem Finger, »… morgen erscheinen Sie sofort im Militärkommissariat. Selbstständig! Ohne Polizei! Sonst: Gefängnis!«, und er hob seinen Finger erneut.

In der Nacht vor dem bevorstehenden Besuch beim Militärkommissar wälzte ich mich in meinem Bett und lauschte den geheimnisvollen Geräuschen, die von der Straße in mein Zimmer drangen.

Früh am Morgen machte ich mich auf den Weg. Der Leningrader Herbst kam mit dicken Regentropfen, dunkelgraue Oktoberwolken hingen tief über meinem Kopf, und mir war klar: Schöner wird's jetzt nimmer, es ist Musterungszeit.

Pro Jahr gab es immer zwei Musterungsphasen, eine im Herbst und eine im Frühling. Ach, Frühling, bis zum Frühling war's noch lang …

Ich schleppte mich zu meinem Rendezvous mit dem Militärkommissar. Dieser hieß Major Tankow und war ein großer Mann um die Fünfzig. Er öffnete die Mappe mit meinen Unterlagen und musterte mich, den dünnhalsigen, dürren Halbstarken, mit seinem prüfenden Blick.

»Was denn, hast wohl Angst vor der Armee bekommen?!«

»Hab ich, Genosse Major«, gestand ich ganz ehrlich.

Er schaute mich erneut an: »Was wiegst du denn?«, fragte er.

»Achtundvierzig.«

»Tja … aber du wurdest für dienstfähig befunden!«, sagte er, selbst kaum verstehend, wie so etwas passieren konnte. »Warum hast du dich denn nur versteckt! Das ist nicht gut, macht man nicht! Das ist gegen das Gesetz. Nach dem Gesetz bräuchtest du eine Ausmusterung!« Er schaute wieder in meine Mappe. »Aber eine Ausmusterung steht dir nicht zu. Hm … Wohin könnt ich dich wohl dienen schicken?!« Mir wurde schlagartig schlecht! Gleich schickt der mich sonst wohin, zum Teufel, und dann geht es los, man wird mich schlagen, erniedrigen, töten …

»Was bist du von Beruf?«, holte mich der Major in die Realität zurück.

»Regisseur, Genosse Major!«, stammelte ich.
»Regisseur?!«, wunderte sich Major Tankow. »Das ist ja 'n Ding!« Major Tankow hatte noch nie in seinem Leben einen Regisseur zu Gesicht bekommen, und einen solch klapprigen und abgemagerten schon gar nicht. Wahrscheinlich entbrannte in seinem gütigen Herz das Bedürfnis, dieses, wie es schien vom Aussterben bedrohte Exemplar unter den Lebenden, zu erhalten.
»Ich ruf mal kurz jemanden an«, sagte er und fing an, die Wählscheibe seines schweren schwarzen Telefonapparates zu drehen.
»Hallo! Hier ist Major Tankow. Bitten Sie doch mal den Genossen Major Kumajew an den Apparat!«
»Das ist der Major Nikolai Iwanowitsch Kumajew, künstlerischer Direktor des Leningrader Tanz- und Gesangsensembles der Roten Armee«, klärte er mich auf, während er mit seiner riesigen Hand die Sprechmuschel verdeckte.
Nach einigem Geplänkel und freundschaftlichen Unterredungen kam Major Tankow zur Sache: »Nikolai Iwanowitsch! Wann beginnst du mit deiner nächsten Produktion?«, stieg Tankow mit fachmännischem Ton ein. »Jetzt noch nicht? Im Frühling erst?« Major Tankow schien sich zu freuen und zeigte mir den Daumen. »Ich habe hier einen feinen Regisseur für dich!«, sang er in den Hörer und fuchtelte dann hastig mit der Hand, als hielte er einen Löffel vor seinen offenen Mund, was mir wohl sagen sollte: ›Musst mehr essen, Junge!‹ Ich nickte, dem konnte ich nur zustimmen.
»Was?!«, fuhr Tankow fort. »Ob er Licht machen kann?« Der Militärkommissar schaute mich fragend an. Ich, der ich meine ersten künstlerischen Erfahrungen als Elektriker des Sommertheaters in einem Park für Kultur und Erholung gemacht hatte, nickte. »Zeichnen? Malen?«, hinterfragte der Major weiter, ich nickte wieder. »Kann er!!! Alles kann er!«, freute sich der Major. »Alles klar!«, brachte Tankow die Verhandlung schließlich zum Abschluss. »Ja, ja, gut, dann wird der Regisseur eben auch Visagist! Ich schicke ihn dir zum Mai, mit der Frühlingsmusterung!«

Major Tankow schaute mich triumphierend an: »Also! Eine Verschiebung kann ich dir nicht einräumen, du müsstest schon jetzt ab November in den Wehrdienst … Aber deine Unterlagen könnten ja …«, und Major Tankow machte eine vielsagende Pause, »… könnten ja verlorengegangen sein. Wenn du mir versprichst, dass du im Frühling …«, er blätterte in seinem großen Tischkalender und nannte ein Datum, »unaufgefordert hier bei mir erscheinst!«
»Versprochen!!!«, ich machte vor Freude einen kleinen Sprung.
Tankow legte sorgsam alle Blätter meiner Unterlagen zurück in die Mappe, machte sie zu und umschlang das ganze Paket mit einem weißen Gummi, den man normalerweise in Soldatenunterhosen findet. »Verlorengegangen!«, sagte er freudig und beförderte das Geschnürte mit geübtem Schwung unter sein großes Bücherregal, in dem alle gesammelten Werke Lenins ruhten. Die Mappe rutschte wie eine Flachmine in den dunklen, schmalen Spalt zwischen Boden und Regal. Bis zum Frühling.

Am angeordneten Tag stand ich mit Rucksack, Löffel, Becher und meiner Waffe – einer tragbaren Schreibmaschine der Marke »Kolibri« – vor Major Tankow.
»Braver Junge!«, sagte er und holte meinen Ordner aus den Tiefen unter seinem Schrank mit den Lenin'schen Werken heraus.
Er klopfte damit beherzt gegen den Schaft seines hohen glänzenden Stiefels und wirbelte den Staub auf, der nun ein halbes Jahr wie ein Schleier über unserem gemeinsamen Geheimnis gelegen hatte.
Major Tankow nahm irgendeinen anscheinend wichtigen Zettel, kritzelte etwas darauf und stempelte das Gekritzelte mit dem Siegel der Sowjetunion und einem großen Stern der Roten Armee ab: »Fertig!« Er gab mir das Papier. »Jetzt Abmarsch ins Ensemble für Tanz und Gesang!«
»Immer bereit, der Sowjetunion zu dienen!«, schoss es aus meinem Mund heraus.

»Ja, ja, diene, diene«, lächelte der Major und wuschelte mir kurz väterlich und selbstzufrieden über das damals meinen Kopf zierende Haar.
Ich werde Major Tankow niemals vergessen.

Die dem Ensemble zugeteilten Räumlichkeiten befanden sich auf einem der großen Plätze Leningrads – im ehemaligen »Haus der Aristokratie«, gebaut noch zu Zarenzeiten im Stil des russischen Klassizismus. Das Gebäude bestach durch hohe Marmorsäulen, breite gewundene Treppen, einen Ballsaal mit einer großen Empore, auf der Chor und Orchester probten. Die Tanztruppe des Ensembles probte in einem Saal mit deckenhohen Spiegeln. Einst spiegelten sie adlige Herren aus den höchsten Kreisen und schicke junge Damen aus gutem Hause, die gemeinsam zur Mazurka auftanzten. Bis sich eines Tages auch dort der schwergewichtige Stempel mit dem Siegel der Sowjetunion und dem großen roten Stern herniederließ. Jetzt spiegelten sich hier wild herumspringende »rote Kosaken« und juchzende Matrjoschkas.
Optimistische Weisen von Balalaika und Ziehharmonika, unterstützt vom Triumphklang der Trompeten und dem Ächzen einer alten Tuba, erfüllten das ganze Haus. Der große laute Chor ritt auf den Wogen dieses Meeres aus Musik und stürzte wie ein Tsunami auf das Trommelfell herein.
Das Echo der Flutwelle hob sich empor zu den rosa-ärschigen Engelchen (die schon seit Zarenzeiten die Decke des Saales zierten), und es schien, als würden diese Engelchen selbst in den höchsten Tönen das schallende »Kalinka, Kalinka!« schmettern.
In Wirklichkeit stellte sich heraus, dass der »Kalinka« singende Engel mit dem hohen Stimmchen ein dickbäuchiges, glubschäugiges und untersetztes Männlein reifen Alters war, das sich offensichtlich mit viel Mühe und Not in die Ensemble-Uniform gezwängt hatte.
Diese Uniform an sich sah schon aus, als wäre sie der Phantasie

eines rebellischen Kindes von Vivienne Westwood entsprungen. Heutzutage steckt man gerne »russische Generäle« in eine solche Kluft, allerdings nur in Hollywood-Produktionen: goldene Knöpfe, Epauletten, Kordeln und Schnüre an passender und unpassender Stelle. Der Hauptbestandteil der Uniform jedoch, die schönen hohen schwarzen Lederstiefel, war von wilden Phantasien unberührt geblieben.

Meine ersten Stiefel bekam ich mindestens drei Nummern zu groß. Meine 41 war im Lager nicht vorrätig. Am Tag, als man mich und die anderen Neuankömmlinge feierlich in zwei Reihen vor dem ganzen Ensemble aufgestellt hatte, um uns den Treue-Eid abzunehmen, passierte das Unerwartete.

Der Kompaniefeldwebel rief meinen Namen, und ich machte, im Versuch, es so ernsthaft zu tun wie die Wachen am Mausoleum auf dem Roten Platz – also mit perfekt gestrecktem Bein und voller Elan geworfenen Schrittes –, einen Satz nach vorn. Mein locker sitzender Stiefel glitt vom Fuß und flog los. Er vollführte in der Luft noch einen doppelten Salto und landete direkt auf dem kleinen Tisch, auf dem das feierliche Papier mit dem Treue-Eid bereitlag. Das Ensemble erbebte vor Lachen. Ich schritt tapfer weiter, mit nur noch einem Stiefel am Fuß und der Kalaschnikow in der Hand, und trat zu dem kleinen Tisch, wo mein Stiefel den Eid platt gemacht hatte.

»Macht doch nichts, macht doch nichts!«, beruhigte mich der alte kleine, glupschäugige »Militärtenor« nach meinem Clowns-Entree. Er lud mich ein, hinter der Probebühne einen auf den Beginn meiner neuen künstlerischen Karriere beim Militär zu trinken. Das halbe Ensemble gesellte sich zu uns, und wir machten es uns auf Requisitenkisten und Instrumentenkoffern bequem.

»Ich habe meine Karriere hier im Ensemble schon vor 25 Jahren begonnen!«, läutete der Militärtenor sein augenscheinliches Lieblingsthema ein. »Ich kam hierher und wurde sofort Solist!

›Kalinka‹ war meine Paradenummer. Heute singe ich nur noch im Chor. Aber auch da: die ganz hohen Passagen!« Der Militärtenor schüttelte sein Doppelkinn. Dann schnaufte er aus: »Nikolai Iwanowitsch traut mir keine Solonummern mehr zu«, er schnaufte wieder, »man sagt, das wäre zu riskant für meine müden, überlasteten Stimmbänder. Zumal, heute gibt es ja starke Jungs, die auch noch besser aussehen als ich und stattlicher sind. Aber was die Stimme angeht ...« Der Militärtenor rollte mit den Augen. Nicht das Gelbe vom Ei seien sie, die Militärtenöre von heute. »Aber na ja ... Nikolai Iwanowitsch wird schon wissen, was er macht.«

Der Militärtenor sprach für alle Fälle nur in den respektvollsten Tönen vom Künstlerischen Leiter des Ensembles. Es stand ein Gastspiel in Kuba auf dem Plan, und es wäre ja zu blöd gewesen, nicht nach Havanna mitgenommen zu werden, nur weil man, wie üblich, den Chef hinterrücks vor den Kollegen als Arschloch betitelt hatte.

Als der Militärtenor mitbekam, dass ich in der Stadt geboren wurde, in der auch er aufgewachsen war, erhellte sich sein Gemüt, und er sagte zu mir, ich könne einfach Onkel Jascha zu ihm sagen. Onkel Jascha war ein kauziger Kerl. In eisigen Wintern schockierte er seine Künstlerkollegen in der Garderobe damit, dass er warme Damenunterwäsche trug: »Ist viel wärmer als die für Herren!«, erklärte er. Als Vater von zwei Töchtern verwehrte er beiden ein Fahrrad, mit der Begründung, es sei nicht gut, die Klitoris unnötig zu reizen. Den Einwand, dass Fahrradfahren gesund sei, unabhängig vom Geschlecht, wehrte er vehement ab. Onkel Jascha bewegte sich mit winzigen Schrittchen über die Erdoberfläche und wedelte dabei lustig mit seinen kurzen Ärmchen in Hüfthöhe. Genau mit diesen winzigen Schrittchen schlich er sich immer von der Bühne, was nie auffiel, da er ganz am äußersten Rand stand. Er kam dann immer zu mir hinter die Kulissen an mein Regiepult, setzte sich auf einen Stuhl und schaukelte mit

den Füßen wie ein Kind. Immer gerade rechtzeitig glitt er von seinem Stuhl und reihte sich unbemerkt wieder in den Chor ein, um den hohen Ton in seiner einstigen Paradenummer »Kalinka« zu schmettern.
»Und das Solo kriegt irgendein Koloss mit einer Hupe statt einer Stimme!«, nörgelte Onkel Jascha immer wieder leise vor sich hin, riss sich aber dann doch zusammen und fügte laut hinzu: »Aber Nikolai Iwanowitsch weiß, was er macht.«

Und als das Flugzeug mit dem Ensemble auf Kuba gelandet war, stieg Onkel Jascha mit allen anderen die Rolltreppe des Flugzeugs hinunter.
Die Konzerte verliefen wie immer großartig, die Tickets waren stets ausverkauft.
Das Gastspiel ging dem Ende zu, und man bot dem Ensemble an, ein Benefizkonzert für kranke und verletzte Soldaten zu geben, die allesamt in einem unweit von Havanna liegenden Militärhospital untergebracht waren. Das ganze Ensemble stimmte zu.
Am Tag des Konzerts, das in dem kleinen Baseballstadion des Krankenhauses stattfinden sollte, füllten genesende Soldaten, Krankenschwestern, Ärzte, Anwohner des Viertels und einfach nur solche, die von einem kostenlosen Konzert gehört hatten, alle Tribünen.
Die Soldaten, ob bandagiert oder eingegipst, nahmen in den ersten Reihen Platz. Die Bühne stellte man in die Mitte des Feldes.
»Nikola Iwanowitsch!«, wandte sich Onkel Jascha an den Künstlerischen Leiter. »Heute ist womöglich mein letzter Auftritt im Ausland. Wenn wir nach Hause kommen, werde ich in Rente gehen müssen. Traurig, nicht wahr?!« Nikolai Iwanowitsch übte sich in Schweigen. Er wartete schon lange darauf, den in die Jahre gekommenen Tenor durch einen jungen Sänger mit Perspektive zu ersetzen.
»Nikolai Iwanowitsch! Heute geben wir ein kostenloses Konzert.

Kostenlos!«, betonte Onkel Jascha. »Erlauben Sie mir doch heute zum allerletzten Mal, ›Kalinka‹ als Solist zu singen!«
»Auf gar keinen Fall! Sie sind ja verrückt geworden! Ich lasse Sie auf keinen Fall! Sie haben dieses Lied doch in den letzten fünf Jahren kein einziges Mal mehr als Solist gesungen!!!«
»Nikolai Iwanowitsch! Aber vorher, da habe ich dieses Lied fast fünfundzwanzig Jahre lang gesungen! Jeden Tag! Nikolai Iwanowitsch! Bitte! Das ist doch ein Konzert für Kranke, und außerdem – von den Tribünen aus gesehen – sind wir hier auf der Bühne doch alle klein!«
»Nikolai Iwanowitsch!«, brachte sich das Ensemble mit ein: »geben Sie dem Menschen doch die Möglichkeit, einen schönen Abschied von der Bühne zu haben!« Der humanistische Appell entkräftete alle künstlerischen Bedenken.
»Gut, überredet.«
Der sonst gar nicht gefühlsduselige Onkel Jascha kämpfte mit einer kleinen Träne.

Die verwundeten Soldaten und alle anderen Zuschauer hatten großen Gefallen an unserem Konzert. Onkel Jascha hatte sich erbeten, unter den gegebenen Umständen nicht bei den Chorliedern mitsingen zu müssen, und machte seine Stimme einsam in den Katakomben unter der Bühne warm. Er war sehr nervös, es schüttelte ihn etwas vor Aufregung, also bat er jemanden vom medizinischen Personal um etwas Beruhigendes. Man gab ihm etwas, und er schluckte es mit einem Happs hinunter. Onkel Jascha gurgelte noch kurz mit Wasser, spuckte dieses aus wie ein Boxer vor dem Kampf und schrie laut, von einer Note auf die nächste springend: »A-A-A-A-A!!!«
»Das berühmte russische Volkslied ›KALINKA‹!«, verkündete unser Conferencier, der für die Kubatournee seinen ganzen Text auf Spanisch vorbereitet hatte, frohen Mutes durch das Mikrofon. Onkel Jascha kam auf die Bühne und verneigte sich galant vor

dem Publikum. Dann hielt er einen Moment inne, drehte sich und verbeugte sich vor Nikolai Iwanowitsch.
Dieser erwiderte die Verbeugung und erhob die Hand mit dem Taktstock. Und Zack! Das Orchester setzte zum Vorspiel an.

Sechzehn Takte Vorspiel, das ist wie der Anlauf für einen Weitspringer. Jetzt rennt er gleich los, bis zum Absprungbalken, er holt Schwung, und …
Das Vorspiel war zu Ende, und das Orchester hakte wie eine kaputte Schallplatte. Onkel Jascha aber schwieg, und seine ohnehin glupschigen Augen drohten herauszufallen. Nikolai Iwanowitschs Gesicht lief vor Zorn krebsrot an. Er stoppte das Orchester mit einer kurzen und heftigen Bewegung und gab das Zeichen zur Wiederholung. Das Orchester setzte wieder zum Vorspiel an, Anlauf, Absprungbalken … Nikolai Iwanowitschs Taktstock zeigte wie eine Kompassnadel auf Onkel Jascha. Doch Onkel Jascha schwieg. Nikolai Iwanowitsch gab den Einsatz zum dritten Mal, und Onkel Jascha drehte sich mit dem Ausdruck größtmöglicher Hilflosigkeit zu Chor und Orchester und fing langsam zu singen an: »Oh, ich hab die Worte – hab die Worte vergessen, sagt mir mal die Worte vor –«.
Der Chor zischte den Text soufflierend, doch Onkel Jascha schien nichts zu verstehen. Die Musiker konnten nicht mehr vor Lachen. Die Bläser versuchten sich hinter ihren Mundstücken zu verstecken, taten so, als sei das genau der geeignete Moment, diese anzulecken. Nikolai Iwanowitsch fuchtelte wie wild mit den Armen, aber die Situation war endgültig entgleist.
Alles fiel auseinander, der Chor weinte vor Gelächter.
Nur noch die Akkordeonisten, die Balalaika-Spieler und der Schlagzeuger, der laut rufend »Mann, ist der krass drauf!« im Rhythmus des Applauses des außer sich geratenden Publikums auf sein Instrument eindrosch, waren in der Lage, den Solisten musikalisch zu unterstützen.

Onkel Jascha, beruhigt von kubanischen Pharmaka, lächelte selig und krakeelte weiter: »Oh, ich hab die Worte – hab die Worte vergessen, sagt mir mal die Worte vor –«.

Die Kubaner, des Russischen nicht mächtig, waren ganz verzückt. Und Onkel Jascha, vom sichtbaren Erfolg getrieben, gab dem Affen Zucker und fing an, die kurzen Ärmchen in die dicken Hüften gestemmt, mit seinen Beinchen die wahnsinnigsten Verrenkungen zu vollführen, so dass den hinter der Bühne stehenden, sich kringelig lachenden Tänzern des Ensembles das Lachen verging und ihnen der Mund vor Bewunderung offen stand.

Die verwundeten kubanischen Soldaten schüttelten ihre eingegipsten Extremitäten wie Maracas und klackerten damit, als seien es Castagnetten.

Die Krankenschwestern warfen ihre sterilen Hände in die Höhe und knallten mit ihren wuchtigen Hüften gegen die Hüften der Doktoren. Das ganze übrige Publikum schrie in Ekstase, wie Nikolai Iwanowitsch einmal selbst in seiner Jugend bei einem Staatsbesuch von Walter Ulbricht.

Fast ohnmächtig vor Glück und Anstrengung, setzte Onkel Jascha seine schamanischen Fertigkeiten vor dem Mikrofon fort, und erst als endlich die von ihm sehnsuchtsvoll erwartete Liedstelle kam, atmete er kurz erleichtert aus, machte eine kaum merkliche Pause, damit Nikolai Iwanowitsch die anderen wieder disziplinieren konnte, und setzte wie einst mit dem ganzen Chor ein: »Kaaaalinka, kalinka, kalinka moja … Heej!!!!«

Das Publikum sprang von den Sitzen.

»Standing ovations!!!«, erklärte uns unser Conferencier, der Wortfetzen aus allerhand Sprachen dieser Welt kannte.

Als Onkel Jascha, nach unzähligen Verbeugungen, die sich das Publikum von ihm durch tosenden Applaus immer und immer wieder erbat, am Dirigenten vorbeiging, blickte er ihn triumphierend an und sprach: »Sehen Sie, Nikolai Iwanowitsch, und Sie wollten mich nicht auf die Bühne lassen …«

14.
TSUNAMI

Zu dem Zeitpunkt, als diese Geschichte passierte, war mein alter Bekannter Mischa 32 Jahre alt und Familienvater.
Wie es sich für einen richtigen Mann gehört, hatte er als Panzergrenadier gedient, war als Mitglied einer Sondereinheit im Kaukasus und an anderen Brennpunkten stationiert gewesen, hatte das Erdbeben in Armenien, das Hochwasser in der Ukraine und die Waldbrände in Sibirien überlebt. Kurzum – Mischa war keiner von den schreckhaften Jungs.
Das Einzige, was ihm wirklich Angst einzujagen vermochte, war der Tsunami. Einen Tsunami hatte Mischa glücklicherweise noch nie erleben müssen, jedoch hatte er schon oft darüber gelesen oder Berichte im Fernsehen gesehen. Er erzitterte in seinem gemütlichen Fernsehsessel, wenn man wieder einmal Bilder dieser Naturgewalt zeigte, und fühlte mit all seinen Sinnen die zerstörerische Kraft dieser unaufhaltsamen Lawine. Selbst das bloße Wort »Tsunami« ließ ihn erschaudern.
Mischa liebte das Leben sehr. Ein Leben, das ihm die Möglichkeit geboten hatte, gutes Geld zu verdienen, einiges zu sehen und zu verstehen. Ihn erfreuten seine Söhne, die vierjährigen Zwillinge, und seine wunderschöne Frau.
Selbst die meckernde Schwiegermutter ertrug er mit Leichtigkeit, wenn er mit ihr und der übrigen Familie auf die Datscha fuhr, die sie jeden Sommer am seichten Ufer der Ostsee, nur 120 Kilometer von Leningrad entfernt, anmieteten.

Mischa wusste, dass man einen Tsunami rechtzeitig orten und die Bewohner des betroffenen Gebietes benachrichtigen kann, so dass alle evakuiert werden können. Man durfte bei der Evakuierung nur keine Zeit verlieren und musste sofort irgendwohin fliehen, ins Landesinnere oder noch besser auf einen Berg.
Die gemietete Datscha stand direkt am Meer. Nur war das Meer dort so flach, dass es nicht einmal winzige Wellen gab. Um wenigstens bis zur Brust im Wasser zu stehen, musste man 500 Meter zurücklegen. Das war sehr gut und ungefährlich für Mischas wilde Zwillinge. Mischa konnte am Ufer in Ruhe eine Zeitung lesen, seine Frau lackierte sich nach Lust und Laune ihre Nägel, während ihre Mama, Mischas Schwiegermutter, unaufhörlich nörgelte: »Was für Eltern! Was für Eltern! Die Kinder ertrinken hier vielleicht gleich, und denen ist es schnuppe!« Sie stand, 100 Meter vom Ufer entfernt, knöcheltief im Wasser und brüllte »Kolja! Tolja! Kommt raus aus dem Wasser! Ich friere schon!« Aber dieses Argument verfehlte seine Wirkung, und die beiden planschten fröhlich weiter in dieser ungeheuer großen Pfütze des finnischen Meerbusens.
»Was für Banditen! Was für Banditen! Die Oma erfriert hier gleich, und denen ist es schnuppe!«
Sie verließ das Wasser, schrie sicherheitshalber noch mal Schwiegersohn und Tochter an und begann mit Geschirr auf sich aufmerksam zu machen, indem sie es aus dem Haus trug und demonstrativ scheppernd am Strand abstellte. Dann brachte sie einen Topf mit Suppe, eine Pfanne mit Kartoffeln und einen Korb mit frischen Früchten und Gemüse, das Mischa jeden Morgen auf dem Markt holte. All das fand seinen Platz auf einer großen Decke, geschützt durch ein buntes Wachstuch. Kolja und Tolja, Schwiegersohn und Tochter rissen sich von ihren Tätigkeiten los und halfen der Schwiegermutter, das tägliche Picknick vorzubereiten. Die Schwiegermutter war noch gar nicht mal so alt. Und sie liebte ihre Sippe mehr als ihr eigenes Leben. »Was für Lurche!

Was für Lurche! Alles bring ich Ihnen, alles mach ich Ihnen! Der Herr ...«, schielte sie Mischa vorwurfsvoll an, »... Ihnen soll ich wohl am besten noch einen Wodka servieren, was!?« Ohne auch nur eine Sekunde lang eine Antwort abzuwarten, ging sie schnell zum Haus und holte aus der Kühltruhe die schon am Vortag geöffnete Flasche.
Mischa küsste seine Frau, umarmte seine Zwillinge und lächelte selig, während seine Schwiegermutter munter einschenkte. Was brauchte man mehr zum Glück!?
Das Picknick zog sich bis in die Abenddämmerung. Mischa trug die eingeschlafenen Zwillinge ins Haus. Seine Frau und die Schwiegermutter luden das dreckige Geschirr in das Wachstuch und schleppten es in die Küche ihres Ferienhauses, um es dort in einer Schüssel mit warmem Wasser abzuwaschen.
Es wurde langsam kühl. Mischa kam wieder und nahm die sandige Decke vom Boden. Er schüttelte sie aus und legte sie sich um die Schultern. Die unendliche Weite des Meeres lag vor seinen Augen. Die Sonne sank und tauchte die stillen Fluten in ein rosa Licht. Dann verschwand sie am Horizont. Das Panorama der Lagune verschwand ebenfalls im Dunkel, als hätte jemand den Fernseher ausgeknipst.
»Mischa!«, rief Mischas Frau von den Stufen des Hauses, »gehen wir schlafen!«
An diesem Abend schlief Mischa leicht ein. Ohne die Zeitung aufzuschlagen, ohne den Fernseher anzumachen. Er umarmte seine Frau und träumte von nichts. Und dennoch, im Schlaf ereilte ihn dieses Gefühl: das Gefühl einer drohenden Gefahr. Es war noch nicht vier Uhr, als Mischa zu seiner eigenen Überraschung aufwachte. An seiner Seite schlief in seligem Frieden seine Frau.
Mischa stand auf und schaute durch einen Spalt in das Nachbarzimmer. Seine Schwiegermutter grunzte, die Zwillinge schnauften. Etwas beruhigter ging Mischa ins Bad. Nachdem er sich er-

leichtert hatte, wusch er sich die Hände, rieb sich die Augen und blickte in den Spiegel: Er war hellwach.

Um die anderen nicht aufzuwecken, beschloss Mischa, im Bad zu bleiben. Er machte es sich bequem, klappte den Toilettendeckel herunter, legte ein Handtuch darauf und setzte sich. Die neben der Kloschüssel liegende Zeitung von gestern kannte er schon in- und auswendig. Mischa schaltete das kleine, an zwei blauen Schnüren hängende Radio in Herzform ein. Er drehte an dem Rädchen, um seinen gewohnten Kanal zu finden. Es piepste, knackste, es tönten Trompeten, es klopfte ein Schlagzeug, ein Klavier klimperte, und Sprachen aus fremden Ländern erzählten etwas Geheimnisvolles. Mischa machte das Radio leiser, als plötzlich eine ernste Stimme auf Russisch zu ihm sprach.

»Achtung! Achtung!« Mischa kannte diese Stimme. Es war der Nachrichtensprecher, dem immer nur die Verbreitung der allerwichtigsten Meldungen aufgetragen wurde. »Achtung, Achtung!!!«, fuhr der Sprecher fort. »An alle Meerüberwachungsstationen! Ein Tsunami bewegt sich direkt auf uns zu!« Mischa stockte der Atem. Im Radio erklang eine unglaublich dramatische Musik, die Mischa jedoch nicht mehr wahrnahm. Plötzlich wurde ein Anruf in die Sendung durchgestellt: »Hallo, hallo! Hier ist die Evakuierungskommandozentrale! Wie viel Zeit bleibt uns für die Maßnahmen?!« Als Antwort kam ein Knacksen, dann wieder eine Stimme: »Hier spricht die Wetterstation! Der Tsunami bewegt sich mit einer Geschwindigkeit von soundso auf uns zu! Für die Evakuierung bleiben etwa zwölf Minuten! Wir bitten alle Anwohner um das sofortige Verlassen des Gebietes mit Hilfe der eigenen Transportmittel!« Danach hörte Mischa nichts mehr.

»Aufwacheeeen! Notfall!!!«, schrie Mischa mit erstickter Stimme, als er wie aus der Kanone geschossen aus dem Bad stürmte. Er rannte zu seiner Hose. »Was ist denn los?«, fragte mit nörgelnder Stimme und einem geöffneten Auge seine Frau.

»Steh auf, dumme Kuh!«, schrie Mischa unerwartet grob, »Tsunami!!!«
»Tsunami?«, flötete seine Frau, während sie verwundert das zweite Auge öffnete.
»Tsunami!!! Man muss sofort evakuieren!«
Aus dem anderen Zimmer stürmte die Schwiegermutter. Sie war barfuß. In den Armen trug sie die beiden Zwillinge, die sie vorsichtshalber in aller Eile so warm wie möglich angezogen hatte.
»Ins Auto!«, befahl Mischa und durchsuchte die unzähligen Taschen seiner Jacke nach dem Autoschlüssel.
»Ich muss aufs Klo«, winselte seine Frau mit um Gnade bittendem Ton.
»Ah! Machst dir in die Hose, was? Hast keinen Grund! Wir schaffen alles. Bis die Welle an Land kommt, haben wir noch neun Minuten!« Mischa bugsierte seine Familie aus dem Haus zu dem davor parkenden Auto.
»Welche Welle, Misch…?« Seine Frau blickte ungläubig über das stille Wasser.
»Da! Hinter dem Horizont! Sie rollt schon heran!!!«
Mischa öffnete den Kofferraum und warf alles, was er für überlebensnotwendig hielt, hinein.
Die Schwiegermutter saß bereits mit Nachthemd, Lockenwickler und immer noch barfuß auf dem Rücksitz. Zu ihrer Rechten und Linken die warm eingepackten, wieder eingeschlafenen Zwillinge.
Als Letzte eilte die Ehefrau aus der Toilette.
»Lass den blöden Schnorchel und die Flossen da!«, befahl ihr Mischa.
»Aber wenn uns die Welle einholt …!?«
»Dann hilft das nicht!«, schnitt Mischa ihr das Wort ab und drehte den Schlüssel im Zündschloss.
Draußen war es immer noch dunkel, und Mischa trat aufs Gas. Der Wagen brauste die Landstraße entlang durch ein Dorf, berg-

auf, nach Leningrad. Das Dorf schlief. Die Straße war leer. Die Schwiegermutter schwieg tapfer.
»Komisch«, sagte Mischas Frau, »außer uns scheint keiner jemanden zu evakuieren …«
»Ich bin schuld! Ich hätte allgemein Alarm schlagen müssen!!!« Mischa hatte sich am Lenker festgekrallt, als wäre es ein Rettungsring.
»Mischa. Wie kommst du denn auf einen Tsunami?«, fragte seine Frau ganz vorsichtig. »Vielleicht hast du das ja nur geträumt?«
»Von wegen geträumt! Im Radio haben die's gebracht! Mach mal an!!!« Seine Frau betätigte den Knopf des Autoradios. Dramatische Musik erfüllte den Wagen, und nach ein paar Akkorden, die an Wellen erinnerten, verstummte sie. Nach einer kurzen Pause, die Mischa vorkam wie eine Ewigkeit, tönte es aus den Boxen: »Liebe Zuhörer. Sie hörten die Wiederholung der Sendung ›Theater am Mikrophon‹ mit der Aufführung eines Stückes des japanischen Dramaturgen Kyoto Takatsura mit dem Titel: ›Tsunami‹.«
Die Schwiegermutter auf dem Rücksitz lachte, ungeachtet der schlafenden Kinder, aus vollem Hals los. Die Ehefrau stimmte ein. Und zuletzt, ohne zu wissen, worum es ging, die erwachten Zwillinge.
Mischa wendete wortlos den Wagen und fuhr seine aufgescheuchte Familie wieder dem spiegelglatten Meer entgegen, über dem gerade die Augustsonne des kühlen nordischen Spätsommers aufging.

15.
SOLDATENMANTEL

Ich muss gestehen, dass ich mich zur Zeit meiner Einberufung in die Armee für einen absolut fähigen Avantgarde-Maler hielt. Ob andere diese Meinung teilten, ist schwer zu sagen, aber ich wage es eher zu bezweifeln. Fakt ist aber, dass ich noch als grünschnabliger Student zu einer Gruppe von Undergroundkünstlern gestoßen bin. Von solchen Gruppen wimmelte es damals nur so in Leningrad.

Mir gefielen die bärtigen und langhaarigen Maler auf Anhieb, sie wurden zu meinen Idolen. Sie alle waren um die dreißig oder vierzig. Und obwohl ich den Wodka, den sie zum Frühstück, Mittagessen und Abendbrot oder stattdessen zu sich nahmen, immer noch nicht recht riechen konnte, lauschte ich mit Begeisterung ihren lauten Kunstdebatten. Namen wie Kandinsky, Klee, Malewitsch, Pollock, Miró oder Picasso schwirrten durch die Luft.

Sie äußerten sich abfällig über Kollegen, die sich der von der Partei kontrollierten Vereinigung der sowjetischen Maler angeschlossen hatten, indem sie diese »dressierte Pinsel« schimpften. Sie begeisterten sich an ihren Arbeiten und erlaubten hin und wieder auch mir, meine unreifen Erzeugnisse auszustellen. Ich bemühte mich sehr. Ich bemühte mich, meinen lebenden, wenn auch immer nur halbnüchternen Idolen zu entsprechen.

Ungeachtet der Zugehörigkeit zum Underground befand sich der Treffpunkt der Künstlergruppe sehr weit über dem Erdboden: Im letzten, im zwölften Stock eines Hochhauses mit nur einem Eingang, in der Eigentumswohnung eines der Anführer der Gruppe, eines Malers namens Haledskij. Diese Zweizimmerwohnung in einem Plattenbauviertel weit ab vom Leningrader Stadtzentrum hatte Haledskij einst von seinen Eltern geschenkt bekommen. Geld für Möbel hatte er nicht, und so sauste durch die Wohnung der Wind, so wie auch durch Haledskijs Taschen.

Aber an Möbeln war auch kein Bedarf. Haledskij selbst lebte und nächtigte immer bei einer der Damen seines Herzens, die ihn auch durchfütterten.

Wir, die anderen Anhänger der Gruppe, die nur zu »Abendsitzungen« kamen, begnügten uns mit ein paar Bierkästen, die uns in der Küche Stühle und Tisch ersetzten, und einigen Dutzend in die Wände geschlagenen Nägeln, an denen man die Kunstwerke aufhängen konnte. Meistens jedoch saßen wir alle auf dem Boden.

In Momenten besonderer Eingebung fing ich noch während der nächtlichen Zusammenkünfte mit dem Schaffen an, womit ich meine älteren Künstlerfreunde ziemlich amüsierte. So schleifte ich in einer Winternacht eine Stahlplatte von etwa drei Millimetern Dicke und einer Größe von einem auf anderthalb Metern in den zwölften Stock.

Ich hatte sie auf einer Baustelle in der Nähe gefunden und begann sofort mit meiner Kunst, indem ich die Platte effektvoll mit schwarzem Teer begoss, der eigentlich zum Isolieren von Fundamenten gedacht war. Dann sah ich mich um. Auf dem Gelände des angrenzenden Hauses erstreckte sich ein ziemlich großes weißes Quadrat verschneiter Wiese. Die nicht allzu tief unter der Erde liegenden Fernwärmerohre hatten den Schnee geschmolzen und in das weiße Quadrat schwarze Linien gezogen, die wie tiefe Falten aussahen. Aus diesen Falten ragte, wie ein Stoppelbart auf dem Gesicht eines Toten, altes, welkes Gras vom letzten Sommer. Ich riss es büschelweise und samt der Wurzeln aus dem Boden und steckte dieses Symbol toter Natur in die klebrige schwarz-

glänzende Teermasse auf der Stahlplatte. Das halbfertige Werk nahm ich mit auf Haledskijs Balkon. Dort zündete ich den Teer an und schmiss die Platte unter dem Jubel aller Anwesenden vom Balkon. Der Flug dauerte nicht lang, war aber sehr eindrucksvoll. Die Flamme wurde durch den Flug immer mehr entfacht und erfasste das erfrorene Sommergras.
Mehrere Male drehte sich die Stahlplatte in der Luft und hinterließ die Horrorvision, dass sie einen Brand im Haus, im Viertel oder womöglich in der ganzen Stadt verursachte. Doch die Stahlkomposition flog ganz knapp an der grauen Telefonzelle vorbei und klatschte, noch brennend, auf einen Schneehaufen.
Während wir alle ganz aufgeregt versuchten, uns in den Fahrstuhl zu zwängen oder das Treppenhaus runterrannten, war das Kunstwerk schon erloschen.
Wir holten mein neues, noch warmes Bild hoch in die Wohnung, und dort stand es bis zum Frühling unter dem traurigen Namen »Reste des Sommers verbrannt auf dem Schnee«.
Im Frühling war die graue Telefonzelle dran.
Ich hatte sechs Bauarbeiter für gerade mal zwei Flaschen Wodka engagiert, und sie trugen uns die Telefonzelle hoch. Ich hatte auch ein langes Kabel besorgt, das vom Balkon hing und die Telefonzelle mit dem städtischen Telefonnetz verband, nachdem ich den Anschluss eigenhändig hergestellt hatte. Schließlich bemalte ich sie so, dass sie aussah, als hätte man alle Pinsel der Welt an ihr abgeschmiert.
Das Werk bekam den Namen »Bunte Gespräche für wenig Geld« und sorgte unheimlich für Furore. Zum einen, weil meine technisch begabten Freunde den Apparat, der seit über einem Jahr verstummt war, repariert hatten, und zum anderen, weil die Netzbetreiber einen Aufstand wegen des ominösen Abhandenkommens der Telefonzelle gemacht hatten. Erst nachdem sie »ihre« Telefonzelle in bunter Aufmachung auf unserem Balkon in der zwölften Etage entdeckt hatten, beruhigten sie sich und verspra-

chen, die Polizei nicht zu rufen, wenn ich garantierte, alles Eingenommene ehrlich an die Telefonfirma abzuführen.
Nun hatten alle Bewohner des Hauses, die kein Telefon besaßen, also alle, die Möglichkeit, zu Haledski auf den Balkon zu kommen, um nach Einwurf einer Münze Freunde und Verwandte anzurufen, die ein Telefon zu Hause hatten.
Manchmal gab es vor dem Balkon eine richtige Schlange, was den bärtigen und langhaarigen Malern sehr gefiel, denn nun liefen die wartenden Besucher gezwungenermaßen durch unsere kleine Galerie, schauten die Bilder an und bekamen so unwillkürlich einen Zugang zur inoffiziellen Kunst.
Durch diese Warteschlange musste ich komischerweise an die Schlange vor Lenins Mausoleum denken, und ich beschloss, meine nächste Kreation dem Wortführer des Proletariats, Wladimir Iljitsch Lenin, zu widmen.
Um mein Projekt in die Tat umzusetzen, wählte ich die Kunstform der Collage. Oh, damals, als der Computer noch dem Militär und der Wissenschaft vorbehalten war, hieß das für die Umsetzung nur eins: Handarbeit. So fing ich an, Leninfotos zu sammeln. Ich schnitt sie aus Zeitschriften und Zeitungen. Ich suchte sie überall. In alten Koffern und anderen »Schatzkisten«, in Bibliotheken und in Bücherläden, auf verstaubten Dachböden und in von Spinnweben vernetzten Kellern. Mit einer Schere bewaffnet, warf ich mich auf die Presseartikel verschiedenster Jahre, und schnaufend zerschnitt ich die Seiten, den geliebten Anführer isolierend. Für einen Außenstehenden war ich sicherlich ein Fall für den Psychiater: Fetischist mit abnormer sexueller Fixierung. Ich sammelte Lenin in Ordnern: »Lenin steht«, »Lenin geht«, »Lenin grüßt«, »Lenin hält Rede« etc.
Als ich das Gefühl hatte, die Ordner seien voll genug, begann ich, die Lenins in nur mir bekannter Anordnung auf den Karton zu kleben. Dieser ganze Wahnsinn dauerte über ein halbes Jahr. Und als die Collage endlich fertig war, bot sich dem Betrachter

folgendes Bild: Auf dem Roten Platz, vor dem Mausoleum, auf der Tribüne des Mausoleums, da, wo normalerweise das komplette Politbüro während der Militärparade steht, stand Lenin. Zu seiner Rechten und zu seiner Linken bis zu den Begrenzungen der Tribüne: Lenins.

Die Lenins lächelten, grübelten, winkten freundlich dem Volk zu, schrien etwas in die Menge. Und unten auf dem Roten Platz marschierte ein Menschenpulk von Tausenden Lenins, in den Händen Lenin-Porträts. Diese Collage mit dem Namen »Lenin feiert sich selbst« hing ich in Haledskis Wohnung in unmittelbare Nähe der Balkontür, damit jeder, der käme, um anzurufen, die Iljitschs bewundern konnte. Mein Vater, der mich in Leningrad besuchte und das neue Werk sah, ordnete an, dass ich es sofort vernichtete. Seiner Meinung nach würde ich damit die Zukunft meines Bruders als Wissenschaftler gefährden und vielleicht auch meine eigene. Sicher war meines Vaters Sorge übertrieben, aber so reich an Erfahrung, wie er war, hatte ihn das Leben Misstrauen gelehrt – egal, ob gerade Tauwetter auf der politischen Weltkarte der Sowjetunion herrschte oder nicht.

Mein Militärdienst im Tanz- und Gesangsensemble der Roten Armee unterbrach meine Freundschaft zum zwölften Stockwerk nicht. Wenn ich nicht gerade mit dem Ensemble auf Gastspiel war oder Proben und andere Dienste hatte, führten mich meine Ausgänge zu meinen bärtigen, langhaarigen Freunden.

So tauchte ich in der kalten Jahreszeit in meinem neuen schicken Soldatenmantel auf. Der Schnitt des Mantels war sehr besonders, und ihn zierten zwei Reihen »goldener« Knöpfe und rote Achselstücke mit den glänzenden Buchstaben »S A« – Sowjetische Armee. Der breite Ledergürtel umfasste den Soldatenmantel da, wo ein normaler Mensch Hüften haben sollte. Die blank polierte Messingschnalle strahlte so, dass man denken konnte, es rühre allein von dem fünfzackigen Stern mit der Sichel und dem Ham-

mer her. Dieses wundervolle Erzeugnis militärischer Nähkunst hing an mir wie an einer Vogelscheuche.
Zurrte ich meinen Soldatenmantel mit Hilfe des Gürtels eng in der Taille zusammen, standen dessen Schöße breit zu allen Seiten von mir ab, als trüge ich ein altertümliches Damenkleid. Ich kam mir vor wie die gehäkelten Tanten, die man auf eine Kanne setzte, damit der Tee nicht kalt wurde.
Schon früher waren meine Erfahrungen mit Soldatenmänteln nicht ruhmreich gewesen. Als ich noch Regiestudent war, wirkte ich oft, wie auch alle anderen, in den Inszenierungen meiner Kommilitonen mit. Einmal bot man mir die Rolle eines alten Soldaten an. Die Rolle hieß »Mann mit Gewehr«. Ich begab mich in die Maske, wo man mich an einen großen wuscheligen Vollbart klebte. Von den Kostümbildnern bekam ich eine riesige Tschapka und einen Soldatenmantel. Um glaubwürdiger zu sein, nahm ich ein Gewehr in die Hand und ging zur Probebühne, um das O. K. vom Kursleiter zu bekommen.
»Na, Herr Professor!«, sagte ich stolz und stemmte das Gewehr in den Boden. »Wie sehe ich aus!?«
Der Professor begutachtete mich sorgfältig von allen Seiten und sprach: »Du siehst aus wie ein Jude, der einen Soldatenmantel geklaut hat!«
Und jetzt, ein paar Jahre später, stand ich nun wieder da im Soldatenmantel – aber mit einer Flasche Wodka in der Hand statt eines Gewehrs.
»Ah, Küf!«, lächelten meine Freunde, während sie mir den Wodka aus der Hand zogen. »Komm rein, mach's dir bequem.«
Ich hängte meinen Soldatenmantel wie immer an einen der Nägel in unserer Galerie, setzte mich auf den Boden und faltete meine dürren Beine, an denen die schönen schwarzen Lederstiefel glänzten, zum Schneidersitz.
Die Maler tranken immer noch ohne zu essen, sprachen immer noch von Miró, Picasso und Malewitsch, und ich hörte immer

noch gebannt zu. Haledski nannte mich einen »militärischen Beobachter« und klopfte mir freundschaftlich auf die roten Achselstücke meiner Uniform.

Meine Militärkarriere ging bestens voran. Nachdem ich, Monate nach Dienstantritt, endlich Stiefel in der richtigen Größe bekommen hatte, lernte ich, zu marschieren statt zu schlendern. Fast ohne Verzögerung reagierte ich auf das Kommando »Stillgestanden!!!«, wacker erwies ich die Ehrenbezeugung, und meine Hand schnellte zum Salut unter den Schirm. Wenn auch dummerweise die linke Hand und nicht die rechte, wie es vorgeschrieben war. Einmal, es sollte nicht das letzte Mal sein, als ich die Hauptstraße Leningrads, den Newski-Prospekt, entlangspazierte, begegnete ich einem von der Feldpolizei und begrüßte ihn mit links. Man verhaftete mich und führte mich zur Kommandantur. Der Hauptfeldwebel unseres Ensembles holte mich ab und versicherte den Offizieren, er würde mich angemessen auf seine strenge Art bestrafen. Seine strenge Art der Strafe war fast immer gleich. Meistens bestand die Bestrafung darin, dass der Schuldige, ungeachtet des Maßes seiner Schuld und der Schwere seines Vergehens, den gigantischen Toilettentrakt des Ensembles zu reinigen hatte.
Der Toilettentrakt war, wie das gesamte Gebäude, sehr alt. Fast alle Pissoire waren zerbrochen, vielleicht infolge des Klassenkampfes. Immer noch war die Toilette mit Delfter Kacheln verziert. Die immer feuchten, schwitzenden rostbraunen Rohre zogen sich kreuz und quer durch den Raum. Es gab komischerweise keine Trennwände zwischen den Kloschüsseln und auch keine Klodeckel. Wir bestiegen, um die großen Sachen zu erledigen, das antike Porzellan mit unseren glänzenden Stiefeln und thronten so in Reihe nebeneinander, warfen den Mitdrückern ab und an einen Blick zu, den Kopf emporhaltend wie stolze Adler.
Als mich unser Hauptfeldwebel zum ersten Mal aus der Kom-

mandantur befreite, mich, der schon vor Militärdienstbeginn auf jede Erniedrigung gefasst war, sagte er in ernstem Ton: »Soldat Kaufmann, ich befehle Ihnen, die Latrinen zu putzen!« Ich nahm all meine physischen und psychischen Kräfte zusammen und krempelte die Ärmel hoch. Den erstbesten Lappen in der Hand, stürzte ich vor der Kloschüssel auf die Knie und tauchte den nackten Arm tief in ihren Schlund. Ich schrubbte voller Eifer. Der Gestank, der sich dort über Jahrhunderte eingenistet hatte, stieg mir heftig in die Nase. Ich pulte mit bloßen Händen den Dreck aus den tiefsten Winkeln der Kloschüssel, die noch nie Reinigung erfahren hatten, und murmelte vor mich hin: »Bist ja selber schuld, selber schuld! Wusstest doch, was dich erwartet!«
Der Hauptfeldwebel, der gekommen war, um meine Arbeit zu überprüfen, war vor Staunen erstarrt: »Soldat Kaufmann! Was machen Sie denn da?! Warum denn mit bloßen Händen? Hier ist doch eine Bürste, hier die Gummihandschuhe und da das Putzmittel!«
Eigentlich war der Hauptfeldwebel ein freundlicher, in die Jahre gekommener Typ, der so gar nichts mit Kunst am Hut hatte. Dreißig Jahre seines Lebens hatte er den verschiedensten Panzerdivisionen gewidmet, die meist in den Tiefen der Wälder untergebracht waren. Und obwohl längst alle Panzer von feindlichen Satelliten abgezählt und lokalisiert worden waren, versteckte man sie immer noch unter kleinen Kiefern- und Tannenzweigen.
Der Hauptfeldwebel – Schabudsew war sein Name – sollte im Tanz- und Gesangsensemble seinen treuen und langen Dienst entspannt ausklingen lassen. Oh, der arme Schabudsew. Was haben wir uns nicht alles einfallen lassen, um uns für kurze Zeit aus der Knechtschaft des Wehrdienstes zu befreien: Wir hauten ab, mit der Begründung, uns ein neues Staccato kaufen zu müssen, wir hauten ab, mit der Ausrede, den Arzt aufsuchen zu müssen aufgrund einer ausgebrochenen Crescendo-Entzündung, wir gingen ins Kino und gaben an, stundenlang in einer ominösen

Werkstatt verbringen zu müssen, um neue Violinenschlüssel anzufertigen.
Schabudsew ertrug geduldig all unsere dummen Scherze und beschützte uns stets wie eine Glucke vor Gefahren von außen.
Als Kind hatte er davon geträumt, Akkordeon zu spielen. Dieser Traum sollte nicht in Erfüllung gehen, denn ihm fehlte es sowohl an musikalischem Gehör als auch an jeglichem Rhythmusgefühl. Nachdem er sein Leben lang einen Panzerhelm mit Kopfhörern um die Ohren gehabt hatte, entdeckte er nun, da der Helm ab war, dass es eine Welt voller schöner musikalischer Klänge und Töne war, die ihn umgab.
Vor Menschen, die diese Töne beherrschten, vor Musikern, hatte er größte Achtung. Wie im Übrigen auch vor allen anderen künstlerisch begabten Zeitgenossen.
»Soldat Kaufmann! Zupfen Sie sich mal den Mantel zurecht und lockern Sie den Gürtel, um Himmels willen! Sie sehen ja aus wie ein Teekannenwärmer! Nein, Sie müssen nicht strammstehen, entspannen Sie sich.« Der Hauptfeldwebel unterschrieb eine Ausgangskarte und streckte sie mir entgegen. »Na gut, Kaufmann, Sie können sich entfernen, gehen Sie schon, los!«
Ich entfernte mich in Richtung der Galerie in der zwölften Etage, wo eine Vernissage stattfinden sollte. Die Ausstellung an sich war gar nicht so wichtig. Wichtig waren die Gäste, denn es hatte sich eine Gruppe amerikanischer Touristen angekündigt, die ein paar Undergroundkunstwerke kaufen wollten. Meine Bilder waren nicht darunter, ich war noch nicht so weit. Aber ich wollte für den künstlerischen und finanziellen Erfolg meiner Freunde die Daumen drücken.
Ich begab mich also in den zwölften Stock, öffnete die Wohnungstür und hängte meinen Soldatenmantel wie immer an einen frei gebliebenen Nagel. Sich wie sonst auch auf dem Boden zu platzieren wäre diesmal unangemessen gewesen, also begrüßte ich alle manierlich und lief, wie die amerikanischen Gäste, mit

klugem Blick an den Gemälden entlang. Durch das Zimmer flogen leichte Gespräche und der schwere Geruch von Armut und Zigarettenqualm.
Man sprach von Miró, Picasso, Malewitsch. Die bärtigen und langhaarigen Maler standen zusammen und nippten mit ekelverzerrten Gesichtern am obligatorischen Rotwein aus Gläsern, die man von einem befreundeten Barmann geliehen hatte.
Ihre Blicke waren gebannt auf die weitgereisten Liebhaber sowjetischer Undergroundkunst gerichtet. Wenn der eine oder andere potentielle Käufer vor einem der Bilder stehen blieb, verengten sich die Augen des zugehörigen Malers zu Schlitzen, die Ohren legten sich an wie bei einem Tiger, der zum Sprung ansetzt. Doch wenn der eventuelle Käufer, am Rotwein nippend, einfach weiter durch die Wohnung schlenderte, spuckte sich der Maler vor Zorn in den eigenen Wein und dampfte ab, in die Küche, wo er heimlich einen kühlen Wodka kippte, der vorsorglich von den Kuratoren der Vernissage draußen auf der eisigen Fensterbank bereitgestellt worden war – for artists only!
Plötzlich blieb einer der amerikanischen Gäste vor meinem auf dem Nagel hängenden Soldatenmantel stehen. Er schloss ein Auge und nahm den Mantel aus verschiedenen Perspektiven genau unter die Lupe. Dann machte er zwei Schritte rückwärts und schaute noch einmal, diesmal mit zur Schulter geneigtem Kopf. Schließlich setzte er sich seine an einer Kette um den Hals hängende Brille auf die Nase und ging ganz nah an den Mantel heran, als ob er an ihm riechen würde. Dann trat er wieder ein paar Schritte rückwärts, dabei immer noch auf meine Winterkluft starrend.
»Wessen ist das?«, fragte der Amerikaner.
»Meins!«, sagte ich ganz ehrlich.
»Wie soll das heißen?«
Ich machte keinen Hehl draus: »Soldatenmantel«.
»Beeindruckend!«, sagte der Amerikaner und zog 100 Dollar aus seiner Brieftasche.

Ich sah keinen Grund zum Verhandeln.
Ohne Soldatenmantel, aber im Taxi kehrte ich zum Ensemble zurück. Ich wartete nicht ab, bis der Hauptfeldwebel Schabudsew mir entlarvende Fragen stellen würde, sondern ging geradewegs zur Toilette, nahm den erstbesten Lappen und steckte meine bloße Hand in die Tiefen der Kloschüssel. Ich schrubbte wie ein Wilder mit zehnfacher Kraft, vor mich hinmurmelnd: »Selber schuld, selber schuld, selber schuld …!«
Viele Jahrzehnte später, als ich am Brandenburger Tor vorbeilief, hinter dem die noch nicht in einzelne, verkaufbare Souvenirs zerlegte Mauer stand, sah ich eine lange Reihe von Straßenhändlern. Man verkaufte Hunderte, Tausende Soldatenmäntel mit »goldenen« Knöpfen und den roten Achselstücken, auf denen die Buchstaben »S A« prangten. Mir wurde traurig zumute: Mein Soldatenmantel, einst ein von mir exklusiv ausgesuchten Kennern und Mäzenen offeriertes Unikat, war nun zur Massenkunst verkommen.

16.
HAUS AM UFER

Meine Kindheit verbrachte ich in der ukrainischen Stadt Melitopol, eingehüllt in alkoholische Ausdünstungen.
Es war nämlich so, dass der Hof unseres Hauses direkt an eine Wein- und Wodkafabrik grenzte.
Über Wein weiß ich nichts zu sagen, aber nach Wodka stank es immerzu bestialisch. Wenn man einen der Angestellten fragte, welchen Posten er in der Fabrik besetzte, sagte ein jeder, er sei Vorkoster. Und es stimmte wirklich. Man konnte es an ihrem Atem überprüfen. Dort rochen alle immer nach Alkohol, vom Wachmann bis zum Direktor. Selbst der Parteisekretär hatte eine Fahne.
»So ist das hier, Kinder …«, sagte der alkoholisierte Parteisekretär, »… ist nicht so einfach wie Metallgießen.«
Ich weiß nicht, warum unsere Schule gerade so eine Fabrik, unter so vielen anderen, die es vor Ort gab, zum Zweck einer Exkursion auserkoren hatte, aber der massive Wodkaausschank machte ordentlich Eindruck auf uns.
Ein ähnliches Schicksal ereilte Jahre später auch meine Tochter. Als sie zur Welt kam, brachte man sie nach Hause, in eine Dienstwohnung, die damals unserem Theater gehörte. Die Wohnung befand sich in einem ur-ur-uralten Haus, direkt am Ufer der Newa. Und das Grundstück lag Zaun an Zaun mit einer berühmten Leningrader Wodkabrennerei. Der Leningrader Wodka war weitaus besser als der in Melitopol, deshalb stank es auch hochwertiger.

Dennoch hingen auch hier die betäubenden Alkoholdämpfe in der Luft. Nicht einmal die starken Winde, die von der Newa wehten, konnten diesen Dunst davontragen, so schwer war er.
Die Wodkabrennerei war etwa 150 Jahre alt. Das Haus ebenfalls. Das Haus wollte man immer wieder abreißen, tat es aber, aus Gründen des Denkmalschutzes, nicht. Man ließ also das Denkmal weiter Denkmal bleiben, renovierte es aber nicht, nicht in den letzten 30 Jahren, und so zerfiel es von ganz allein.
Wir lebten in diesem Haus nur ein Jahr, bis ein anderes Haus, in dem wir eine Wohnung gekauft hatten, fertig gebaut war. Die Fenster in der Wohnung des alten Hauses waren drei Meter hoch, die stuckverzierten Decken fünf Meter, und das kleinste der vier Zimmer war ganze 40 Quadratmeter groß.
Vor uns hatte Ludmila mit ihrem Mann Slawka diese Wohnung bewohnt. Sie war Sängerin an unserem Revue-Theater, der Leningrader Musik-Hall. Slawka, der Gitarrist, war nicht ihr erster Ehemann. Wie es oft ist unter Künstlern, fanden sie wegen und während des gemeinsamen Nomadenlebens zueinander. Slawka war etwas jünger als seine 32-jährige Ehegattin, und im Unterschied zur exzentrischen und extravaganten Ludmila war er sehr zurückhaltend und still. Doch wenn er sprach, dann mit einer tiefen, nölenden Stimme. Man hatte dadurch den Eindruck, er würde unentwegt unzufrieden vor sich hin brummen. Ludmila war ein langes, flachärschiges und flachbrüstiges Gestell, das nicht schön, aber doch sehr effektvoll und anziehend war. Mit Slawka kam sie zusammen, als wir alle im Sommer ein Gastspiel in Kertsch, einer Kleinstadt am Schwarzen Meer, hatten. Die Hotelanlagen waren weit entfernt von den Standards einer Großstadt. Unser Ensemble bekam zwar die besten Zimmer, die man vor Ort finden konnte, aber selbst die hatten weder Dusche noch Toilette. Die ganze sanitäre Einrichtung der Zimmer bestand in einem an der Wand angebrachten Porzellanwaschbecken, in dem man sich die Hände waschen konnte.

Die an dem Tag überaus angetrunkene und generell emanzipierte Ludmila entschied sich mitten in der Nacht, ihr kleines Geschäft, wie alle Männer es auch tun würden, ins Waschbecken zu verrichten. Es wäre auch alles gut gegangen, wäre es ihr nur nicht in den Kopf gestiegen, sich mit vollem Gewicht auf dieses Waschbecken zu setzen. Ungeachtet dessen, dass die knochige Ludmila nicht viel wog, löste sich das Waschbecken von der Wand und krachte samt Ludmila, die es sich gerade darauf bequem gemacht hatte, zu Boden. Es zerschellte in tausend Teile, und die Scherben bohrten sich in Ludmilas nicht in Fülle, aber dennoch vorhandene Weichteile.
»Hilfeee!«, schrie sie. Hilfe kam aus dem Nebenzimmer in Form von Slawka, dem Gitarristen, der seinerseits mit seinen Jungs vom Orchester auch ziemlich einen gebechert hatte. Es gelang ihm schnell, über den Balkon durch ihr Fenster in ihr Zimmer zu klettern. Als er sie da so sitzen sah, am Boden, breitbeinig und nackt, mit Blut beschmiert, das unter ihr hervorfloss, fragte er ziemlich fachkundig in seinem Bass: »Fehlgeburt?«
»Nein!«, stöhnte Ludmila, »schlimmer!«, und sie drehte sich auf den Bauch.
Aus Ludmilas Hintern ragten kleine und große weiße Porzellanscherben.
Ich weiß nicht, ob Slawka schon vor diesem Erlebnis sadomasochistischen Neigungen frönte, aber Ludmilas mit Porzellan gespicktes Hinterteil erregte ihn unbeschreiblich.
Das merkte auch Ludmila und fing an, ihm und sich selbst zum Gefallen umso lauter zu stöhnen.
Slawka streichelte ihr über den Rücken wie ein Veterinär, bevor er mit der Behandlung des Viehs beginnt, und nachdem er die erste Scherbe herausgeholt hatte, küsste er die blutende Stelle. Dann, als ihm klar wurde, dass allein sein Alkoholatem zur Desinfektion nicht reichte, kippte er den Wodka aus der Minibar erst in seinen Mund und bearbeitete dann mit dem, was im Mund blieb, unter Hilfe seiner Zunge eine betroffene Stelle nach der anderen.

Ludmila stöhnte wie verrückt und kam sogar (meinte Slawka). Danach tranken sie den restlichen Wodka aus und rauchten eine Zigarette. Slawka rief den Notarzt, und obwohl Ludmila sich nur furchtbar unwillig von ihrem Retter trennen wollte, musste sie es doch, denn der Hintern sollte schleunigst genäht werden.
Ludmila war eine sehr gute Sängerin. Wenn sie, so schlank wie eine Saite auf Slawkas Gitarre, auf die Bühne kam, in ihrem engen, funkelnden Kleid, stockte den Zuschauern der Atem. Aus den Tiefen des Orchestergrabens erklang ein Akkord, der sich von Slawkas Fingern riss und über dem Saal schwebte. Ludmila öffnete ihre stark geschminkten Lippen, als wollte sie diesen Akkord küssen, und begann zu singen. Sie sang Balladen oder Romanzen, meistens etwas Melancholisches. Es war immer gute Poesie, geschrieben auf gute Melodien. Ludmilas Stimme schmeichelte, umgarnte und faszinierte. Slawkas Gitarre erzitterte voll spannungsgeladenem Klang. Sie spielte in tiefen Tönen, verlieh dem Gesang liebevoll Rückhalt, und Stimme und Gitarre verschmolzen zu einer Einheit, so wie auch Slawka und Ludmila selbst.
Als ich und meine im neunten Monat schwangere Frau die Wohnung an der Newa zum ersten Mal betraten, fiel uns als Erstes die vorbildliche Sauberkeit auf, in der Slawka und Ludmila die Wohnung hinterlassen hatten, als sie nach Moskau zogen, um in einer anderen Revue mitzuwirken. Und als Zweites: die Tür, die zur Toilette führte. Diese dicke, massive Tür, die wahrscheinlich schon seit dem 18. Jahrhundert dort gehangen hatte, war voll von Kerben und Einstichen, als hätte sie Windpocken gehabt. An der Tür hing ein Zettel: »Außer euch wohnt hier niemand im Haus … Booooh!« Unterschrieben mit: »Ludmila und Slawka«. Es hatte wirklich schon seit langem niemand außer den beiden mehr in diesem Haus gewohnt, deshalb hatten Slawka und Ludmila gern viele Menschen zu sich eingeladen und rauschende Partys veranstaltet. Eines Tages nach der Vorstellung sahen die beiden beim Verlassen des Theaters einen einsam in der Kantine sitzenden

jungen Mann: Dimka, den Equilibristen auf Rollen. Dimka wurde gerade verlassen. Dimka war traurig.
Das Theater schloss seine Türen, die Wächter machten ihre letzte Kontrollrunde. In das Künstlerwohnheim zu gehen, in dem er wohnte, hatte Dimka keine Lust. Und sonst hatte er nichts, wo er hinkonnte.

»Dimotschka! Komm mit zu uns!« Ludmila hatte Mitleid. »Komm! Wir essen was zusammen. Komm, dann verbringst du den Abend in einer Familie!« Ludmila lächelte, umarmte Slawka und gab ihm einen Kuss. Von diesem Bild der Liebe und Harmonie wurde Dimka wieder ganz warm, und er wollte zur Familie, wenn es auch nicht die eigene war. Er stand auf, schloss seinen Anorak und ging mit Slawka und Ludmila zum Taxistand. Die im Herbstnebel verschwindenden Straßen waren schon ganz leer. Die letzten Passanten schlüpften in die U-Bahn-Stationen, um vor dem leichten Regen zu fliehen. Ludmila stellte den Kragen ihres prachtvollen Mantels aus dünnem schwarzem Leder hoch und warf mit lässiger Hand den langen Schal nach hinten über die Schulter. Slawka schützte sich vor dem Regen, indem er seinen Gitarrenkoffer mit beiden Händen über seinem Kopf hielt. Dimka igelte sich in seinen Anorak.
Das Taxi kam fast sofort. Ludmila setzte sich neben den Fahrer, Dimka und Slawka nach hinten. »Senopskaja, am Ufer der Newa, das Haus an der Wodkabrennerei«, sagte Ludmila mit einem Lächeln zum Taxifahrer, und sie fuhren los.
Auffällig oft linste der Taxifahrer neugierig zu Ludmila. Sie hatte sich nach der Vorstellung nicht abgeschminkt und schillerte jetzt unnatürlich bunt im Gesicht und mit langen, angeklebten Wimpern in ihrem Beifahrersitz.
Sie hatte sich zurückgelehnt und reichte einen Arm über den Sitz zu Slawka, dessen Hand sie hielt. Von Zeit zu Zeit beugte sich Slawka vor und küsste ihre zarten Finger. Ludmila drehte ab und

an ihren Kopf und küsste Slawkas Handrücken. Dimka fühlte sich etwas verlegen, aber dennoch gut. Der Taxifahrer tat so, als würde er von all dem nichts mitbekommen. »Riecht schon nach Wodka!«, sagte er, »müssten gleich da sein.«

»Slawka. Gib mir eine Zigarette«, sagte Ludmila mondän.

»Im Taxi raucht man nicht!«, brummte Slawka.

»Doch, doch, kein Problem!«, sagte der Taxifahrer im Versuch, maximale Freundlichkeit zu beweisen.

»Die kommt schon klar«, sagte Slawka sonor von hinten.

Ludmila ließ seine Hand los, und völlig unerwartet schnellte schon ihre Rechte vor, um eine saftige Ohrfeige in Slawkas Gesicht zu platzieren.

Ohne auch nur eine Sekunde zu verlieren, zerrte Slawka sie von hinten an den Haaren, zog ihren Kopf nach hinten und ohrfeigte sie heftig rechts und links mit der flachen Hand.

Dimka quetschte sich stumm ganz tief in seinen Sitz. Der Taxifahrer hatte noch nicht entschieden, ob er die Polizei rufen sollte oder nicht. Schnell bog er in den Hof des Hauses am Ufer und hielt an.

Während Ludmila mit über das ganze Gesicht verschmiertem Make-up und halb abgefallenen unechten Wimpern den Taxifahrer bezahlte, stiegen Slawka und Dimka aus. Slawka öffnete die Vordertür des Autos und reichte Ludmila seine Hand, um ihr, wie ein Kavalier, beim Aussteigen zu helfen. Sie legte, elegant wie eine Königin, ihre Hand in seine Pranke und stieg, ein Bein über das andere schlagend, so dass kein Paparazzo der Welt die Chance gehabt hätte, die Farbe ihres Slips zu bestimmen, aus dem Auto.

Ohne abzuwarten, bis das Taxi abfuhr, rammte sie mit einem heftigen Kick ihren spitzen Absatz in Slawkas Bauch.

»Halt die Gitarre!«, sagte Slawka zu Dimka und verpasste Ludmila mit seiner schweren Faust einen mitten auf die Zwölf.

Um zu vermeiden, Zeuge eines Mordes zu werden, drückte der

Taxifahrer auf die Tube und verpisste sich lieber schnell. Ludmila stöhnte auf und krachte auf den Asphalt.
»Keine Sorge. Gleich gibt's Abendbrot«, sagte Slawka zum verstörten Dimka. Er packte Ludmilas Ledermantel am Saum und schleifte sie mit den Füßen zuerst hinter sich her, in den Hauseingang und weiter die Treppe rauf, in die zweite Etage, wo sich die Wohnung befand.
»Einen Scheiß kriegst du, von wegen Abendbrot!!!«, schrie Ludmila wie eine Angestochene. »Nur Dimka werde ich was machen! Nur für Dimka! Nur für Dimka! Nur für Dimka!«, ihr Kopf schlug dumpf gegen die alten hölzernen Stufen.
Dimka wollte lieber wegrennen, aber er musste ja noch auf die Gitarre aufpassen.
In der Wohnung begannen die Eheleute, sich durch die riesigen Zimmer zu hetzen. Dimka verschanzte sich im abgelegensten Zimmer, in dem nichts weiter stand als ein Sofa, und setzte sich dort still hin, ohne das Licht anzumachen.
Im Vergleich zu dem, was er selbst dort noch vernehmen konnte, waren die Filme von Bruce Lee oder Jean Claude van Damme Kinderkram. Jedes blutige Gemetzel in einem Saloon war ein Witz im Vergleich zu der Schlacht, die gerade auf der Senopskaja, in jenem Haus am Ufer der Newa, ausgefochten wurde. Die beiden Kontrahenten beackerten einander mit den Fäusten oder allen möglichen Haushaltsgegenständen, die gerade zur Hand waren, wenn Ludmila in die Küche hereingefegt kam, um nebenbei die Pfanne mit den Bratkartoffeln auf den Herd zu stellen oder Wodka einzuschenken.
»Hure!«, tunkte Slawka hasserfüllt Ludmilas Gesicht in die Pfanne mit Kartoffeln und Zwiebeln.
»Dummer Wichser!« Ludmila schaffte es, sich aus seinem Griff herauszuwinden, betätigte hastig das Feuerzeug und fuchtelte damit vor seinem Gesicht herum, als könne sie ihn so in Brand setzen.

Slawka verschanzte sich auf dem Klo und schrie: »Wenn ich hier rauskomme, bring ich dich um!!!«
»Jaja!!! Komm du mal raus, du verblödeter Schisser!!!«, schrie Ludmila zurück, öffnete dann eine der Küchenschubladen, holte dort alle auffindbaren Messer heraus und begann, sie gegen die Toilettentür zu donnern.
Die Messer landeten federnd in der Tür, eines nach dem anderen. Slawka schrie und hämmerte gegen die Tür. Einen günstigen Moment ergreifend, schnappte sich Ludmila die Pfanne mit den frisch gebratenen Kartoffeln und rannte mit den Worten »Und wehe, du kommst da raus!« in das abgelegene Zimmer zu Dimka und befahl ihm: »Iss!!!«
Dimka starrte auf die Kartoffeln, die mit etwas Rotem, Flüssigem bespritzt waren, und ein Kotzekloß stieg ihm in die Speiseröhre.
»Kack dir nicht ein! Das ist Ketchup!« Ludmila riss sich wieder los, schnappte sich unterwegs noch schnell ein kleines Hackebeil und begann damit wie verrückt auf die Toilettentür einzudreschen.
Ein nicht leiser werdender Orkan aus wahnsinnigen Schreien und wüsten Beschimpfungen drang durch die fest verschlossene Tür in Dimkas Zimmer. Dimka, der Equilibrist, hatte sich noch nie in seinem Leben so unsicher gefühlt. Selbst auf seinem kleinen Brettchen, das auf vier wackelnden Zylindern hin und her schaukelte, behielt er immer die Kontrolle, ohne abzustürzen. Aber jetzt, mit zugekniffenen Augen und auf dem Sofa kauernd, hatte er das Gefühl, immer tiefer in die Fänge dieses Horrors zu geraten.
Doch plötzlich war alles still. Dimka öffnete die Augen. Das Licht der an der Uferpromenade stehenden Laterne warf einen schrägen Strahl durch das riesige leere Zimmer.
Hinter der verschlossenen Tür war kein Mucks zu hören.
Dimka hatte Angst, sich zu rühren. Er lauschte in das Dunkel. Irgendwo weit weg, in der Toilette, rauschte das Wasser im defekten Spülkasten. Wie ein Indianer auf der Jagd spürte Dimka mit all seinen Sinnen die Bewegung in der Stille. Plötzlich hörte er

die leisen, weichen, sich nähernden Schritte. Dimka drückte sich tiefer in das Sofa und stellte sich schlafend. Die antike bronzene Türklinke drehte sich, und die große Flügeltür öffnete sich einen Spalt. In das Zimmer schlich Ludmila. Sie war vollkommen nackt. Das ist das Ende, dachte Dimka. Sie hat Slawka getötet, und jetzt wird sie mich vergewaltigen. Er zitterte am ganzen Körper, an eine Erektion war nicht zu denken. Das war es jetzt! Ich werde nicht können, und die murkst mich ab. Das war's!
Ohne das Licht anzumachen, trat Ludmila zum Sofa, und als sie sich zu dem zitternden Equilibristen beugte, strich sie sanft über sein Haar: »Dimka! Schläfst du?«, flüsterte sie.
»Nein, schlafe nicht«, flüsterte Dimka, der beschlossen hatte, dass es klüger sei, sich zu ergeben, als sich zu wehren.
»Dimka, hast du vielleicht 'ne Zigarette?« Ludmilas Atem war ruhig und gleichmäßig. »Slawka kann nicht einschlafen. Er will gerne noch eine rauchen.«
Dimka schluckte erleichtert, und ihm wurde schlagartig bewusst, dass er in diesem Moment auf nichts mehr Bock hatte als auf die längst in der Pfanne kalt gewordenen Bratkartoffeln mit Zwiebeln und Ketchup.

17. KOFFER MIT ROLLEN

Diese Geschichte wiederholte sich bei jeder Auslandstournee unseres Ensembles. Es war immer das Gleiche, egal welches Gastspiel oder welches Land. Wenn wir auf den Flughäfen von Berlin, Paris, Caracas, Adis Abeba oder sonst wo gelandet waren, entstieg dem Flugzeug zuerst immer der schönere Teil unsers Theaters, die Tänzerinnen. Das musste sein, für die Werbung.

Die Mädchen füllten die gesamte Treppe von oben bis unten und zogen, mit einem Lächeln von Ohr zu Ohr, ihre Lippen mit ausdrucksstarkem Lippenstift nach.

Sie klimperten freundlich mit ihren langen falschen Wimpern, die sie unmittelbar vor der Landung angeklebt hatten. Ihre langen Beine reichten bis zum Himmel, und die wohlgeformten Popöchen schwebten mit Hilfe von unglaublich hohen Absätzen immer noch über den Wolken.

Unsere Mädchen waren bezaubernd. Auf ihren Schwanenhälsen thronten reizende Köpfchen mit reizenden Frisuren à la Marilyn Monroe. Die Mädchen stützten geübt ein Händchen in die Hüften und schoben sie in Richtung der unzähligen Kameras.

Die Journalisten waren begeistert von diesem Bild.

»Die Sexbomben des Herrn Breschnew!« lautete die Schlagzeile, die am nächsten Tag aus den Zeitungen strahlte. Die »Sexbomben« selbst, ihr Soll abgelächelt, gingen zum schwarzen Rollband und warteten auf ihre Koffer. Sobald der eigene gefunden war, schnappte ihn sich eine jede mit eleganter Leichtigkeit, als hätte

sie jahrelang die Arme trainiert und nicht die Beine, und stellte ihn auf den Rollwagen.
Von dort aus wurden die Koffer in den Bus geladen und fuhren mit uns ins Hotel.
Hier spielte sich der Hauptakt der Koffershow ab.
Die Blondinen, so schlank wie russische Birken, nahmen ihre Koffer am Bus entgegen und stolzierten sicher auf ihren hohen Absätzen den roten Teppich entlang zur Rezeption.
Die gefälligen Pagen stürmten direkt zu den russischen Schönheiten, um ihnen die Last des Gepäcks abzunehmen. Die jungen Damen öffneten locker die den Griff umfassenden Finger, bedankten sich mit ihrem geübten unwiderstehlichen Lächeln und ließen ihren Koffer aus der Hand gleiten.
Das war das Ende der Show und der Beginn des Dramas: Die Pagen, ungeachtet des Alters, ihrer Statur oder ihrer Erfahrung, nahmen den Koffer entgegen und ließen ihn sofort wieder fallen. Manche gingen gar mit dem Koffer zu Boden.
Der Koffer übertraf das von der Flugbehörde gestattete Gewicht um das Doppelte. Wie diese Megakilos durch die Kontrolle kamen, wird wohl ein Mysterium bleiben. Fakt ist: Dieser hinterlistige Angriff der Killerkoffer auf Wirbelsäulen und sämtliche Muskelfasern hat alle Pagen der Welt niedergestreckt.
Im Versuch, die Koffer wieder aufzuheben, starrten die errötenden Pagen mit großen Augen auf die zierlichen Frauengestalten neben sich. Woher hätten sie auch wissen sollen, dass unsere Künstler für ihre meisterhaften Auftritte vom Kulturministerium der mächtigen Sowjetunion so wenig Geld bekamen, dass sie, um die paar schäbigen Dollars zu sparen, ihre Koffer randvoll mit Konservendosen stopfen mussten, die zu jenem Übergewicht führten.
Geschichten über Diäten waren und sind Märchen. Proben und Vorstellungen waren so kraftraubend, dass sie die gesamten Kalorienressourcen der Tänzerinnen aufbrauchten.

Der beschämte Page versuchte erneut unter größter Anstrengung den Koffer vom Boden zu reißen. Welch ein Glück, wenn gerade ein Kollege zur Stelle war. Zu zweit hievten sie dann das Monstrum auf den Kofferwagen. Die Konserven im Kofferinneren klimperten bei jeder Kollision mit der Wodkaflasche, die naturgemäß in jedem Koffer ihren Platz fand.

Die Mädchen erhoben darauf in koketter Haltung ein Fingerchen und warnten: »Vorsicht! Ich hab da drin meine Lieblingsporzellantasse!«

Die Pagen schluckten die Antwort herunter und zogen die Koffermonstren weiter, während diese auf ewig eine tiefe Spur im Marmorboden des Hotels hinterließen. Von den Koffern der männlichen Ensemblemitglieder ganz zu schweigen. Den armen Pagen sprangen die Gelenke von ganz allein heraus, und alle Sehnen überdehnten sich, wenn sie diese »Gepäckstücke« nur anschauten.

Ich denke voller Dankbarkeit an diese geplagten Jungs zurück, denn ich bin mir ganz sicher, dass es einer von ihnen war, der, nach einem erlittenen Leistenbruch oder Bandscheibenvorfall, während seines langen Krankenhausaufenthaltes dieses wunderbare Ding erfunden hat: den Koffer mit Rollen.

18.
MISS »MISS«

Ich hatte im Leben das Glück auf meiner Seite. Sehr oft passierte es, dass ich der Mann für »das erste Mal« war. So auch, als ich zum Regisseur der ersten Miss-Wahl in der Sowjetunion bestimmt wurde. Und damit nicht genug! Es war auch noch der erste internationale Schönheitswettbewerb, ausgetragen auf der Bühne unseres Theaters.

Zum Wettbewerb waren Schönheiten aus der ganzen Welt gekommen. Wirklich sehr attraktive und sehr gesprächige junge Frauen. Mich hat erstaunt, dass sie einander nicht beim Namen riefen, sondern bei »Miss Frankreich«, »Miss Deutschland«, »Miss Amerika«, »Miss Israel«, »Miss Nigeria«, »Miss Brasilien« usw. blieben.

Wieder einmal saß ich an meinem Regiepult im Saal. Geprobt wurde ein Durchlauf der ganzen Show. Plötzlich meldete sich eine der Schönheiten zu Wort. Gleich darauf meldete sich eine Zweite, und ich winkte beide zu mir ans Pult.

»Sir«, sagte die Erste, »ich bin Miss Griechenland, und das ist Miss Puerto Rico. Wir brauchen eine Toilette, ist hier eine in der Nähe?«

Ein ganz gewöhnliches menschliches Bedürfnis, sogar für eine Schönheitskönigin. Aber da fiel mir ein, wie eine gewöhnliche sowjetische Toilette aussieht. Auch wenn die Toiletten unseres Theaters weit über dem sowjetischen Standard lagen, so waren sie doch ekelerregend.

Ich schickte die beiden deshalb in die weit entfernte, aber, meiner Meinung nach, beste Toilette des Theaters. Sie war für die künstlerische Leitung bestimmt.
Zehn Minuten vergingen. Zurück kam nur eine der beiden, Miss Griechenland, und sie trat direkt an mein Pult.
»Sir, Miss Puerto Rico sitzt immer noch dort!« Ihre wunderschönen Mandelaugen, die schon so manches Jurymitglied um den Verstand gebracht hatten, waren vor Entsetzen tellerrund geworden: »Es gibt dort kein Toilettenpapier!«
Aber nicht nur in dieser Toilette fehlte das Klopapier. Es fehlte damals in der ganzen ruhmreichen Sowjetunion! Mir wurde klar, dass ich das Ansehen meines Landes retten musste.
Also stand ich auf und holte aus meiner Hosentasche eine kleine Rolle, die ich immer bei mir trug, für alle Fälle. Das war der letzte Rest einer großen Rolle, die ich, möge mir Deutschland verzeihen, bei meinem vorhergehenden Gastspiel aus der Toilette des damaligen »Palastes der Republik« in Berlin hatte mitgehen lassen.

19.
DAS THORA-FEST

Es war eine Zeit der Veränderungen. Die neuen Freiheiten ersetzten, eine nach der anderen, die alten Verbote. Das für unsere sowjetischen Ohren moderne Wort »Pluralismus« war an jeder Ecke zu hören und war weitaus wohlklingender als die vorhergehenden »-ismus«-Begriffe, die allen schon zum Hals heraushingen.

Unser lieber Herrgott existierte zwar nach offizieller Doktrin noch immer nicht, aber es war wieder erlaubt, an ihn zu glauben. Die goldenen Zwiebeltürme der Kirchen schienen nun intensiver zu strahlen, die Muezzine von ihren Minaretten ihre Gebete lauter zu singen und die Rabbiner sich noch tiefer in ihre Thora einzurollen.

Der Jüngste Tag schien nicht mehr fern. Genau zu dieser Zeit, Ende der 80er Jahre, war es mir vergönnt, Regisseur des ersten großen Thora-Festes in der Geschichte der Sowjetunion zu sein. Die religiösen Details sind an dieser Stelle nicht wichtig. Wichtig ist zu sagen, dass entschieden wurde, das Fest mit typisch sowjetischem Pomp zu feiern: mehr als vierhundert Künstler auf der Bühne, Hunderte von geladenen Gästen aus jüdischen Gemeinden in Amerika, Europa, Asien und Lateinamerika und dazu zwanzigtausend Zuschauer, die sich zur Vorstellung drängten wie wahrscheinlich unsere Vorfahren während der Sintflut auf die Arche Noah.

Der gewaltige Saal des Leningrader Sportpalastes konnte kaum alle aufnehmen. Ich vermute, dass unter allen Anwesenden lediglich ich und die eingeladenen Gemeindevertreter Juden waren. Und noch zwei Rabbiner, die man mir als Konsultanten zur Seite gestellt hatte, damit ich in meiner angeblichen Unkenntnis keinen religiösen Unfug trieb. Die beiden Rabbiner stritten sich so heftig über die einzig wahre Tradition, nach der man dieses Fest zu begehen habe, so dass uns nichts anderes übrigblieb, als sie zu entfernen, damit sie die Proben nicht störten.

Der Tag der Vorstellung war ein Tag der Versöhnung, und meine Rabbiner standen mit anderen Mitarbeitern an den Eingängen zum Saal und händigten begeistert jedem der zwanzigtausend Besucher eine Kippa aus, ganz unabhängig von Glauben und Geschlecht. Alle waren in freudiger Erwartung, etwas ganz Ungewöhnliches stand bevor. Alle lächelten einander an und lachten glücklich, wenn sie die vom Hinterkopf rutschende, ungewohnte Kopfbedeckung zurechtrückten.

Bis zum Beginn blieb weniger als eine halbe Stunde. Ich war aufgeregt. Mein Magen sandte Signale, die ich an dieser Stelle nicht ausführen mag, und dennoch genoss ich die mir verliehene Macht über das Geschehen.

Plötzlich bemerkte ich, wie durch den riesigen Korridor des Sportpalastes ein schwarzweißer Schwarm ultraorthodoxer Juden zu mir geflogen kam.

»Ich«, erklärte der Bärtigste von ihnen, »bin der Rabbiner Soundso aus New York. Mir gehört die Firma ›Koscher Fast Food‹.«

Alle anderen nickten zustimmend.

»Ich will, dass ein Plakat mit Werbung für meine Firma direkt über der Bühne hängt.«

»Waaas!?« Für mich, einen sowjetischen Regisseur, war die Bühne ein heiliger Ort. »Werbung für irgendwelchen Fraß, selbst koscheren, über der Bühne?! Niemals!«

»Wer sind Sie überhaupt, dass Sie das nicht erlauben wollen?!«, empörte sich der Rabbiner-Unternehmer.

»Ich bin der Regisseur dieser Veranstaltung!«, schrie ich zurück.
»Und ich bin der Sponsor dieser Veranstaltung!«, schrie er noch lauter zurück.
Ehrlich, ich hatte damals keine Ahnung, was das war – ein SPONSOR. Ich war KÜNSTLER, ich hatte kreativ zu sein. Und das Geld? Das kam von irgendwoher. Damals …
»Und wenn Sie dreimal Sponsor sind, das hat gar nichts zu sagen!«
»Hat es schon!«, ereiferte sich der Rabbiner, »Ich bezahle alles!«
Ich weiß nicht, warum ich ausgerechnet das gebrüllt habe, aber aus meinem Mund schoss es heraus: »Aber nicht mich!«
»Wie viel?«, brüllte der Amerikaner.
»Fünf!«, brüllte ich mit letzter Kraft zurück. Und plötzlich fragte ich mich selbst: Fünf was? Rubel? Hunderter? Dollar?
Die Dolmetscher, die mit uns gebrüllt hatten, waren still geworden.
Der amerikanische Sponsor griff nach seiner Brieftasche. Er zählte FÜNFTAUSEND DOLLAR ab und streckte sie mir entgegen. Das war eine irrsinnige Summe. Ich nahm entgeistert das Geld und begann mich langsam zu entfernen.
»Also kann ich nun mein Plakat aufhängen?«, schrie mir der Sponsor hinterher.
»Jaaa!!!«
»Wooo?«, hallte seine Stimme durch den Raum.
»Scheißegal!!!«
Das war mein erstes und letztes Honorar, das ich in »harter Währung« bekommen und dem Staat verheimlicht habe. Aber es wurde ehrlich geteilt – unter meinen Künstlerkollegen, denen zu verdanken ist, dass das Thora-Fest ein Erfolg wurde.

20.
DIE FÜRSTIN

Die Fürstin Sobolenski selbst hatte ich nicht kennengelernt. Doch das Schicksal führte mich mit ihrem Enkel, Nico Sobolenski, zusammen. Diese Begegnung fand statt, als unser Revue-Theater zum Gastspiel nach Italien reiste. 140 Künstler – Balletttänzer, Sänger, Musiker. Und außerdem, wie es in der damaligen Zeit üblich war, ein das Ensemble begleitender KGB-Offizier, seinerseits völlig zwecklos bemüht, sein Inkognito aufrechtzuerhalten.

Alles war schon in Leningrad minutiös vorbereitet und durchgeprobt worden. Jetzt musste man nur, von Stadt zu Stadt reisend, die Show an die Bedingungen der jeweiligen Bühne anpassen. In Mailand, wo unsere Gastspieltour ihren Auftakt nahm, stellte man mir ein italienisches Team von Technikern vor, die für das Licht und den Ton während unserer Vorstellung verantwortlich waren: Bühnendirektor Baccini, seine Assistenten Tino & Toni, Tonmeister Gian-Luca Traparezzi, Lichtmeister Nico Sobolenski … Stopp! Sobolenski?! Das war nicht einfach nur ein russischer Name. Dieser Name war, trotz hervorragender kommunistischer Erziehungsarbeit, immer noch in ganz Russland bekannt: Die Sobolenskis waren eine Fürstendynastie zu Zeiten der Zaren gewesen.

Es hatte sich schnell herumgesprochen. Während der Generalprobe versuchte jeder einen Blick auf den Fürsten zu erhaschen. Die Tänzerinnen hatten so viele Umzüge, dass keine Zeit blieb,

in den Zuschauerraum zu gehen, wo er hinter seinem Lichtpult thronte: ein Mittvierziger, mit hellblauen, fast farblosen Augen, schütterem, langem blondem Haar und einer schmalen Bartlinie über den ebenso schmalen Lippen.
Die Ballerinen steckten neugierig ihre Köpfe durch die seitlichen Vorhänge, hielten ihre Händchen schützend vor die Augen, um nicht geblendet zu werden von den Strahlen der Scheinwerfer, und suchten mit ihren Blicken den schummrigen Saal nach dem Adelsspross ab: »Wo? Wo ist der Fürst?! Der Große da? Niiicht? Der Kleine da etwa?«
Die leicht enttäuschten Tänzerinnen begaben sich wieder in ihre Garderoben. Aber dennoch fest an ihren Mädchenträumen vom wunderbaren Prinzen festhaltend, seufzten sie: »Na ja, sympathisch!«, während sie ihre schönen nackten Körper in strassbestickte Kostüme zwängten.
Der äußerlich ganz und gar nicht sympathische Nico Sobolenski stellte sich als absolut fähiger Beleuchter und sehr angenehmer Typ heraus.
Nach der furiosen Premiere und dem eher langweiligen, aber obligatorischen Empfang danach lud ich Nico und ein paar seiner Kollegen zu mir ins Hotelzimmer ein, um mit uns zusammen den gemeinsamen Erfolg zu feiern.
»Ohne mich keine Besäufnisse!«, sprach der KGBler streng.
»Selbstverständlich!« Keinem von uns stand der Sinn nach Widerrede, denn seine Anwesenheit war die Garantie, dass wir für die Dinge, die geschehen könnten, nicht zur Verantwortung gezogen werden würden.
Auf Reisen war Wodka unser ständiger Begleiter. Der sowjetische Zoll erlaubte jedem Bürger, bei der Ausreise aus der UdSSR einen Liter bei sich zu führen. Unser Ensemble nutzte dieses Recht in vollem Ausmaß. Beim Grenzübergang, egal in welches Land, gluckerten in unserem Gepäck etwa 140 Liter Wodka fröhlich vor sich hin.

Doch letztlich war die Exportware ausschließlich als Geschenk für unsere jeweiligen Gastgeber gedacht, ganz egal, ob diese Wodka mochten oder nicht.
Wir tranken auf Gastspielreisen überhaupt keinen Wodka. Für uns war es undenkbar, das mit Blut und Schweiß verdiente Geld während des Auslandsaufenthaltes in teure Alkoholika zu investieren.
Am besagten Abend drang die frische Vorweihnachtsluft durch das offene Hotelzimmerfenster, das einen herrlichen Ausblick auf die gotischen Fassaden des Mailänder Doms bot. Den Platz davor schmückten unzählige funkelnde Lichter. Einzelne Schneeflocken setzten sich darauf ab, um sogleich wieder zu schmelzen. Aber diese Lichter interessierten uns damals nicht. Links vom Dom, gleich neben dem Eingang zur Galleria Vittorio Emanuele, blinkte das Schild »Farmacia«. Ein Gesandter wurde geschickt, um aus der Apotheke ein paar Liter »Alco puro« zu holen. Das kostete uns etwa drei Dollar.
Italien war natürlich nicht das einzige Land, dessen Apotheker wir mit unseren exotischen Bedürfnissen schockierten. Nein, wir tranken keinen puren Spiritus. Unterwegs in Europa tranken wir natürlich zivilisiert. Wir waren damals jung und dynamisch, und dem Slogan des Pepsi-Cola-Konzerns (»The Choice of a New Generation«) folgend, nahmen wir Pepsi-Cola und verdünnten darin »Alco puro«. So kredenzten wir ein im Abgang weiches, medizinisch reines und die Seele unnachahmlich wärmendes Getränk.
Nico Sobolenski fühlte sich an diesem Abend nicht wie ein Fürst. Er fühlte sich wie ein KÖNIG! Irgendwie, nach und nach, versammelte sich um ihn ein Pulk von »Untergebenen«, die bereit waren, einem jeden seiner Worte zu huldigen.
»Also, Nico, Sie sind tatsächlich ein Fürst?«, fragte vorsichtig die mutigste der Ballerinen.
»Ja«, sagte Nico, »ich bin tatsächlich ein Fürst.« Er nahm einen Schluck von der aufgemotzten Pepsi-Cola. »Aber ich hab's ei-

gentlich schon fast vergessen«, lächelte er. »Danke für die Erinnerung!«
»Kannst du das beweisen, dass du tatsächlich ein Fürst bist?«, fragte schroff und neidisch einer unserer Trompeter, der schon seit langem und mit langfristigen Absichten einer der Tänzerinnen von seiner adligen Abstammung erzählte.
Der KGB-Mann schüttelte nur mitleidig den Kopf. Er hatte die Akte des Trompeters schon mal in der Hand gehabt. Seine Großeltern hatten jegliche Zugehörigkeit zum Adel vehement von sich gewiesen. Genau für diese Zugehörigkeit hatten beide schon ihre Zeit im Gulag abgesessen. Wozu schlafende Hunde wecken? Aber der Wind hatte sich gedreht. Adlig zu sein war wieder in Mode gekommen.
»Ich bin Fürst väterlicherseits«, sagte Sobolenski. »Meine Mutter ist gebürtige Schwedin und war Ballerina in London.«
Es fühlte sich an, als würde Nico uns immer vertrauter. Wir tranken aus und füllten erneut auf.
»Mein Vater, der junge Fürst Sobolenski, war damals auch in London mit seiner Mutter, der Fürstin Sobolenski. In London bin ich dann auch zur Welt gekommen.«
Die Bewunderer, die sich um Nico Sobolenski mit weit aufgerissenen Augen und offenen Mündern versammelt hatten, stießen einen Seufzer der Bewunderung aus.
»Und wie lernte Ihr Vater Ihre Mutter kennen?«, fragte mit pochendem Herzen eines der Mädchen.
»In einem Taxi«, antwortete Nico mit einer Leichtigkeit versprühenden Einfachheit. Er wartete die Pause ab und fügte hinzu: »Mein Vater, der Fürst Sobolenski, war Taxifahrer.«
Jetzt herrschte Stille.
»Da haben die Bolschewiken was angerichtet!«, sprach der KGBler, uns zu einer politischen Diskussion herausfordernd. Aber da die Bolschewiken schon weitaus Schrecklicheres angerichtet hatten, verhallte sein Kommentar ohne weitere Beachtung.

»Meine Mutter verließ meinen Vater, als ich noch klein war«, erzählte Nico weiter. »Sie wurde Choreographin und ging nach Hollywood.«
Das Wort »Hollywood« konnte die enttäuschte Bewunderung fast wiederherstellen.
»Meine Großmutter brachte meinen Vater als Kind aus Petersburg. Der Großvater ist nach der Oktoberrevolution verschollen. Gestorben. Oder vielleicht in die Türkei geflohen vor den Roten.« Nico wandte seinen Kopf, sich beinahe entschuldigend, in Richtung des KGBlers. »Oder vielleicht vor Großmutter … Ich kenne die Fürstin als schon sehr reife Dame. Sie war schön. Mochte das Reisen gern. Auf jedem Kontinent schaffte sie es, sich zu verlieben und mindestens einmal zu heiraten.« Nico nahm einen Schluck Alkocola und setzte erneut an, weiter, wie mir schien, zu dichten.
»Ihre Ehemänner wussten selbstverständlich nicht um die Existenz der Nebenbuhler. Sie verehrten die Fürstin und tolerierten ihre Leidenschaft für das Reisen von Kontinent zu Kontinent, wo sie für einige Monate, wie sie ihnen versicherte, die Einsamkeit genoss. So verbrachte sie den Sommer in Australien bei ihrem Schafzüchter, den Frühling in Afrika bei einem Unabhängigkeitskämpfer, den Sommer in Europa bei der russischen Verwandtschaft in London und den Herbst in Südamerika bei ihrem Plantagenbesitzer. An Energie hat es der Fürstin nie gemangelt. Aber manchmal überfiel sie eine melancholische Verstimmung, und dann flog sie nach New York, wo sie ihren aller Verwandtschaft unbekannten Geliebten aus lang vergangenen Jugendtagen besuchte. ›Mein Husar‹ nannte sie den alten, von Parkinson geplagten Mann, der seinen Lebensabend in einem mittelprächtigen New Yorker Altersheim zubrachte. Ich glaube, sie unterstützte ihn auch finanziell. Der Husar erkannte Oma schon lange nicht mehr, also half sie ihm sozusagen inkognito, so wie sie ihn auch schon immer inkognito liebte.«

»Schenk ein«, sagte leise der KGBler, der von uns eigentlich Aljoscha genannt wurde. Wir tranken.

»Die Fürstin konnte mehr als zwölf Sprachen fließend«, sagte Nico, und ich glaubte, einen Vorwurf herauszuhören. Es war nämlich so, dass von unserem Ensemble keiner auch nur zwei zusammenhängende Worte in irgendeiner anderen Sprache außer Russisch zustande brachte, und die gesamte Unterhaltung mit Nico Sobolenski konnte nur über unsere Dolmetscherin Tamara stattfinden.

»Ja, wem Ehre gebührt …«, meldete sich die Mutigste wieder zu Wort und meinte die vielsprachige Fürstin.

»Übrigens«, sagte der nun mit uns in der Konservendose stochernde Fürst Nico, »jeden Morgen rauchte sie gleich nach dem Frühstück eine ganze Zigarre. Und nach dem Abendbrot kam zu der Zigarre noch ein Glas kalten Wodkas hinzu. Dieses Ritual hatte etwas Heiliges. Dabei möchte ich darauf hinweisen«, Sobolenskis Zunge hatte schon große Mühe, sich nicht zu verknoten, »dass die Fürstin nie betrunken war. Niemals!«

»Irgendwo, auf den fernen Kontinenten«, spann Nico sein Garn weiter, »verstarben ihre Ehemänner, und sie reiste zu ihren Begräbnissen, beweinte ihr Ableben, trank auf die Unsterblichkeit ihrer Seelen und blieb dennoch stets nüchtern!«

Die Augen des besoffenen Sobolenski wurden feucht: »Die Fürstin wurde fast hundert Jahre alt. Aber zum Ende hin sollte ihr etwas Ungeheuerliches passieren! Alle Sprachen, die sie bisher beherrschte, vermischten sich nun in ihrem noch immer stolz auf den Schultern sitzenden Kopf. Sie sprach jetzt alle Sprachen auf einmal. Gleichzeitig! Ab diesem Moment konnte keiner mehr Großmutter verstehen. Außer mir.« Er schaute abwesend aus dem Fenster auf den verschneiten Dom. »Sie nannte mich von da an beim Namen meines längst verstorbenen Vaters, und sich selbst bezeichnete sie als die glücklichste Irre auf Erden und sang dabei ein endloses russisches Lied, dessen Worte sie natürlich völlig durcheinanderbrachte. Aber was die Fürstin niemals durcheinanderbrachte, war das heilige Ritual: Zigarre am Morgen, Wodka am Abend!«

Nico wurde ganz still, dann stand er auf und füllte sein Glas erneut. »Auf die Fürstin Sobolenski!«, sprach er, der Beleuchter, mit fürstlicher Würde. »Auf meine geliebte Omi!«

»Auf Omi!«, erhob sich die Trinkgesellschaft, und den Ellenbogen in Husarenmanier waagerecht nach außen gestreckt, leerten wir die Gläser mit unserer hochprozentigen Pepsi.

21.
TAMARA

Wann immer Tamara auf den Fluren unseres Theaters auftauchte, wussten alle sofort: Ein Gastspiel in Italien steht an!
Tamara war die beste Italienisch/Russisch-Übersetzerin in ganz Leningrad. Zumindest hatten wir, die wir kein Italienisch konnten, diesen Eindruck.
Tamara war kurz nach dem Krieg als Tochter eines kommunistischen Intellektuellen in Italien zur Welt gekommen. Ihr Vater, ein fest an die Werte des Kommunismus glaubender Mann, war, den »idealistischen Werten« zuliebe, ohne zu zögern einfach in die UdSSR emigriert. Sein weiterer Werdegang lief nach den in solchen Fällen bekannten Mustern ab: Zuerst wurde er anerkannter Professor für Linguistik an der Leningrader Universität, dann verhaftete man ihn mit der Bezichtigung, ein ausländischer Spion zu sein. Auf freien Fuß kam er erst nach Stalins Tod und glaubte nun an rein gar nichts mehr. Nicht an Gott, nicht an den Teufel und erst recht nicht an den Kommunismus.
Deshalb ging er nach seiner politischen Rehabilitation wieder nach Sorento. Tamara hingegen beendete die Universität, verliebte sich in einen Russen, heiratete ihn, gebar ein Kind und wurde Simultanübersetzerin.
Nur sehr wenige kannten ihr Gesicht, aber ihre angenehm dahinplätschernde Stimme war berühmt in den kulturellen Kreisen Leningrads: Dank Tamara parlierten die italienischen Darsteller, die wir im Rahmen der internationalen Filmfestivals (ja, solcher-

lei Zerstreuungsmöglichkeiten gab es) zu sehen bekamen, in russischer Sprache. Ah, was für Filme das waren! Die Meisterwerke von Antonioni, Fellini oder Bertolucci. Für uns hatten Gina Lollobrigida, Sophia Loren, Claudia Cardinale, aber auch Marcello Mastroianni, Alberto Sordi, Ugo Tognazzi und viele andere nur EINE Stimme: die von Tamara.

Tamaras Fähigkeiten waren so herausragend, dass man sie für alle gesellschaftlichen, politischen, wirtschaftlichen und kulturellen Anlässe als Übersetzerin buchte. Wo alle anderen scheiterten, fand sie adäquate Wendungen für die noch so schwierigen sprachlichen Verbiegungen desjenigen, der sich ihrer Kenntnisse bediente, auch wenn der Sprecher selbst manchmal nicht mehr wusste, wie er seinen eigenen Satz beenden sollte oder womit er diesen überhaupt angefangen hatte.

Tamaras diesmaliges Erscheinen, zumal in Begleitung eines dicken, wichtigen Typen namens Gianfranco, der im Nachhinein von allen mit dem zärtlichen Gefühl der Verehrung »Impresario« genannt wurde, bestätigte unsere Vermutung: Wir würden nach Italien fahren!

Ich muss anmerken, dass es ein besonderes Gastspiel war. Über das Land rollte die Perestroika. Zum ersten Mal reisten wir nicht in Begleitung eines KGB-Offiziers. Oh, Freiheit! Wir würden tun können, was wir tun wollten – aber, was wollten wir eigentlich!? Freie Zeit blieb uns nie: Probe, Premiere, kurzer Schlaf, wieder Probe, dann die Abendvorstellung. Nach den Vorstellungen versammelte sich das Ensemble in Gruppen auf den Hotelzimmern; einfach irgendwo hinzugehen kam uns noch nicht in den Sinn. Das war etwas Ungewohntes, bisher Untersagtes, und eigenartigerweise fürchteten wir uns sogar davor.

So versammelten wir uns also zu zehnt oder zu zwölft und bereiteten gemeinsam ein Abendbrot mit unbedingtem alkoholischem Programm zu. Man konnte sich entspannen, reden, philosophieren, lachen und eben Dinge tun.

Ja was denn für DINGE???!!! Unser ehrenamtlicher Parteisekretär, hauptamtlich Bratschist in unserem Orchester, geriet allein bei der bloßen Vorstellung dieser »Dinge« ganz außer sich. Er hatte das Gefühl, dass nun ER dazu verdammt war, seinen Kopf für die Konsequenzen dieser tollen neuen – zur Hölle damit! – Freiheit herzuhalten. Er lauerte auf den nächtlichen Hotelfluren, lief umher, hielt inne, presste sein Ohr gegen die Zimmertüren: Schliefen die? Schliefen die nicht? Sprachen die? Worüber? Sie lachten – über wen!?

Und plötzlich ... Plötzlich öffnete sich eine der Türen mit lautem Geräusch, und heraus trat ein elegant gekleideter Italiener in Begleitung einer unserer Ballerinen. Die im Zimmer verbleibende Gruppe winkte ihnen zum Abschied nach.

»Arrivederciiii!«

»Arrivederci.« Der Italiener verbeugte sich galant und entschwand durch den langen dunklen Flur.

»NATASCHA!!!«, der Parteisekretär drohte zu explodieren, »wer war das??? Was wollte er hier?!«

»Ich hatte ihn eingeladen, mit uns zu Abend zu essen. Er ist Zahnarzt. Dottore ... Medico Dentista«, gab Natascha mit ihren Italienischkenntnissen und dem erst neulich bei Dottore gemachten Zahn an.

»Aber du bist doch verheiratet! Dein Mann wird dich ...«, der Parteisekretär war kurz vor einem Schockkoma, »... IN LENINGRAD ERWARTEN!!!«

»Wie, ist verheiratet zu sein etwa lindernd bei Zahnschmerzen?«, fragte Natascha, die drohende Gefahr unterschätzend.

»Was hast du mit dem Fremdling auf dem Zimmer gemacht?«

»Wir haben hier alle zusammen was mit ihm gemacht«, meldete sich die Meute aus dem Hintergrund.

»Wir werden das Ganze morgen besprechen!«, zischte der Sekretär bedrohlich. »Nach der Probe!« Und sich nach ein paar Schritten umdrehend, den entstandenen Effekt dieser Geste sichtlich

genießend, fügte er hinzu: »Deinem Mann wird all das berichtet werden!«
Nataschas Mann Sascha, ein Schönling und Tunichtgut, hatte seine Frau im Lauf der letzten Jahre immer mehr und derber geschlagen. Während dieser gottlosen Exorzismen, die Sascha an seiner Frau vollführte, verkroch sich ihre gemeinsame vierjährige Tochter in eine Ecke und flehte weinend: »Papi, Papi, bitte bring Mami nicht um!«
Etliche Male holten meine Frau und ich Nataschas Tochter und Natascha selbst, die mal wieder das Krankenhaus verließ, zu uns nach Hause. Am nächsten Tag kroch der schöne Sascha reumütig auf seinen Knien vor unsere Tür und wollte »seine Mädchen« abholen.
Er küsste Nataschas Hände, begoss die kleine Tochter mit einem Schwall Tränen der Verzweiflung, und ein paar Wochen später begann alles wieder von vorn.
»Wofür?«, stöhnte die arme Natascha.
»Wenn ich wüsste, wofür, würde ich dich umbringen!«, antwortete der zornige Gatte.
(Übrigens, ein Jahr nach unserem Italienbesuch wurde der zornige Sascha erschossen. In einem Restaurant. Von einem seiner zornigen Freunde während des gemeinsamen Mittagessens.)
Der Sekretär bog um die Ecke. Natascha sank traurig auf dem Läufer vor ihrem Zimmer in sich zusammen: »Aber es war doch gar nichts«, flüsterte sie in einem mädchenhaft wehleidigen Ton.
Man zerrte sie zurück ins Zimmer und stellte auf schnellstem Wege eine telefonische Verbindung zu Tamara her. Tamara hatte Natascha in die Praxis des Arztes begleitet und kannte daher seine Dienstnummer. Man müsse diesen »Doktor« finden! Der Doktor solle persönlich bestätigen, dass »gar nichts« gewesen sei!
Tamara kam sofort, eingewickelt in einen warmen Morgenmantel über dem seidenen Nachthemd. Wie immer verstand sie die Sachlage, noch bevor zu Ende erzählt wurde. Sie nahm Natascha

unter die großen Flügel ihres gemütlichen Mantels und führte sie zu Bett. Die Nacht war durchtränkt von nervöser Erwartung. Kaum brach der Morgen an, hatte Tamara auch schon den Dentisten am Apparat. Der Dentist erschien sogleich – die Ehre einer unbekannten russischen Frau schien ihm wichtiger als die Zahnbeschwerden seiner Landsleute, die wartend in seiner Praxis festsaßen.

Begleitet wurde der Doktor von einem persönlichen Freund – einem »Avvocato«, wie sich später herausstellte.

»Wo ist denn dieser Vollidiot, der dieses Aufgebot hier antanzen lässt?«, nutzte der Dottore, noch auf der Treppe stehend, eine kurze Unterbrechung des Durchlaufs. Sein Gesichtsausdruck machte deutlich, dass er nicht nur bereit war, dem Parteisekretär alle Zähne ohne Narkose zu entfernen, sondern eventuell sogar den ganzen Kopf.

»Ah! Das ist also der Niederträchtige, der unser GESAMTES ENSEMBLE entehren wollte!!!!«, rief der Parteisekretär lauthals und steckte sein in Gefahr schwebendes Haupt aus dem Orchestergraben, in dem er saß und so tat, als würde er Bratsche spielen. Dass der Bogen des Sekretärs niemals auch nur eine Saite des Instrumentes berührte, dafür war der Dirigent (nicht ohne Grund) an sich schon sehr dankbar, jetzt bat ihn aber die gesamte künstlerische Leitung, auch verbal nicht aufzumucken. Diese Bitte sollte unerfüllt bleiben.

An Proben war nun nicht mehr zu denken.

»Zigarettenpause!«, sagte ich in das Mikrophon.

»Zigarettenpause!«, sagte der Dirigent.

»Zigarettenpause!«, sagte der Choreograph.

Aber niemand setzte sich in Bewegung, alles verharrte in Position: In dem Raum rauchte es bereits.

Das Ensemble startete eine Attacke auf den Sekretär: Von wegen Freiheit! Wir könnten doch machen, was wir wollten! Jeder sei doch für sich selbst verantwortlich!

»Aber die Moral!«, brach es aus dem Sekretär. »Für die Moral bin ICH hier verantwortlich! Wenn uns hier des Nachts Zahnärzte besuchen – was werden dann wohl die Zeitungen schreiben?!«

»Der Signore Genosse Parteisekretär«, wandte sich Tamara mit säuselnder Stimme an den Dottore, »begrüßt Sie aufs herzlichste und möchte sich bei Ihnen bedanken dafür, dass Sie so schnell die Zeit fanden, um das hier entstandene Missverständnis aufzuklären.«

»Was denn zur Hölle für ein Missverständnis?! Ihr Parteisekretär ist selber so ein Missverständnis! Und außerdem: Mein Schwager ist auch Kommunist ... und die Perestroika ...«

Tamara stellte sich mitten vor den Dentisten, so dass er seine Rede nicht zu Ende bringen konnte, und wandte sich mit einem hinreißenden Lächeln wieder dem Sekretär zu: »Signore Dottore fühlt sich den Ideen des Kommunismus recht zugewandt, begrüßt aber auch die Perestroika.«

»Ja, ja, ist schon gut. Aber Finger weg von unseren Mädchen!«

»Bene!«, sagte Tamara wieder in Richtung des Doktors, »entschuldigen Sie sich, und der Vorfall ist erledigt.«

»ICH soll mich entschuldigen!? Hast du das gehört?!«, wandte dieser sich an seinen Freund, den Anwalt.

»Ach, scheiß doch drauf!«, gab der Jurist seinen fachlichen Ratschlag.

»Signore Dottore und sein Freund bedauern das Geschehene sehr und beteuern den unschuldigen Charakter der sich gestern zugetragenen Zusammenkunft mit Ihren Künstlern!«

»Jaaa, solche Unschuldslämmchen kenn ich«, zischte der Sekretär, der selbst nur allzu gern ein Macho gewesen wäre. Samt der Eingeweide würde ich dich fressen, dachte er sich.

Als hätte sie seine Gedanken gelesen, sagte Tamara: »Der Signore Parteisekretär schlägt vor, dass Sie beide die Zeit finden sollten für ein gemeinsames Freundschaftsessen in einem guten Restaurant. So, und jetzt laden Sie ihn schon ein! E Basta!!!« Tamara fixierte den Zahnarzt und seinen Freund, als würde sie beide in Hypnose versetzen wollen.

»Mit dem würd ich nicht mal scheißen gehen, geschweige denn essen!«, erheiterte sich der Doktor.

»Signore Dottore findet die Idee, zusammen essen zu gehen, sehr amüsant und bittet Sie, eine Ihnen passende Zeit vorzuschlagen«, übersetzte Tamara, und ohne die Antwort des Sekretärs abzuwarten, wandte sie sich wieder zu den Signori: »Die Einladung steht!«

Die Idee, sich auf Kosten des Zahnarztes den Bauch vollzuschlagen, gefiel dem Parteisekretär tatsächlich sehr gut. »Wer weiß schon, wohin diese Perestroika noch führt? Vielleicht ist das ja meine letzte Möglichkeit«, dachte er.

»Sagen Sie ihm, Tamara, dass er und sein Freund zur heutigen Vorstellung eingeladen sind«, sagte der Sekretär-Bratschist mit einem Nicken in Richtung des Zahnarztes.

Natascha fiel küssend über Tamara her.

Abends glänzte Natascha auf der Bühne, während Tamara, der Parteisekretär, der Avvocato und der Dottore Medico Dentista zusammen die erste Reihe zierten.

Tamara dachte an die erhabene Macht der Sprachkenntnis. Der Advokat dachte an die gequirlte Kacke, die sich gestern vor seinen Augen abgespielt hatte. Der Parteisekretär dachte an das bevorstehende Abendessen, und der Dottore Medico Dentista dachte an Natascha.

Er dachte noch an sie, als das Gastspiel längst zu Ende war und wir alle wieder zu Hause weilten. Und als er erfuhr, dass ihr Mann erschossen worden ist, reiste er unverzüglich nach Leningrad und holte Natascha und ihre Tochter zu sich nach Italien – für immer!

Der längst aus allen Ämtern entlassene Parteisekretär, der immer das Böse fürchtete, glaubt bis heute, dass es ein Auftragsmord war.

22.
ANGEMESSENE ZEREMONIE

Mitten in den Achtzigern, kurz nach seinem siebzigsten Geburtstag, verstarb mein Vater nach langer Krankheit. Ich hatte bis zur letzten Sekunde an seinem Bett in der Klinik gesessen und wollte nun die bevorstehende Zeremonie in die eigenen Hände nehmen, um sie seiner würdig zu gestalten. Zuallererst ging ich zum Direktor eines der größten Friedhöfe Leningrads.

»Ai-ai-ai-ai-aiii …«, maunzte der Direktor voller gespielten Mitleids und machte das Gesicht einer geschrumpelten Rosine. »Gerade jetzt haben wir so gar keinen freien Platz mehr. Warum nur, warum nur sind Sie denn …«, er machte eine Bewegung mit den Händen, als sei er untröstlich, »warum sind Sie erst jetzt gekommen und nicht vor einem Monat schon?«

»Weil mein Vater vor einem Monat noch am Leben war!«, sagte ich, drehte mich um und ging.

Der Friedhofsdirektor zielte offensichtlich darauf ab, ordentlich geschmiert zu werden. Und ich hatte verstanden, dass ohne Kontakte, wie sie mein guter Freund Oleg hatte, wohl nichts gehen würde.

»Nur, bitte …«, sagte ich zu Oleg, dessen großspurige Handschrift mir wohl bekannt war, »… mach aus der Beerdigung kein pompöses Ding. Mein Vater war immer bescheiden, mochte keine Zurschaustellung. Bitte, es soll würdevoll sein, aber auf keinen Fall protzig!«

»Du musst dich um nichts sorgen, Alter«, sagte Oleg.

An jenem Tag trafen sich der große Freundeskreis meines Vaters und die Angehörigen der Familie in der Gedenkhalle des Friedhofs, um die Verabschiedungszeremonie zu begehen. In den Ecken des Saals brannten Fackeln. Das Licht der Fackeln überflutete geheimnisvoll die riesigen grau-schwarzen Marmorplatten, die den Boden, die Wände und auch die Decke des nicht allzu kleinen Raumes zierten. Auf einem in schwarzen Samt eingefassten Podest stand der Sarg. Rings um den Sarg war ein wahres Meer aus Blumen. Ich schielte zu Oleg hinüber.

»Alter! Ist doch 'ne mittelklasse Zeremonie für herausragende Arbeiter, die dem Vaterland außerordentliche Dienste geleistet haben!«, flüsterte Oleg in mein Ohr und zeigte mir dabei die Quittung.

»Was sind denn bitte ›außerordentliche‹ Dienste am Vaterland?«

»Du hast keine Ahnung von deinem eigenen Vater! Woher kommt denn dann all das?!«, zischte Oleg und nickte zu dem kleinen roten Samtkissen vor dem Grab, das voller Abzeichen und Orden war. Mir war sehr peinlich, was ich eben gesagt hatte. Der Sarg stand offen. Ich schaute meinen Vater an. Ich sah ihn an, und sein Gesicht strahlte große Zufriedenheit aus.

»Danke, Oleg«, sagte ich und drückte ihm die Hand. Mein Blick glitt über die Reihe der langjährigen Freunde meines Vaters: Zwischen all den alten Herren mit müden Gesichtern stand einer, der mir von einigen Gelegenheitsjobs nur allzu bekannt war. Er war Schauspieler. Ein unsäglich schlechter Schauspieler. Geradezu katastrophal schlecht.

»Oleg! Was macht denn der Typ hier? Ist er der Sohn eines der Freunde meines Vaters?«

»Nein. Er ist der Trauerredner! Mach dir keine Sorgen. Ich habe ihm fünfzig Rubel gegeben und gesagt, dass es würdevoll sein muss.«

Fünfzig Rubel waren damals ein Riesengeld. Etwa die Hälfte eines

durchschnittlichen Schauspielergehalts an einem durchschnittlichen Theater.
Von irgendwo oben, wie aus heiterem Himmel, erklang jetzt dramatische Musik. Die Zeremonie begann.
Meine Mutter, mein Bruder und ich stellten uns neben meinen Vater. Hinter uns die anderen Mitglieder der Familie. Gegenüber, etwas entfernt vom Podest, standen die Freunde meines Vaters. Ich kannte sie fast alle beim Namen. Lautlose Tränen liefen über unsere Wangen. Es war so schade, dass mein Vater nicht mehr die Vorzüge des Alters hatte auskosten können. Unerträglich schmerzte die Leere, die sein Tod hinterließ.
Die Musik wurde leiser, und der Grabredner trat einen Schritt näher zu meinem Vater. »Von uns gegangen ...«, fing er an und warf die Arme pathetisch in die Höhe. Ich verstand, was für ein Theater uns alle erwartete.
Der Schauspieler, der das Wort »würdevoll« auf seine Weise verstanden hatte, war fest entschlossen, seine fünfzig Rubel gewissenhaft zu verdienen.
Es begann eine Aufführung, bei der er Othello und Desdemona, Hamlet und Ophelia, der Meister und Margarita gleichzeitig war. Er predigte mit verdrehten Augen und in den Nacken geworfenem Kopf. Er wippte wie in Trance von links nach rechts und sprach irgendwelche unverständlichen Mantras durch die Nase. Dann schrie er wieder irgendetwas von den besonderen Verdiensten meines Vaters für das Vaterland und schlich auf Zehenspitzen, als vollführe er ein nur ihm bekanntes Ritual, Kreise um den Sarg. Darauf legte er seine Hand an die Stirn, danach aufs Herz. Schließlich neigte er sich ganz dicht zum Gesicht meines Vaters herunter und flüsterte ihm, Gott weiß warum, etwas ins Ohr. Er wandte sich blitzartig vom Sarg ab und fixierte mit starrem Blick die Freunde meines Vaters, die zurückwichen wie vor einem Pestkranken. Am Ende fiel er mit dem Wort »Adieu!« auf die Knie vor meines Vaters Sarg und erstarrte wie der sterbende Schwan.

Ich hatte Angst, meinen Blick zu heben. Denn was ich da sah, war derart grotesk, dass ich fürchtete, loslachen zu müssen. O Gott! Der Lachkloß steckte mir im Hals und wollte raus! Unsicher schielte ich zu meinem Bruder. Sein Kopf hing tief. Seine Schultern zuckten – vor Lachen?! Ja …! Jetzt zeugten auch bei mir die zuckenden Schultern von dem Zustand, den ich mit aller Kraft zu unterdrücken versuchte. Wir glotzten wie doof zu unserer Mutter, im Wissen, dass der ins Rollen gebrachte Stein wirklich nicht mehr aufzuhalten war.

»Schämt euch nicht«, sagte Mutter, »wenn euer Vater das alles gesehen und gehört hätte, würde er auch lachen.«

23.
»DIE PERLE«

»Hat einer auf der Hand fünf Asse, trinkt er in Sotschi aus goldener Tasse.« – Dieser in Kartenspielerkreisen populäre Spruch entstand nicht umsonst. Der Kurort Sotschi am Schwarzen Meer war schon immer eine echte Perle im Vergleich zu den übrigen Kurorten der Sowjetunion: Ferienhäuser für die Bauern, Sanatorien für das Proletariat, geschlossene Pensionen für die Parteinomenklatur und Hotels, Hotels, Hotels, so weit das Auge reichte, für alle übrigen Bürger und die sehr willkommenen Touristen aus dem kapitalistischen Ausland, die Valuta in unseren sozialistischen Staat brachten.

Speziell für die Letztgenannten wurde das grandiose Hotel »Die Perle« erbaut. Mit Restaurants auf dem Dach, Saunen am Strand und so weiter ...

Uns, den Ensemblemitgliedern der Leningrader Musik-Hall, hatte man per Sondergenehmigung gestattet, dass wir uns am Strand der »Perle« sonnen durften, obwohl wir in einem anderen, weitaus bescheideneren Hotel residierten. Die Sondergenehmigung sollte uns, den »wichtigen Vertretern der sozialistischen Kultur«, die Erholung garantieren.

Ende der 80er Jahre des letzten Jahrhunderts waren die Pools der »Perle« ein Sammelbecken für aufstrebende Männer der illegalen Schattenwirtschaft und für die Machtinhaber des ganz legalen Staatsapparats. Das war die erste Kategorie. Die zweite Kategorie waren Angehörige und Freunde der Genannten. Zur dritten

Kategorie gehörten Urlauber, die, so wie auch wir, keine Hotelgäste waren. Sie übernachteten in billigeren Hotels oder Ferienzimmern, weiter vom Strand entfernt, hatten aber die richtigen Beziehungen, um sich Zutritt zu verschaffen und am berühmten Strand der »Perle« verweilen zu dürfen. Solche verhielten sich zurückhaltend, im Versuch, nicht aufzufallen, während die, die genug Geld hatten, in der »Perle« Zimmer zu bewohnen, betont laut sprachen, wild gestikulierten und sich überhaupt ziemlich dreist benahmen.

Gut gebaute junge Mädchen klimperten mit ihren glänzenden Klunkern und wackelten mit dem Hintern, der wiederum in einem Höschen von Gucci, Pucci oder Versace steckte. Die dickbäuchigen Männer, die diese Höschen bezahlt hatten, grunzten wichtig vor sich hin, während sie sich in der Sonne von einer Seite auf die andere drehten, wie Seelöwen auf Kamtschatka. Die Weiber sprachen über Kerle und Klamotten, die Kerle über Kohle und wie man Weiber klarmachte.

»Ach komm!«, sagte einer der Typen, ein ziemlich junger namens Wadim: »Für Geld kommt jede mit mir mit!« Er, Wadim, war der dickbäuchigste von allen. Seine von Natur aus bleiche Haut war von der Sonne des Südens schon so verbrannt, dass sie Blasen schlug, die hier und da zu platzen drohten. Die Pickel in seinem selbstzufriedenen Gesicht passten auf sehr natürliche, organische Weise zu den Blasen.

Wadim war einer der Ersten, die gelernt hatten, sich in der neuen politischen Situation zu orientieren. »Die Partei hat befohlen, reich zu werden!«, sprach er bereits in den ersten Minuten der Perestroika, und aus dem Komsomolsekretär eines kleinen Werkes wurde ein Unternehmer, der Ersatzteile für ein jedes in der Sowjetunion vertriebene Automodell jeden Jahrgangs herstellte. Und da die meisten Autos auf Russlands Straßen wenn nicht 40, dann doch 30 Jahre auf dem Buckel hatten, lief das Geschäft gut. Innerhalb kürzester Zeit hatte er sich komplett saniert.

»Laber doch nich', Wadim!«, warfen die Männer ein. »Doch nicht jede?!«
»Jede!«, wiederholte Wadim starr und sah sich nach den weiblichen Exemplaren in seinem nächsten Umfeld um. »Die zählen nicht. Die sind zu leicht«, lachte er laut auf.
Die ganze Männergruppe begann nun, sich nach einem passenden Objekt umzuschauen. »D-d-d-da! D-d-d-die dort«, zeigte Stotterer Sascha, der Jüngste unter ihnen, auf eine junge, hübsche, stille Frau mit einem etwa zweijährigen Kind. »W-w-w-wetten, d-d-d-dass d-d-die nicht g-g-g-g-geht!?«
»G-g-g-geht sie d-doch!!!«, äffte Wadim Sascha nach und begab sich in Richtung seines Opfers. Die junge Frau war gerade dabei, ihrem Sprössling den Sandburgenbau nahezubringen.
»Guten Tag!« Wadim zog seine wild gemusterten Shorts in XXL höher zur Brust. »Entschuldigen Sie, dass ich Sie störe!«
Die junge Mutter hob den Kopf und schaute Wadim verständnislos an.
»Ich hab mir so gedacht«, Wadim meinte ein nettes Lächeln aufgesetzt zu haben, »ich lade Sie in mein Hotelzimmer ein, um ein bisschen zu ficken.«
Die junge Frau war immer noch sprachlos und verwundert, wo das Ungeheuer so plötzlich hergekommen war.
»Ein-biss-chen fiii-cken!«, wiederholte Wadim, der dachte, dass die Dame, obwohl hübsch, wohl doch etwas schwerhörig sei.
»Junger Mann«, sagte die junge Frau leise, »sind Sie verrückt?«
»Wieso denn verrückt?«, fragte Wadim gekränkt. »Ich geb Ihnen auch Geld, einhundert Dollar!«
Die junge Mutter lachte auf, nahm ihr Kind auf den Arm und drückte es an sich: »Sie sind nicht nur verrückt, sondern wohl auch ein Trottel!«
»Zweihundert!«, sagte Wadim und ließ seinen dicken Hintern herrisch in den Sand plumpsen. Das Gesicht der jungen Frau wurde ernst: »Entfernen Sie sich bitte! Wenn Sie so ein Idiot sind,

dass Ihnen gar nicht klar ist, wie sehr Sie mich mit Ihrem hirnverbrannten Angebot kränken, dann …«

»Dreihundert!«, unterbrach sie Wadim.

»Schämen Sie sich!«, explodierte die junge Dame, »das ist ja furchtbar! Habt ihr denn alle völlig den Verstand verloren!«

»Vierhundert … Fünfhundert …«, Wadim bot weiter, ohne den Worten der schreienden Frau, die wütend in sein schamloses Gesicht starrte, Beachtung zu schenken.

Sascha, der Stotterer, und alle Übrigen warteten geduckt vor Spannung auf ihren Liegen auf das skandalöse Finale.

»Siebenhundert …«

Die junge, stolze Mutter setzte ihrem Kindchen ein weißes Häubchen auf den Kopf, nahm es zu sich und ging zum Meer. Sie planschte mit dem Kind, sie warf es hoch in die Luft und fing es wieder auf. Ihr gebräunter Körper funkelte im Sonnenschein, das Kind schrie vor Glück.

Wadim wartete geduldig an Land und untersuchte seinen Leib nach immer neuen Pickeln, die er dann sorgfältig ausdrückte. Als die Frau und das Kind endlich aus dem Wasser gekommen waren und die Mutter das Kind in ein großes Handtuch gewickelt hatte, sagte Wadim: »Neunhundert.«

Die junge Frau stampfte mit dem Fuß in den heißen Sand. »Gehen Sie zur Hölle!« rief sie und drehte sich weg.

»Tausend«, sagte Wadim.

»Ich rufe gleich die Polizei!«, erwiderte die junge Mutter fest entschlossen.

»Zweitausend«, sagte Wadim bestimmt.

»Verzeihen Sie bitte«, wandte sich die junge Frau an ihre etwas ältere Liegennachbarin, »wären Sie bitte so nett, etwa 40 Minuten auf mein Kind aufzupassen?« Und als die Nachbarin nickte, bewegte sie sich langsam in Richtung des Hotels.

»Zimmer 113!!!«, rief Wadim, zwinkerte seinen Jungs zu und ging ihr, sich den Sand vom Hintern abklopfend, hinterher.

24.
DER IMITATOR

Es gibt einen Beruf in der Kunst, der da heißt: Imitator.
Ein solcher geht auf die Bühne eines Varietés, Cabarets oder Comedy Clubs und bedient sich der Stimme eines anderen Menschen – zum Beispiel der eines bekannten Politikers oder populären Künstlers. Der Imitator macht dazu noch die gleichen Gesten und Grimassen wie die berühmte Person, die er imitiert, und wird damit selbst ganz berühmt.
Der Imitator, von dem ich erzählen werde, hat mit all dem gar nichts zu tun. Er imitierte keine berühmten Persönlichkeiten. Er imitierte Musikinstrumente – Saxophon, Trompete, Tuba, Kontrabass und sogar die Geige.
Seine Nummer hieß »Das Ein-Mann-Orchester« und erlangte größte Beliebtheit beim Publikum, das ihn auch so nannte: Ein-Mann-Orchester. Niemand hatte je versucht, sich seinen richtigen Namen zu merken, obwohl er doch im Programm stand: Miron Polakowski.
Miron Polakowski war seit über 20 Jahren auf der Bühne unseres Theaters zu bewundern. Er war ein kleiner Mensch, äußerlich der einstigen Filmlegende Heinz Rühmann zum Verwechseln ähnlich. Seine Karriere begann er als ganz junger Typ, noch vor dem Krieg, als Schlagzeuger einer Swing-Bigband. In den letzten Jahren des Krieges schickte man ihn an die Front. Und als er mit einer Schulterverletzung zurückkehrte, lernte er um und wurde Imitator.

Er war älter als wir alle. Wir liebten ihn sehr, machten aber immer Scherze über den in unseren Augen »uralten« Miron. Besonders beliebt war er beim Männer-Tanzquartett aus dem kaukasischen Dagistan. Das waren heißblütige Jungs. Mit wildem kehligem Geschrei flogen sie bei ihrer Darbietung auf die Bühne. Sie landeten auf den Knien, sprangen wieder auf und begannen mit ihren Damast-Säbeln herumzuwedeln, so dass die Funken schlugen. Dabei vollführten sie so waghalsige tänzerische Bewegungen, dass so manchem im Saal schlecht wurde.
Diese Jungs machten sich mit Miron in allen Theatern, in denen wir gastierten, immer wieder den gleichen Scherz: Sie schmuggelten ihm irgendein Besteckstück aus der jeweiligen Kantine in die Tasche seines Auftrittssmokings und meldeten dann dem Sicherheitspersonal, auf Miron weisend: »Durchsuchen Sie bitte die Taschen dieses älteren Herrn! Wir glauben, er hat eine Gabel geklaut.«
Das Sicherheitspersonal schlug Miron mit ernstem Gesicht vor, seine Taschen zu leeren. Das tat er anstandslos, und zum Vorschein kam eine hässliche, wie unter den Augen Uri Gellers verbogene Aluminiumgabel. Das Tanzquartett schüttelte vorwurfsvoll die vier Köpfe und sagte: »Miron! Sie sind Kleptomane. Sie sollten sich behandeln lassen!« Alle lachten über diesen blöden Scherz, der sich von Jahr zu Jahr wiederholte.
Miron überstand all diese Scherze mit Würde. Er lachte nur leise auf und warf uns einen lieben Blick mit den Worten zu: »Ach, was seid ihr doch alle doof.«
Miron Polakowski hat viel später als die meisten seiner Zeitgenossen begonnen, sein Leben wirklich zu leben. Vielleicht waren es die Kriegsverletzungen und der Tod aller Mitglieder seiner jüdischen Familie irgendwo im Graben bei Kiew, was ihm lange nach Kriegsende zu schaffen machte. Er lebte lange Zeit als alter Junggeselle und einsames Ein-Mann-Orchester. Er taute erst wieder auf, als er seiner künftigen, blutjungen Frau begegnete. Und

als sie ihm eine Tochter schenkte, war sein Glück gar grenzenlos. All die Liebe, die er so lange in sich getragen und die brach in ihm gelegen hatte, entfachte sich auf einmal und richtete sich mit aller Kraft auf dieses quengelnde rosa Lebewesen.

»Taa-tatataa-tata-ta-ta-ta-ta-taa!«, tönte Miron glücklich im Scheinwerferlicht durch seine zum Trichter gefalteten Hände. Und glauben Sie mir, das Publikum spürte, dass es Miron gutging, und freute sich mit ihm. »Taa-tatataa-tata-ta-ta-ta-ta-taa!«

Ich weiß nicht mehr, warum, aber als Mirons Tochter sieben wurde, blieb er mit ihr allein. Von da an nahm er sie immer mit, auch auf die Gastspiele. Er bügelte, wusch Wäsche, und wenn sie mal ein paar Monate zu Hause verbrachten, kochte er und achtete sehr genau darauf, dass sein Mädchen das gepflegteste Kind des ganzen Theaters war. Er kämmte ihren blonden Pony und legte ihn ordentlich über die geschwungenen Brauen. Ihre großen blauen Augen schauten offen und freundlich in die Welt, und ihre langen Wimpern klimperten jedes Mal, wenn sie Vaters »Taa-tatataa-tata-ta-ta-ta-ta-taaa!« von der Bühne ertönen hörte. Sie wuchs zu einer wirklichen Schönheit heran, in die sich nicht zu verlieben schwer war. Und das bereitete Miron ernsthafte Bedenken.

Olga, so hieß Mirons Tochter, war ein liebes und gefügiges Mädchen. Fast jeden Monat ging sie während der Tournee auf eine andere Schule, und wenn wir wiederkamen, besuchte sie ihre Schule in Leningrad. Miron ging, soweit es ihm die Arbeit erlaubte, zu allen Elternabenden und hörte sich dort stolz die Komplimente an. Auf Tour erledigte Olga fleißig ihre Hausaufgaben in der Kantine und packte dann ihre Schulsachen zusammen, um zum Feuerwehrposten hinter der Bühne zu gehen und sich dort neben den Feuerwehrmann zu stellen. So hatte es ihr der Vater aufgetragen. Miron hatte sich dieses in unser aller Augen quälende Ritual ausgedacht, weil er Olga nie ohne strenge Aufsicht lassen wollte. Man weiß ja nie.

Die Jahre vergingen. »Wenn einer von euch sie auch nur dumm anquatscht«, drohte uns der kleine Miron, »bring ich den um!« Und er machte ein sehr ernstes Gesicht. So stand sie in all den Jahren neben dem Feuerwehrmann, bis sie schließlich zu einer 15-jährigen Schönheit in voller Pracht erblüht war.
Die Jungs vom Ballett, die Musiker, die Tenöre und die Baritone, die Akrobaten, die Bühnentechniker und Elektriker und das ganze übrige Männerpack stierten zum Feuerwehrposten. Manche versuchten sogar, sie in ein Gespräch zu verwickeln. Und wenn schon nicht sie, dann wenigstens den Feuerwehrmann, mit Blödsinn à la: »Äh, hätten Sie vielleicht Feuer?« Olga lächelte und sprach mit niemandem ein Wort, so wie es ihr der Vater gesagt hatte.
So ging das etwa ein Jahr. Und dann, eines Tages, kamen wir ins Theater und blieben wie angewurzelt stehen. Nein, Olga stand wie immer lächelnd an ihrem gewohnten Platz. Aber irgendetwas stimmte nicht mit ihrem Aussehen. »Mirooon! Alarm!«, schrie der Mutigste von uns. »Der Feuerwehrmann hat's verpennt!«
Miron eilte sofort aus seiner Garderobe herbei. Hatte er seine Tochter vorher nie aus den Augen gelassen und immer genau beobachtet, schaute er jetzt noch genauer hin.
Olga klimperte nicht mehr mit ihren langen Wimpern. Als wollten sie jemanden schützen, wanderten ihre Hände zum Bauch.
»Ja?«, hauchte Miron, als täte er seinen letzten Atemzug.
»Ja!«, antwortete Olga kurz, lächelte entwaffnend und senkte ihre Hände wieder. Ein kleines, aber unübersehbares Bäuchlein guckte frech unter dem am untersten Knopf offenen Jäckchen hervor.
»Wie konnte das denn nur passieren? Wieso haben wir denn nicht früher was gemerkt?!«
Im Gesicht des Feuerwehrmanns spiegelte sich absolute Ahnungslosigkeit, gepaart mit tiefer Schuld. Wobei die vermeintliche Schuld sicher gar nicht bei ihm lag, sondern bei einem anderen Feuerwehrmann eines anderen Theaters des Landes.

Miron weinte bitterlich, eine ganze Woche lang, und ging hart mit sich ins Gericht, sein kleines Mädchen nicht vor solch einer Wendung bewahrt zu haben. »Ach«, sagte er, wenn er sich etwas beruhigt hatte, »was den Menschen im Alter glücklich macht, kann in der Jugend alles kaputtmachen, das ganze Leben verbauen.« Taa-tatataa-tata-ta-ta-ta-ta-taaa!

Obwohl, etwas Gutes hatte es natürlich trotzdem: Olga war endlich von ihrem Warteposten am Feuerwehrschlauch befreit und genoss jetzt die Wärme und Fürsorge des ganzen Ensembles. Die Männer verbeugten sich ehrenvoll vor ihr, und die Frauen, selbst kaum älter als zwanzig, versorgten sie mit wertvollen Tipps, auch wenn diese sichtlich zu spät kamen. Sie tuschelten mit Olga, im Versuch, endlich den Namen des ominösen Erzeugers zu erfahren. Aber Olga lächelte und schwieg. Sie hat den Namen ihres flüchtigen Geliebten niemals verraten.

Wir, die Männer des Theaters, hatten, nachdem wir uns selbst und alle Feuerwehrmänner ausgeschlossen hatten, den schweren Verdacht, dass sich diesen letzten Scherz einer aus dem kaukasischen Tanzquartett erlaubt hatte, bevor die Truppe zu einer anderen Revue gewechselt war.

Später verwarfen wir unsere Überlegungen aber, da dieser »Scherz«, trotz aller Dreistigkeit des Quartetts, zu heftig gewesen wäre und in keinem Verhältnis stand zu einer in die Smokingtasche geschmuggelten Aluminiumgabel.

So also ist Miron Polakowski, unerwartet für alle und auch für sich selbst, Großvater geworden. »Mein Opa ist ein Ein-Mann-Orchester!«, waren die ersten bewussten Worte des heranwachsenden Enkels, und Miron tönte wieder, vom Glück überwältigt und aus voller Seele von der Bühne in den Zuschauerraum: »Taa-tatataa-tata-ta-ta-ta-ta-taaa!«

Vom Gastspiel in Mexiko brachte er dem Jungen einen Sombrero, aus Amerika ein paar echte Jeans, aus der Mongolei eine Fuchstschapka mit.

Als wir in der Mongolei spielten, herrschte tiefster Winter. Über die nackten Hügel, die die Hauptstadt Ulan-Bator umrandeten, wehten Schneestürme. Der Saal, in dem wir auftraten, war auf dem neuesten technischen Stand und schützte uns vor dem ungeheuerlichen Wetter.

Für seine Darbietung in Ulan-Bator übte Miron etwas Neues ein: Er lernte ein verzwicktes, im mongolischen Volk sehr beliebtes einheimisches Lied. Er »spielte« es aber nicht mit dem herkömmlichen Saxophon oder einer Trompete, sondern benutzte die exotischen Klänge uns völlig unbekannter mongolischer Instrumente.

Ungeachtet der Könnerschaft aller hundertzwanzig Beteiligten unseres Ensembles, die wir russischen Chic mit Pariser Glanz auf die mongolische Bühne gebracht hatten, richtete die Zeitung in ihrem abschließenden Resümee alle Aufmerksamkeit ganz allein auf Miron Polakowski.

Und obwohl der Artikel auf Mongolisch geschrieben war, las Miron ihn sich zigmal durch. Nach seiner Wiederkehr »übersetzte« er seiner Tochter beim gemeinsamen Abendessen, das sie für Papas Ankunft zubereitet hatte, höchstpersönlich den Inhalt des Geschriebenen.

Es war so, dass wir nach der letzten Vorstellung in der Mongolei direkt den Flieger nach Sibirien nehmen mussten, da uns dort schon das nächste Gastspiel bevorstand, in Krasnojarsk. Wir flogen nachts, und anstatt zu schlafen, veranstalteten wir im Flugzeug ein Wodkagelage.

Als wir um vier Uhr früh endlich am Hotel ankamen, wollten wir nur noch eines: schlafen. Manche von uns, Verheiratete, bezogen auf Tour immer ein Doppelzimmer. Andere wohnten in gleichgeschlechtlichen Gemeinschaften, deren Zusammensetzung nach Sympathie und Verträglichkeit vorgenommen wurde. Und andere hatten wiederum das Privileg, stets ein Einzelzimmer zu bewohnen. Miron Polakowski gehörte zu der letztgenannten Gruppe.

Aber unser neuer Manager, der die Schlüssel fünf Minuten vor unserer Ankunft in die Hände bekam, verteilte sie aufgrund der späten Uhrzeit wahllos an alle Beteiligten, ohne darauf zu achten, wer zu wem gehörte. Diskussionen blieben aus. Da wir alle völlig fertig und hundemüde waren, entschieden wir uns, das für diese eine Nacht einfach so zu belassen und morgen, je nach Bedarf, untereinander zu tauschen.

Mit den Schlüsseln in der Hand zog der Pulk schnell davon, auf die Zimmer. An der Rezeption standen nur noch zwei: der grauschläfige Miron und seine Altersgenossin Anna Wassiljewna, die Kostümbildnerin.

»Hm«, sagte der Manager, »sind Sie ein Paar? Ich habe nur noch ein Doppelzimmer mit französischem Bett.«

»Nein! Wir sind KEIN Paar!«, verneinte Anna Wassiljewna bestimmt.

»Ach, Anna Wassiljewna ... Was macht denn das für einen Unterschied?!« Miron fiel fast um vor Müdigkeit. »Gehen wir schlafen und klären das morgen.«

»Nein!«, gab Anna Wassiljewna hart zurück. »Ich brauche einen richtigen Mann und keinen Imitator!«

Sie erbarmte sich dann aber doch und verbrachte die Nacht mit Miron.

Taa-tatataa-tata-ta-ta-ta-ta-taaa ...

Es kam die Zeit, da hupte es sich für Miron nicht mehr so munter. Er hatte keine Lust mehr, quer durch die Welt zu tingeln, und beschloss, die Bühne zu verlassen.

Mirons letztes großes Gastspiel stand an. In der Hauptstadt der Deutschen Demokratischen Republik, Berlin. Er berechnete alles sehr genau im Voraus: wie viel er während des Gastspiels verdienen und wofür er das Geld ausgeben würde. Für sich kaufte er nichts. Er hatte ja alles. Für seine schöne Tochter kaufte er ein paar modische Sachen zum Anziehen. Sie war ja noch ganz jung.

Er würde in Zukunft nicht mehr touren und sich des Enkels annehmen, und sie könnte ihr persönliches Liebesglück finden. Miron atmete tief durch und träumte weiter. Dem Enkel würde er … dem Enkel würde er … Und da kam ihm die Eingebung: Dem Enkel würde er zwanzig Paar Schuhe kaufen! Für Jahre im Voraus. Für den Sommer, den Herbst, den Winter und den Frühling. Zum Reinwachsen. In allen Größen. Na ja, wenn nicht in allen, dann auf jeden Fall in fast allen. Man muss wissen, dass damals, Mitte der achtziger Jahre, der sowjetische Einzelhandel durch eine große Dürreperiode ging. Die Regale in den Läden glänzten vor Leere. Die Parteiblätter behaupteten: »Wir haben alles!« Die Satiriker witzelten von den Bühnen: »Wir haben alles! Aber nicht für jeden.« Also hatte Miron beschlossen, seinen Enkel für die gesamte überschaubare Zukunft mit Schuhwerk zu versorgen.

Am Leningrader Flughafen, wo wir nach dem Berlin-Gastspiel landeten, erwarteten uns schon die freundlichen Beamten vom Zoll: »Die Koffer aufmachen! Alle!« Einhundertzwanzig Menschen öffneten ihre zweihundertvierzig Koffer, und das Gefilze ging los.

»Suchen Sie etwas Bestimmtes?«, fragte ein Geiger höflich und bekundete mit seinem Gesichtsausdruck absolute Hilfsbereitschaft.

»Waffen, Drogen, antisowjetische Literatur, Antiquitäten?«, bellte der Beamte zurück.

An Antiquitäten hatten wir nur den alten Miron. Was Antisowjetisches anging, das verbreiteten wir verbal. Wobei, einmal wollte eine unserer Darstellerinnen ein auf dem Index stehendes Buch von Solschenizyn aus dem Ausland einschmuggeln. Sie reiste mit dem Zug. Die gut geplante Operation endete als absoluter Reinfall. Unsere Darstellerin legte das verbotene Buch auf den Boden eines geflochtenen Körbchens und füllte dieses dann randvoll mit Haselnüssen. Der Zöllner, der das Abteil zur Kontrolle betrat, sah das Körbchen und konfiszierte es: »Das Importieren von Haselnüssen ist verboten!«

Am Tag unserer Ankunft aus Berlin durchwühlten die Beamten den Inhalt unserer Koffer mit unerklärlicher Wut. Die Koffer danach wieder zu schließen war ein Ding der Unmöglichkeit. Erfahrene Freunde und Familienmitglieder, die zum Flughafen kamen, um uns abzuholen, standen schon hinter den Glastüren und hielten gigantische Plastikbeutel bereit. In diese Beutel stopfte man dann die zerwühlten Sachen, die nicht mehr in die Koffer passten.

Einer von uns, der Schauspieler Juri, war ein sehr rachsüchtiger Mensch. Zudem litt er an extremer Schweißabsonderung. Er erinnerte sich des identischen Szenarios, das sich vor kurzem nach unserer Heimkehr aus Griechenland abgespielt hatte, noch sehr gut. Diesmal hatte er vorgesorgt: Einen ganzen Monat lang sammelte er in Berlin seine getragenen Socken in einer luftdichten Tüte und legte diese dann in seinen Koffer. Das Öffnen dieser Tüte glich einem Gasbomben-Angriff im Ersten Weltkrieg. Die Beamten drehten durch mangels nötiger Gasmasken.

Und genau in dem Moment war Miron an der Reihe. Miron, friedlich lächelnd wie immer, stellte seine Koffer auf den Tisch vor den Beamten.

»Öffnen!«, murmelte der Beamte, während er sich die oberen Luftwege mit einem Taschentuch bedeckte.

Miron lächelte immer noch und befolgte den Befehl.

»Sooo ... Sind das alles Ihre?«

Unzählige Kartons mit Kinderschuhen in allen Größen lagen im bis oben hin vollgestopften Koffer.

»Sind das alles Ihre?!«, fragte der Beamte erneut.

»Meine«, antwortete Miron nichtsahnend. Der Beamte fing an zu zählen. »Zwanzig! Verdacht auf unerlaubten Privathandel. Die Ware wird konfisziert!«

Miron fasste sich an sein Herz und sank in sich zusammen. Die ganze Truppe ließ allen Krempel stehen und liegen und flog ihm zu Hilfe. Man gab ihm einen Schluck Cognac aus dem Flachmann, klatschte auf seine Wangen, zog ihn ein Stück beiseite, und da kein Stuhl zur Stelle war, setzte man ihn direkt auf den Boden in eine Ecke des Durchsuchungsraumes. Miron schaute uns schuldig an. Wir riefen den Notarzt.

Währenddessen begann ein handfester Streit mit den Beamten. Ein im Volk bekannter Bariton ging zu irgendeinem Vorgesetzten, um zu erwirken, dass man Miron seine Schühchen gefälligst zurückgeben solle.

»Schämt ihr euch denn nicht!? Er ist ein alter Mann!«, quietschten die aufgebrachten Tänzerinnen. »Er ist Großvater, hat die Schuhe für seinen Enkel gekauft. Zum Reinwachsen!«

»Die Regeln sind für alle gleich!«, dröhnte der Zollbeamte.

»Ja, ist doch richtig. Aber wenn der Mensch einfach nur einen Fehler gemacht hat, dann bezahlt er eben eine Strafe!«

»So viel Geld hat der Alte nicht!«, lachten die Zöllner.

»Ihr Schweine!!!«, brach es schließlich aus einem von uns heraus. »Hört endlich auf, den armen Mann zu quälen!«

»Schweine?«, hinterfragte einer der Zöllner.

»Sie haben sich verhört! Sie haben sich verhört!«, versuchten einige abzuwiegeln. »Wir legen alle zusammen und werden bezahlen!«

»Ihr werdet bezahlen!«

Diejenigen, die vor diesem Vorfall noch nicht durch die Kontrolle gekommen waren, bezahlten am meisten. Jeder von uns hatte eine Schallplatte dabei, ein Geschenk von Berliner Kollegen. Außerdem hatten unsere Mädchen bei der Verabschiedung je einen Strauß großköpfiger Nelken bekommen.

Die Zollbeamten nahmen vorsichtig die Schallplatten in ihre behandschuhten Hände und brachen sie entzwei. Unter unseren entsetzten Blicken riss man den Blumen, einer nach der anderen, die Köpfe ab.

»Was macht ihr denn nur!?«, stöhnten wir vor Verzweiflung.

»Wir suchen nach Drogen!«, amüsierten sich die Beamten.
Als die Schlacht zu Ende war, öffnete sich eine Tür. Heraus kam irgendein Vorgesetzter in Begleitung des im Volk bekannten Baritons. Der Vorgesetzte sagte etwas zu der uns filzenden Mannschaft, ein Zollbeamter ging zu dem auf dem Boden sitzenden Miron und schmiss sie ihm vor die Füße, die Kartons mit den Schühchen zum Reinwachsen, für viele Jahre im Voraus.
Aber Miron sah weder die Schühchen noch den Zollbeamten. Er hörte auch nicht mehr die Sirene des herbeieilenden Krankenwagens.
Taaa-tatataaa-tata-ta-ta-ta-ta-taaa.

25.
DAS ROTE SAKKO

Olegs Anruf kam mitten in der Nacht. Ich mochte keine nächtlichen Anrufe. Dafür hatte ich einen besonderen Grund, von dem zu erzählen mir immer unangenehm war: Ich lebte damals mit Frau und Sohn in einem 13 Quadratmeter großen Zimmer. Dieses Zimmer war Teil einer großen Leningrader Wohnung, welche vor der Oktoberrevolution von einem gewissen Benski, Kunsttischler seiner Majestät, des russischen Zaren, bewohnt worden war. Dazu noch stammte Benski vom berühmten polnischen Dichter Adam Mickiewicz ab, der wiederum der beste Freund von Alexander Puschkin gewesen ist.

In der Nachrevolutionszeit wurde die Wohnung in eine »Kommunalka« verwandelt – eine Art miese Wohngemeinschaft, wobei jeweils ein Zimmer eine ganze Familie beherbergte. Und eine noch immer dort lebende Urenkelin des Klassikers der polnischen Literatur, die im Gegensatz zu all ihren Geschwistern und Verwandten nicht im Jahre 1917 nach Paris abgehauen war, verbannte man in das kleinste und kälteste Zimmer direkt neben der Eingangstür.

Unser Zimmer lag direkt daneben. In diesen schmalen und langen, einem Straßenbahnwaggon ähnelnden vier Wänden stand linker Hand eine Ausklappcouch, auf der ich und meine Frau schliefen. Dahinter, auf einem Feldbett, schlief unser dreijähriger Sohn. Die rechte Wand zierte eine Wandschrankkombination, DDR-Fabrikat. An dem einen Ende des Zimmers befand sich die

Tür, an dem anderen ein Fenster. Und vor dem Fenster stand ein großer, massiver, mit Schnitzereien verzierter Eichenschreibtisch aus dem 18. Jahrhundert, dessen Arbeitsplatte mit dickem grünem Billardtisch-Stoff bespannt war. Auf diesem Tisch thronte das Telefon. Ein Privileg in diesen längst vergangenen 70er Jahren. Das Telefon klingelte Tag und Nacht. Unseren Sohn juckte das nicht im Geringsten, er schlief wie ein Toter. Meine Frau störte es nicht, denn sie wusste, das musste so sein, wegen meiner Arbeit. Also hatte im Grunde niemand ein Problem mit den nächtlichen Störungen, bis eines Tages im Spätherbst das Telefon erneut schellte.

Es war vier Uhr nach Mitternacht. Draußen war es stockfinster. Im Halbschlaf erhob ich mich von der Couch. Meine Unterhosen, die ich zum Schlafen ausgezogen hatte, blieben unter dem Kissen, wo ich sie immer hinstopfte, liegen. Mit geschlossenen Augen und vollkommen nackt rumpelte ich zum Tisch, auf dem das Telefon stand. Ich nahm den Hörer ab. Der Anruf kam aus Fernost, wo es gerade zehn Uhr morgens war. Die Fernostler schlugen mir vor, drüben eine Show zu inszenieren.

Ohne hinzusehen, öffnete ich die Schublade des Tisches und kramte Zettel und Stift hervor, um alles zu notieren. Nachdem ich alles bei der Hand hatte, stieß ich, ohne zu merken, dass ein gewisser Teil von mir immer noch in den Schlund der Schublade hinabhing, die Schublade schwungvoll wieder zu.

O Gott, alles, was normalerweise in einer Unterhose hätte ruhen sollen, steckte jetzt in der Schublade. Der Schmerz war so unglaublich, dass mein Schrei auch ohne Telefon in Fernost angekommen wäre.

Mein Sohn wachte auf und fing an zu weinen. Ich weinte auch. Meine Frau öffnete die Schublade mit zitternden Händen. Zuerst dachte sie, meine Genitalien lägen völlig abgetrennt von meinem Körper zwischen all den Stiften, Heftklammern und dem anderen Bürokram. Aber wie sich herausstellte, waren das doch andere

Gegenstände. Der Gegenstand meiner einstigen Manneskraft war an seinem Platz. Er war jedoch so schwarz geworden, dass meine Frau ihn in der Dunkelheit gar nicht gesehen hatte.

Seitdem hasse ich nächtliche Anrufe. Oleg war der Einzige, dem solche Anrufe verziehen wurden. Er rief nur in äußerst kritischen Situationen nachts an und sagte mit bibbernder Stimme: »Leute! Ich muss mich verstecken! Kann nicht zu Hause bleiben! Gleich kommen die«, er meinte die Kriminalpolizei, »kommen mich holen! Kann ich zu euch?!«

Inzwischen waren wir eine fünfköpfige Familie, inklusive der mit uns lebenden Schwiegermutter, und bewohnten eine geräumige Dreizimmerwohnung, die wir auf Kredit gekauft hatten.

Oleg war der Chefingenieur aller Leningrader Tankstellen. Ein richtiger Ingenieur war er gar nicht, aber das war auch nicht wichtig. Wichtig war, dass er kaufmännisches Geschick und organisatorische Fähigkeiten besaß. Seine Aufgabe bestand darin, dafür Sorge zu tragen, dass dem sozialistischen Staat kein Benzin oder sonstige Antriebsflüssigkeiten geklaut wurden. Die Mechaniker, Olegs Untergebene, manipulierten die Zähler der Tanksäulen, wie es ihrem Chef passte. Das heißt, es wurde doch geklaut, aber eben unter Olegs strenger Kontrolle und in seinem Sinn.

Oleg war ein stets elegant und anstandslos gekleideter, den Traktaten der Mode folgender Gentleman. Mit seinen Angestellten sprach er mit gemäßigter, ruhiger, keine Widerrede duldender Stimme, wobei er sich Worten der Fäkalsprache wirklich nur dann bediente, wenn die Umstände keine anderen mehr zuließen. Sein Geschäft muss man sich etwa so vorstellen: In dunklen Nächten kam von irgendeinem ominösen Tankdepot ein ebenso ominöser Laster und betankte die Zapfstationen. Der inoffiziell gelieferte Treibstoff war nun in den Zapfsäulen und wurde offiziell verkauft. Dann, wenn das gesamte inoffizielle Benzin verkauft war, kamen die Mechaniker und drehten die Zähler wieder auf null. Ab dem Moment wurde auch das Geld, das man für das inoffiziell verkaufte Benzin eingenommen hatte, inoffiziell. Ich weiß nicht, ob Sie der Logik dieses An- und Verkaufs folgen können, ich habe das nie so ganz verstanden. Aber Oleg versicherte mir, dass alles Eingenommene absolut fair unter allen Beteiligten des Benzinbusiness', einschließlich der Vertreter der Polizei, aufgeteilt wurde.

Es war wirklich viel Geld. Oleg häufte und stapelte es bei sich zu Hause in den Wandschränken. Wenn ich mir was leihen wollte, fragte er nur: »In Zentimetern?«, und meinte damit die Höhe des Stapels, den er mir geben sollte. Die Scheine waren allesamt Hunderter, und hundert Rubel, das war damals viel.

Ja, ganz recht, Oleg war ein richtiger Ganove, der unsere sozialistische Gesellschaft bestahl. Aber unsere Bevölkerung war auch recht nachsichtig mit solchen wie ihm, den typischen Vertretern der Schattenwirtschaft. Sollen die mal schön das System von hinten durchnehmen, sagte man sich. Und dennoch gab es da immer noch einige unbestochene Polizisten, die nächtliche Razzien auf die Tankstellen starteten. Dann eilte Oleg zu uns. Um sich zu verstecken und abzuwarten.

Er saß in unserer Küche und zitterte wie Espenlaub: »Scheiße, Scheiße, Scheiße!!! Das war's jetzt! Fertig! Das war's! Wenn die Weiber (also seine Angestellten) mich verpfeifen, bin ich am Arsch!«

Oleg goss sich ein Glas Wodka randvoll und kippte ihn hastig hinter, während seine Zähne gegen das Glas klapperten. Meine Frau machte ihm einen kräftigen Kaffee.

»Wenn die Weiber auch nur ein Wort sagen, wissen die Bullen alles! Dann is' Sense, sag ich euch!« Oleg sprach wie im Wahn, ganz starr vor Angst. »Ich wander' nich' in den Knast! Auf keinen Fall in den Knast! Eher bring ich mich um! Ich bring mich um, sag ich euch! Erschießen werd' ich mich!«

Aber die Weiber an der Tankstelle blieben cool. Sie wussten ganz genau, was sie der Polizei zu antworten und zu zahlen hatten.

Im Morgengrauen, wenn Oleg in grausiger Erwartung schon fast in Ohnmacht gefallen war, klingelte endlich das Telefon.
»Alles ist sauber«, berichtete man von der Tankstellenfront. Schlagartig hörte Olegs Zittern auf, und er brachte seine modische Krawatte wieder in Position unter dem makellosen weißen Hemdkragen an seinem stets gebräunten Hals.
»Na klar, wär' ja noch schöner …«, sprach er, als ob er nie von etwas anderem ausgegangen sei als wieder ungeschoren davonzukommen.
»Ein Stalin fehlt für solche wie dich!«, lamentierte meine Schwiegermutter, die hin und wieder aus dem Kinderzimmer schlüpfte. »Stalin hätte dich und deine Freunde schnell wieder zur Ordnung gerufen!« Ihre Erinnerungen an ihre sozialistische Jugend waren eindeutig verklärt.
»Ihr Stalin«, knurrte Oleg gutherzig zurück, als sie hinter der Badezimmertür verschwand, »der war selber ein Bandit.«
»Überhaupt kein Bandit war der!«, rief es aus der Toilette, und die Schwiegermutter betätigte demonstrativ laut den Spülkasten. »Er wusste von alldem doch gar nichts!«
»Danke, Leute, für die Unterkunft.« Oleg trank mit einem Schluck den Rest seines Kaffees und stellte die Tasse energisch und siegessicher wieder auf den Tisch. Dann stand er auf, streckte seinen noch vor kaum fünf Minuten ganz und gar buckeligen Rücken wieder durch und ging zum Fahrstuhl.
Wir lebten in der elften Etage. Von den Fenstern unserer Wohnung sah man fast ganz Leningrad. Die goldene Kuppel der Isaak-Kathedrale, den Admiralspalast, die Glocken der Peter-und-Paul-Festung und irgendwo in ganz weiter Ferne sogar die weiß-blauen Umrisse des Smolny-Sobor …

Komische Zeiten waren angebrochen. Die Geschäfte waren leer, und an den Eingängen der Metrostationen erschallten die heiteren Melodien der Straßenmusiker, die man anhand des Instru-

ments in der Hand gut von den Obdachlosen und Bettlern unterscheiden konnte.
Die Bevölkerung lief mit besorgten, grimmigen oder gar erbosten Gesichtern an diesem Treiben vorbei. Gorbatschow wurde beinahe gehasst.
»Wozu hat der uns denn diese Freiheit gegeben?! Wer hat denn darum gebeten?!«
»Freiheit! Freiheit!«
»Freiheit! Es lebe unser Russland – judenfreies Vaterland!«
Ich stand völlig fassungslos am Rande des Platzes der Künste, einem der schönsten Plätze Leningrads. In der Mitte des Platzes befand sich die Statue Puschkins, des russischen Dichtergottes. Und um ihn herum wütete die wilde Meute in einem Meer aus Bosheit und Hass.
Über diesem Meer wehten weiße Transparente wie aufgebauschte Segel, auf denen mit schwarzer Farbe die klar formulierten Losungen standen: »Nieder mit den Juden! Die Saujuden haben Russland verkauft! Schlag einen Juden – so hilfst du deinem Vaterland wieder auf die Beine!«
Ernste Typen mit Mikrophonen in der Hand predigten fast schon wissenschaftlich und klärten die Versammelten auf. Ich sah mir diese Ansammlung genauer an und entdeckte zwischen den Demonstranten ehemalige Kommilitonen, alte Bekannte oder andere, die mir erst gestern freundlich zugenickt hatten, wenn sich unsere Wege kreuzten.

Die Aktivisten verteilten Flugblätter.
»Tanja!«, schoss es aus mir raus, »was machst DU denn hier?« Ich nahm den mir von ihr entgegengestreckten Zettel in die rechte Hand.
»Ich bin aufgewacht, Alter! Aufgewacht!« Ihre Stimme bebte vor Aufregung. Tanja war Regieassistentin beim Leningrader Radio. In ihren Augen loderte es. Sie schien stolz darauf zu sein, den Mut

gehabt zu haben, mir das alles ins Gesicht zu sagen oder gar in meine »Judenfratze« zu spucken. Diesmal spuckte sie zwar noch nicht, riet mir aber, mich aufs Verrecken vorzubereiten, und wies mich mit ihrem eleganten, säuberlich manikürten Finger auf den vom Flugblatt schreienden Aufruf zum Pogrom hin.

Von dem bevorstehenden Pogrom sprach bald die ganze Stadt. Ohne meine nichtjüdische Frau in Kenntnis über meine Pläne zu setzen, entschied ich Folgendes: Wenn Tanja und ihre Gesinnungsgenossen plötzlich vor unserer Tür stünden, würde ich zu ihnen hingehen und ihnen vorschlagen, wenn es für Russlands Wohl so notwendig sei, dann sollten sie mich, den einzigen Juden in der Familie, abmurksen, meine Frau und die Kinder aber aus dem Ding raushalten.

Meine Frau hatte sich auch etwas ausgedacht, wie sie mir viel später erzählte. Sie versteckte eine riesige Axt, die sie eigens für diesen Zweck von der Datscha herangeschleppt hatte, hinter der Tür. »Ich werde zu diesen Bastarden rausgehen und mich mit der Axt so lange drehen, bis die mich töten!«, hatte sie beschlossen. »Ich werde draufgehen, aber von denen nehme ich so viele mit, wie ich kann!«

Am angegebenen Tag fand das Pogrom nicht statt, doch die Anspannung blieb. Ich machte mir große Sorgen. Um meine Kinder, meine nichtjüdische Frau, meine jüdische Mutter. Ich wusste nicht, was ich tun sollte, und suchte Rat bei einem hochrangigen KGBler, der uns früher auf Auslandstourneen begleitet hatte.

»Sag ma', bist du dumm?«, antwortete er mit einer Frage auf die meine. »Was du tun sollst? Abhauen! Gegen die Meute kann ich dich nicht schützen. Und ich werde es auch nicht versuchen.« Ich bekam wirklich Angst.

»Es ist beschlossen! Wir hauen ab!«, erklärte ich meiner Familie, als ich nach Hause kam. Keine zwei Monate später waren wir bereits auf weit vom Territorium der angekündigten Pogrome entfernten Boden.

Die ganze Logistik der Ausreise und die damit zusammenhängenden Sorgen nahm Oleg auf seine Schultern. Oleg war wirklich ein treuer Freund. Er war ein Jahr älter als ich und betrachtete mich als einen unpraktischen, etwas lebensfremden Künstlertypen. Es bereitete ihm die größte Freude, scheinbar unlösbare Probleme der universellen Art zu lösen. Meistens hieß seine Lösung: Geld.

Ich war ihm einerseits sehr dankbar. Andererseits ging es mir auch oft ziemlich auf die Nerven. Ich führte mit ihm lange Diskussionen darüber, dass es weitaus größere Güter gibt als Geld. Dass Geld für manche Menschen überhaupt gar keinen Wert und keinerlei Bedeutung hätte.

»Quatsch!«, sagte Oleg.

»Und was ist mit Freiheit?! Was ist für dich wichtiger? Geld oder Freiheit?«, versuchte ich ihn zu provozieren.

»Geld IST Freiheit!«, antwortete Oleg mit unumstößlicher Überzeugung.

»Soso! Und was ist, wenn man wegen Geld in den Knast kommt?!«

»Jedes Geschäft ist mit Risiko verbunden«, entgegnete mein Freund mit düsterer Stimme. Über die Perspektive, im Knast zu landen, wollte Oleg nun gar nicht sprechen und wechselte das Thema: »Was willst du denn eigentlich tun, in Deutschland?! Darüber haben wir ja noch gar nicht gesprochen.«

Genau genommen hatte ich auch keine wirkliche Vorstellung. Ich hätte gern weiter inszeniert, ich hatte ja so viele Ideen. Oleg sagte ich auf die Schnelle, nur um seine Neugier zu schüren, ich wolle Businessman werden.

Oleg schaute mich misstrauisch an, ob ich ihn auch wirklich nicht verarschen wolle, und sagte dann mit ernster Miene: »Als Allererstes musst du dir ein rotes Sakko kaufen! Heutzutage tragen alle Business-Leute rote Sakkos!«

Oleg hatte auch selbst so ein rotes Sakko, trug es aber nie. Zu groß war die Angst aufzufliegen und wegen der krummen Machen-

schaften dann doch einzusitzen. Er musste sich damit begnügen, sein teures rotes Sakko zu betrachten, wie es im Schrank hing.
Unser Abschied war schwer. Die Verabschiedungszeremonien in der Küche unserer Leningrader Wohnung, in der Oleg so oft vor Angst gezittert hatte, dauerten über Wochen an. Es kamen irgendwelche Leute, klopften mir auf die Schulter, bemitleideten mich. Jeder Einzelne hielt es für seine Pflicht, mir eine Flasche Wodka mitzubringen und mit mir auf die »unumkehrbare weite Reise« zu trinken. Und wir tranken, tranken und tranken. Mir war schon so schlecht, dass ich am liebsten unverzüglich abgehauen wäre.
»Du bist schön vorsichtig da drüben. Ist ja immerhin Fremde!«, goss Oleg uns erneut ein. »Versteh' ich nich'! Sich in Deutschland vor den Pogromen verstecken! Nonsens!«
»Das ist doch heute ein völlig anderes Deutschland.«
»Ich vertrau' denen nich'!«, lallte der schon stark angetrunkene Oleg und schleppte sich zum Telefon, um Vereinbarungen dafür zu treffen, dass meine Abreise auf der Fähre nach Stockholm, samt Lada Samara, ohne Aufpreis um eine weitere Woche nach hinten verschoben wurde. Von Stockholm wollte ich mit dem Auto durch das ganze Land, runter nach Trelleborg fahren, um dann wieder die Fähre bis Saßnitz zu nehmen, bevor ich von dort aus geradewegs Berlin ansteuern würde.
»Du wirst dich um nichts sorgen müssen!«, sagte Oleg und stellte sechs Benzinkanister in meinen Kofferraum.
»Oleg! Die lassen mich nicht auf die Fähre mit dem Benzin!«
»Lassen sie, lassen sie«, zerstreute er meine Bedenken. »Ich werde mich um alles kümmern.«
Das konnte er wirklich gut. Er kümmerte sich in vielen Belangen um die Organisation meines Lebens, wenn etwas geschah, das dem normalen Fluss dieses Lebens im Weg stand. Sein eigenes Leben zu organisieren hingegen gelang ihm nicht so recht. Mit Frauen hatte er einfach kein Glück. Sobald sie mit ihm verheiratet waren, beschäftigten sie sich sofort mit der Scheidung. Und sie

nahmen ihn jedes Mal aus bis auf die Unterhosen. Im Grunde war das auch gar nicht schwer. Er gab ihnen gern alles, was er unter großem Risiko mit unehrlicher Arbeit hart »erwirtschaftet« hatte, denn er fürchtete, sie würden ihn verpfeifen. Und dann wär's das gewesen. Knast. Und in den Knast wollte er unter gar keinen Umständen.

Es vergingen viele Jahre, bis ich ihm Swetka vorstellte. Sie war Model in einem Leningrader Modehaus, wo ich ab und zu bei Modepräsentationen als Regisseur was dazuverdiente.

»Oleg!«, sagte Swetka, eine Meisterin im Fluchen und überhaupt ein freches Stück. »Du siehst echt beschissen aus! Komm her, ich mach dir einen Kaffee.«

So etwas war für Oleg eine absolute Überraschung. Bisher hatte er immer selbst den Damen den Kaffee gekocht, ging auf den Markt einkaufen, befüllte die Waschmaschine mit dreckiger Wäsche, kaufte seinen Ehefrauen teure Klamotten und kümmerte sich überhaupt um alles. Einzig die Rolle der Putzfrau übernahm für ihn seit zwanzig Jahren, unabhängig von Wohnorts- und Frauenwechseln, Tante Dascha.

»Oleg, mein kleiner Oleg!«, hatte sie ihm immer liebevoll über seinen kahl werdenden Kopf gestrichen. »Warum jagst du diese ganzen Weiber nicht zum Teufel! Bist du denn blind?! Siehst du denn nicht, Schlangen sind die alle! Aber du bemühst dich und bemühst dich …«

Aber kaum hatte Oleg Zeit, die Schlangen richtig anzuschauen, hatten die schon zugebissen, und zack saß er wieder in einer ausgeräumten Wohnung auf seinem krummen, alten Hocker. Der Hocker gefiel irgendwie keiner seiner Ehefrauen. Sie haben ihn Oleg ohne jede Reue gelassen, und so wurde dieser Hocker zu einem verlässlichen Begleiter, auf dem Oleg jederzeit sein geschundenes Hinterteil ausruhen konnte.

»Den Hocker kannst du direkt weghauen«, sagte Swetka, »den wirst du nicht mehr brauchen.«

Swetka verliebte sich wirklich in Oleg. Er liebte sie auch, wenn sie ihm auch ab und zu Angst machte.
»Sie ist 'ne Irre!«, sagte er, selig lächelnd.
Nach ein paar Monaten glücklichen Zusammenseins überzeugte Swetka Oleg davon, zusammenzuziehen. Oleg nahm einen besonders dicken Stapel Geld aus seinem Wandschrank und kaufte (natürlich unter dem Decknamen von Swetkas Mutter) eine neue Wohnung und neue Möbel.
Swetka brachte in den neuen Haushalt einen riesigen Koffer mit Klamotten ein sowie einen 13-jährigen Sohn, Serjoscha, den sie noch als Schülerin zur Welt gebracht hatte. Von Olegs früherem Leben blieb nur Tante Dascha, die sich sehr mit Swetka angefreundet hatte. Und auch mit Serjoscha, der Tag und Nacht in seinem Zimmer hockte und in den Computer, den er von Oleg geschenkt bekommen hatte, starrte.
»Du bist doch kein Wilder!«, schimpfte Swetka ihren Spross morgens aus. »Jetzt geh raus in die Küche und sag dem Oleg ›guten Morgen, Papa!‹«
Nach einiger Zeit war für Oleg ein Mann-zu-Mann-Gespräch mit Serjoscha angebracht.
»Ich weiß schon«, sagte Serjoscha, »Mama ist schwanger. Gratuliere. Kriegst eine Tochter.«
»Und du eine Schwester!«, Oleg schlug Serjoscha so was von auf die Schulter, dass der fast vom Stuhl fiel.
Über die Geburt der Tochter Alexandra erzählte Oleg stets, als ob er der Einzige sei, dem es je gelungen wäre, überhaupt eine Tochter zu zeugen. Und dann noch sooo eine Tochter! Immerzu stand er an ihrem Kinderbettchen.
»Jetzt schau dir das an! So eine Schönheit! Sie ist ja sogar noch schöner als ihre Mutter«, rief er Serjoscha begeistert über die Schulter zu.
»Und ganz sicher klüger als der Vater …«, entgegnete Swetka aus der Küche.

Tante Dascha und Serjoscha lachten, und alle waren sehr glücklich.

Olegs neue Wohnung lag in der dritten Etage eines Gartenhauses im Zentrum Leningrads, welches gerade wieder zu St. Petersburg umgetauft wurde. Das Haus stand vollkommen abgeschottet vom Trubel der Stadt und von fremden Blicken.
Oleg renovierte die Wohnung nach dem letzten Schrei der damaligen Mode, und nachdem er in eine der Kammern eine Sauna eingebaut hatte, hätte er die Wohnung am liebsten gar nicht mehr verlassen, so schön war es da.
Aber Oleg musste sie verlassen. Musste zur Jagd. Die Zeiten brachten einen Wandel, die dunklen Machenschaften und krummen Geschäfte, denen er Zeit seines Lebens nachgegangen war, wurden nun offiziell als Business bezeichnet, und Oleg konnte endlich sein rotes Sakko aus dem Schrank holen.
Überhaupt hatte es was von dem Gemälde von Alfred Dedreux, auf dem ein Mann im roten Rock hoch zu Pferde über die Heide galoppierte und seine Beute hetzte. So in etwa sahen die geschäftstüchtigen Männer Petersburgs damals aus. Es war eine Zeit, in der die Jungs nicht mehr Kosmonauten werden wollten. Fast alle Jugendlichen männlichen Geschlechts hatten nun laut Umfragen den Berufswunsch »Gangster«.
Serjoscha träumte mitnichten von dergleichen. Er saß immer noch Tag und Nacht vor seinem Computer, und die kleine Alexandra hatte die Augen geöffnet und blickte auf diese plötzlich verdrehte Welt aus aufrechter Position.
Ich meinerseits rollte die Straßen Vorpommerns, Thüringens und Sachsens entlang, die jetzt »neue« Länder hießen. Auf dem Gebiet dieser Länder standen sowjetische Garnisonen, deren Aufgabe, den Sozialismus in Europa zu verteidigen, längst überflüssig geworden war. Die Wächter des Sozialismus hatten, wie alle normalen Menschen, immer große Lust auf Bier, und das Bier,

das lieferte ich. Oleg rief mich mindestens einmal im Monat an und erteilte mir, seiner Meinung nach, kluge Ratschläge. Aber vor allem redete er von Alexandra, dem absolut schönsten und klügsten Mädchen der gesamten Erdkugel. Ich begeisterte mich an seinen Berichten und klagte ihm mein Leid: Der Abzug der stationierten Russen stand bevor und somit auch das Aus für mein Biergeschäft.
»Mach dir nich' ein! Wir werden schon durchbrechen!«, sagte Swetka. Wie immer übernahm sie den Hörer, um mich persönlich zu grüßen. Ihrer Meinung nach war ganz allein ich der Verantwortliche für ihr persönliches Familienglück.
Und nun, eines Tages, klingelte es wieder nachts in meiner Leipziger Wohnung. Ich zog mir für alle Fälle die Unterhose an, drehte mich zum Telefon auf meinem Nachttisch und nahm den Hörer ab.
Am anderen Ende war Oleg. Er war nicht nüchtern. »Alter! Es ist dringend! Ich habe einen neuen, steinreichen, wirklich wichtigen Geschäftspartner!« Oleg senkte die Stimme. »Stell dir vor, er hat gerade den Petersburger Hafen gekauft!« Ich konnte es mir nicht vorstellen, widersprach aber nicht.
»Es stehen große Deals an! Was wir verkaufen wollen? Alles! Wir haben schon 'ne Firma gegründet: Er ist Boss, ich bin Vize! Halt die Klappe, Swetka, selber Poritze!«, schiss er Swetka an, die aufgewacht war und sich in unser Geschäftsgespräch eingeklinkt hatte. »Komm, Alter, mach mit. Dann bist du unser Vertreter in Deutschland! Am neunten April fliegen der Boss und ich nach Hamburg. Da hat er ein wichtiges Meeting. Danach geht's weiter nach Bayern, zu einer Direktorenversammlung in den Alpen! Komm mit, ich werde dich dem Boss vorstellen. Du müsstest ihm gefallen!«
Ich hatte nichts verstanden, fand den Vorschlag aber gut: »Ich hole euch dann in Hamburg mit dem Auto ab!«

Zu vereinbarter Zeit erwartete ich Oleg und seinen Boss am Flughafen. Beide kamen in ihren roten Sakkos zu mir heraus. Wir umarmten uns wie Verwandte.
»Was ist das für eine Scheiße!?«, fragte der Boss beim Anblick meines nagelneuen Seat Toledo. »Man muss ein Auto fahren!«, wies er mich ernst zurecht und meinte natürlich nichts unter Porsche oder Maserati. Oleg sah mich an und legte einen Finger auf seine Lippen. Ich verkniff mir den Kommentar, meinem Freund zuliebe. Wir machten uns auf den Weg zum Hotel »Senator«, das unweit des Bahnhofes lag.
Der Boss hieß Peter Wiese, seine deutschen Vorfahren waren zu Zeiten Katharinas der Großen nach Russland ausgewandert.
»Ich bin das erste Mal in Deutschland«, sagte er und verstaute sein Portemonnaie sicherer in der Manteltasche.
Wie sich herausstellte, war sein wichtiger Termin in Hamburg der Besuch der Reeperbahn. »So, ich lass euch dann mal allein«, sprach er und entschwand mit dem Taxi.
Wir beide gingen auf mein Zimmer, Oleg trank Bier, das ich mitgebracht hatte, und rauchte, weil Swetka es nicht sehen konnte. Wir unterhielten uns, und er legte aktuelle Fotos von Swetka, Serjoscha und Alexandra auf den Tisch.
»Schau, wie groß sie geworden ist! Da kann Swetka echt einpacken. Sie wird Model! In Paris, Mailand, New York! Ich sag's dir! Du wirst sehen! Sie ist ja so ein Schätzchen, so ein Schätzchen!«
Oleg machte seine Zigarette aus und ging zum Fenster, um es zum Lüften zu öffnen. Der eiskalte Wind brach zusammen mit dem Bahnhofslärm ins Zimmer.
»Mann, ist das kalt!«, sagte ich, schon vollkommen entwöhnt von echten Wintertemperaturen.
»Ach, komm, das sind nicht mal zwanzig Grad unter Null.« Oleg streckte sich bis zur Hüfte aus dem Fenster und schaute nach unten.

An der Ecke, am Rand des Trottoirs, stand ein junges, hübsches Mädchen. Ihr Körper steckte in einem bunten Skianzug, der bis zum Hals zugeknöpft war. Das Mädchen hatte die Schultern hochgezogen, klopfte mit den in Fäustlingen steckenden Händchen auf ihre Oberschenkel und stampfte mit den Fellschuhen auf der Stelle hin und her.
»'ne Prostituierte!«, sagte Oleg sachkundig. »Die ist nackt unter dem Anzug.«
»Wir sind alle nackt unter der Kleidung«, meinte ich.
»Sie ist wirklich nackt«, sagte Oleg streng. »Komm, wir rufen sie hoch!«
Ohne meine Antwort abzuwarten, schrie er runter, auf Russisch: »Määädcheen!!!«
Das Mädchen im Skianzug sah auf.
»Sind Sie eine von den Unseren!?«, schrie er, wobei Wölkchen aus seinem Mund dampften.
»Ja«, antwortete sie, ebenfalls dampfend. »Seid ihr zu zweit?«
»Oleg, bist du total irre? Wozu brauchen wir denn jetzt die Art von Abenteuer!?« Ich stieß ihn in die Seite.
»Ach, Quatsch! Ich will sie zum Essen einladen! Dass sie sich ein bisschen aufwärmen kann. Lass uns sie doch glücklich machen.« Er stieß mich zurück.
»In dem Aufzug lassen die sie doch nicht ins Hotel.«
»Na, dann gehen wir eben in die Pizzeria gegenüber!«, schlug Oleg vor. Wir warfen unsere Jacken über und gingen runter. Das Mädchen wartete auf uns. Mit einer respektvollen Verbeugung unterbreitete Oleg ihr unsere Absichten.
»Nein«, sagte das Mädchen leise. »Ich darf nicht, ich muss arbeiten.«
»Aber wir bezahlen dich auch! Für zwei!«
»Nein«, schüttelte sie misstrauisch den Kopf, »ich darf nicht. Wenn die«, und ihr Kopf wies in eine unbestimmte Richtung, »das erfahren, schlagen sie mich.«

Erst jetzt erkannte ich, dass ihre Lippen gar nicht von der Kälte blau waren. »Verzeihen Sie bitte. Wir sind Idioten«, sagte ich.

Oleg und ich saßen in der Hotel-Bar, als Boss Peter Wiese gegen Mitternacht rotzbesoffen und glücklich wie ein Maikater im Hotel aufschlug. »Alle sofort schlafen!«, befahl er uns. »Morgen ganz früh geht es los! Wir fahren um sieben!«

Beim Frühstück bemängelte Peter Wiese lauthals, dass Wodka nicht standardmäßig zum Frühstücksbuffet gehörte und nicht auf einem Eisberg eine Sonderstellung in dessen Mitte einnahm. »Barbaren!«, sagte er und blickte missbilligend die übrigen Hotelgäste an, die an ihrem Kaffee nippten.

Nach dem Frühstück fuhren wir los. Die Schneestürme des Februars fegten über die Straßen. Die dicken Flocken bildeten eine undurchsichtige Wand. Mein Toledo fiel blind von Hamburg nach Bayern hinunter. Dort, in einem kleinen Nest im Umland der Landeshauptstadt, sollte unser Treffen stattfinden.

Kurze Zwischenstopps an Tankstellen, um die Blase zu leeren und den Tank zu füllen, verschafften mir ein wenig Erholung. Das Auto zu steuern war wirklich sehr schwer. Davon bekamen Oleg und sein Boss aber nichts mit. Kaum weg vom Pissoir, standen sie schon an den Spirituosenregalen.

»Hör ma', Oleg! Lass ma' die Scheiße hier probieren. Sieht doch geil aus, die Flasche!«, schlug Peter vor, und sie probierten. Wieder im Freien, glotzten beide doof, jedes Mal aufs Neue überrascht vom Wetter: »Alter, weht das!?« Dann plumpsten sie auf die Rückbank, um zu schlafen, und die Fahrt ging weiter.

Gegen Abend erreichte mein Gefährt spanischer Herkunft, bis zur Unkenntlichkeit vereist, die kleine Stadt. Der Sturm hatte sich gelegt. Ich fühlte mich wie ein Matador, der die Corrida siegreich überstanden hatte.

Da eigentlich verabredet war, dass Oleg und Peter mit dem Zug anreisten, sollten sie am Bahnhof abgeholt werden. Ich schaute auf die Uhr. Bis zur Ankunft »unseres« Zuges war noch Zeit. Ich sah zu meinen friedlich grunzenden potentiellen Partnern, dann auf das dreckige Auto und entschied, in die nächste Waschanlage zu fahren.

Das Auto kroch die Waschstraße entlang, ruckelte etwas, die schlafenden Gäste aus Russland ruckelten mit dem Auto, zärtlich Kopf an Kopf gelegt.

Mit Interesse beobachtete ich das Treiben der Apparaturen, die sich mit blinkenden Augen dem Auto näherten, es betrachteten, dann wieder, aus Entfernung, anfingen, mit Schaum darauf zu spucken, mit Wasser zu spritzen und von allen Seiten mit Streifen festen elastischen Stoffes zu beklopfen. Als wäre man verschluckt worden und im Begriff, verdaut zu werden.

Zum Glück schlüpfte mein Wagen unverdaut aus dem Trakt. Jetzt glänzte der Lack, als habe man das Auto für den Verkauf poliert.

Ich fuhr zum Bahnhof, parkte und verkündete lauthals: »Wir sind da!«

Boss und Oleg erwachten und stiegen aus. Berge von Schnee türmten sich am Rand der Straßen. Der Platz vor dem Bahnhof war bedeckt von schwarzbrauner Masse, die noch vor kurzem eine Decke weißer, leichter Schneeflöckchen gewesen war und jetzt unter den Füßen der Passanten und den Rädern der vereinzelt vorbeifahrenden Automobile schmatzte. Und zwischen all dem Matsch und Dreck stand mein Toledo, glänzend wie ein polierter Lackschuh.

Peter Wiese starrte auf das Auto und rieb sich verwundert die Augen: »Versteh ich nich'! Wir sind Tausende von Kilometern gefahren, bei so einem Scheißwetter, und die Karre ist blitzsauber, wie frisch vom Band?!«

»Ganz einfach!«, antwortete ich. »In Deutschland werden alle Autobahnen von unten beheizt. Wenn es so schneit, drehen die voll auf, und die Straße bleibt trocken!«

Peter Wiese schüttelte den Kopf: »Ja, wir sind immer noch ver-

dammt weit entfernt vom westlichen Standard. Ist auch wirklich alles durchdacht bei den Blödmännern.« Er drehte sich um und ging entschlossenen Schrittes in Richtung des Bahnhofes. Pissen.
Die Vertreterin der Versammlung des Rates der Direktoren erwies sich als die Tochter des Präsidenten des Rates. Mit breitem Lächeln entschuldigte sie sich dafür, des Russischen nicht mächtig zu sein, und brachte uns in unser Hotel, das genau neben dem Bahnhof stand. Das Treffen sollte in genau einer Stunde in diesem Hotel stattfinden.
Wir begaben uns auf unsere Zimmer, um uns frisch zu machen.
»Wir werden vor dem Ding hier noch mal was bequatschen müssen in der Bar«, sagte Peter im Fahrstuhl. »Über unsere Strategien, Taktiken …«
»Jungs, ich werde mindestens eine halbe Stunde schlafen müssen!«, wandte ich ein. »Meine Sache ist eh das Übersetzen. Macht ihr das mit den Strategien mal unter euch aus.«
»Recht hat er! Was sollen wir noch groß quatschen. Möglichst viel Kohle müssen wir aus denen quetschen!«
Nachdem ich meine Schuhe ausgezogen und den Wecker gestellt hatte, schlief ich sofort ein. Ich träumte von mir im roten Sakko zu Gast bei Günther Jauch in Stern TV. Jauch trug auch ein rotes Sakko. Wir diskutierten Fragen der Bierlieferungen für RTL.

Fünf Minuten vor Beginn betraten wir, der Boss, der Vize und ich, der »Dolmetscher«, den großen Saal des Restaurants. Dessen Wände hingen voll mit Hirschgeweihen, Wagenrädern und anderem bäuerlichen Gedöns aus Jagd- und Ackeralltag.
Wir drückten dem Ratspräsidenten, einem hochgewachsenen Typen, die Hand. Dann, der Reihe nach, allen anderen anwesenden wichtigen Typen. Die wichtigen Typen starrten uns neugierig an. Zum großen Erstaunen von Peter Wiese trugen hier alle Geschäftsleute ein grünes Sakko. Außer dem Präsidenten. Der trug ein sehr gut sitzendes dunkelblaues mit goldenen Knöpfen.

Der Präsident stand auf, ging zum Rednerpult und hielt eine Begrüßungsrede an alle. Danach hieß er Peter Wiese und Oleg explizit willkommen. Die beiden standen auf und verbeugten sich. Dann erzählte der Stellvertreter des Präsidenten von den Errungenschaften des Rates, das Licht im Restaurant ging immer wieder aus und an, der Stellvertreter präsentierte Diagramme, Bilder und Texte auf einer großen Leinwand.
»Wir haben gar kein Anschauungsmaterial mit!«, beugte sich Oleg zu Peter Wiese.
»Brauchen wir auch nicht! Hinter uns stehen die Autorität unseres Landes und die unerschöpfliche Größe des russischen Marktes!«, antwortete Peter Wiese leise mit unterdrückter Empörung und schritt zum Rednerpult.
Ich werde mir seine Rede, oder wie ich sie mit meinen damaligen Deutschkenntnissen übersetzte, an dieser Stelle sparen, aber sie war voller Elan und Pathos, voller Farbe und sehr lang. Es ging um Bankbürgschaften der Regierung und weitere Garantien bei allen geschäftlichen Operationen. Die Worte »russischer Markt« und »schnelle sinnvolle Investitionen« fielen mehrfach und verflochten sich überzeugend ineinander. Ich verstand selbst nichts, gab mir aber alle Mühe, mit meinem auf ein Minimum beschränkten Wortschatz das Gesagte korrekt ins Deutsche zu »transformieren«. Die wichtigen Typen des Direktorenrates, die Gott weiß wen repräsentierten, klopften statt zu applaudieren mit den Fingerknöcheln auf die Tische und bestellten pausenlos Bier. Die Kellnerinnen mit ihren Kellnerblöcken schrieben eilig wie Reporter alle ausgesprochenen Wünsche der Gäste nieder. Eine der Kellnerinnen winkte freundlich Oleg und Peter zu. Das war die Tochter des Ratspräsidenten, die jetzt ihr Businessladydress gegen ein Dirndl getauscht hatte.
»Was muss denn hier die Tochter des Präsidenten als Kellnerin knechten?!«, empörte sich Peter, der zur Rechten des Ratsoberhauptes saß. »Frag den mal!«, befahl er mir.

»Ganz einfach«, sagte der Präsident, während er den Schaum seines übervollen Bierkruges abschlürfte, »ich als Vater bin verpflichtet, ihr Studium zu finanzieren. Und den Rest, Disco, Kino, Hobbys, muss sie selbst bezahlen.«

»Was denn?! Hat der keine Kohle, um seiner Tochter das Kinoticket zu bezahlen? Was brauchen wir denn so einen Investor?!«, frotzelte Peter Wiese. Oleg flüsterte Peter von der Seite etwas vorsichtig ins Ohr. Er machte eher den Eindruck, Peters Lakai zu sein als sein »Vize«.

Ich indes beobachtete das in Strömen an mir vorbeifließende Bier, das die Kellnerinnen in riesigen Krügen an die Tische brachten.

»Sei nicht traurig, Alter. Wird schon alles gut werden!«, beugte sich Oleg zu mir rüber. »Das müssen wir jetzt durchziehen, weißt du?! Peter, der hat so viel Kohle, so viel Kohle … Er schwimmt im Geld. Er hat große Pläne. Er will nur halt nicht alleine, sucht jetzt Investoren auf der ganzen Welt. Wenn wir da jetzt mit einsteigen …« Die Zukunft erschien uns in diesem Moment sehr freundlich und hell.

»So!«, sagte Wiese zu uns, »ich glaube, jetzt habe ich alle überzeugt. Nun muss ich mal mit dem Präsidenten von Mann zu Mann sprechen! Natürlich mit deiner Hilfe, Alter.«

Peter krallte sich in meine Schulter. »Siehst du?! Geht gar nix ohne dich! Hahahahaha …!«

Ich machte ein Gesicht wie Oleg, mit dem Ausdruck vollkommener Unterwürfigkeit dem Boss gegenüber.

»Frag mal den Herrn Präsidenten«, sagte Peter zu mir, »wozu er diese ganzen Scheißefresser hier braucht?«, und er machte eine weitschweifige Geste durch den Saal mit den schon angeheiterten Ratsmitgliedern.

»Übersetz ihm: Wenn er die alle zum Teufel schickt und wir beide«, er zeigte ausdrucksstark auf den Präsidenten und sich, »den Gewinn unter uns teilen, zu zweit, gebe ich dem geehrten Herrn

Präsidenten dafür«, er überlegte, als würde er grob überschlagen, »200 000 Dollar in bar!«
Mir blieb die Zunge am Gaumen kleben. Wie sollte ich das denn übersetzen?
»Sag ihm, was ich gesagt habe!«
»Mein Landsmann sagt …«, begann ich zaghaft, »wenn Sie die Anwesenden von Gewinn ausschließen, er Ihnen eine Prämie von 200 000 Dollar geben wird.«
Der Präsident richtete sich zu seiner ganzen Größe von fast zwei Metern auf und sprach: »Dann fragen Sie doch mal Ihren Landsmann, ob er weiß, was kooperative Ehre ist?! Denn die ist viel …«, der Präsident suchte nach dem richtigen Wort, »… viel teurer!!!«
Das Bankett war zu Ende, der Rat hatte beschlossen, sich in eingeschränkter Form an dem sich entwickelnden russischen Markt zu beteiligen. Peter war auch damit zufrieden.

Auf dem Weg zum Flughafen Berlin-Schönefeld, von wo aus Peter und Oleg ihre Heimreise antreten sollten, fuhren wir noch bei mir in Leipzig vorbei. Peter Wiese kaufte eine Kaffeemaschine der Firma Krupp, um diese meiner Frau zu schenken.
»Ihr Mann und ich, wir haben große geschäftliche Perspektiven!«, sagte er, als er ihr bei der Begrüßung das Geschenk überreichte.
Sie nahm die Kaffeemaschine entgegen und bat uns zu Tisch.
Wir setzten uns und gossen ein. »Auf ex!!«, sagte Peter Wiese.
»Also, Bruder«, wandte er sich an mich, »natürlich könnt' ich dich als Angestellten einstellen. Aber das ist doch gar nicht dein Stil, nicht dein Niveau, als erfahrener Geschäftsmann auf deutschem Terrain!«
Und obwohl alle meine geschäftlichen Abwicklungen auf deutschem Terrain ausschließlich hinter russischen Garnisonsmauern stattfanden, wollte ich plötzlich so sehr, dass der Boss recht hatte.
»Investiere!«, schlug Peter mir vor, »und du bist mein Partner!

Ich weiß ...«, unterbrach er mich in meinem Versuch, dazu auch nur ein Wort zu verlieren, »... du hast nicht viel Geld. Aber das wird von dir auch nicht verlangt. Investiere fürs Erste, sagen wir, 30 000 D-Mark, und ich garantiere dir 5000 monatlich. Na ja, und den Rest, den sehen wir dann je nach Entwicklung der Geschäfte.« Peter kippte den Inhalt des Gläschens Wodka in seinen weit geöffneten Mund. Ich schaute rüber zu Oleg. Der schwieg und machte dicke Backen. Meine Frau, die jeder Art von Geschäft skeptisch gegenüberstand, wohnte solchen Gesprächen nie bei.
30 000 hatte ich nicht, also ging ich zur Bank. Die Bank gab mir einen Kredit. Hätte sie das mal lieber nicht gemacht. Jedes Mal, wenn ich eine weitere Rate des Kredites mit Zins und Zinseszins über Monate und Jahre an die Bank zurückzahlte, wurde ich an meine Dummheit erinnert.
»Ich weiß ja nicht, was ihr da vorhattet zu verkaufen, aber die teuerste Kaffeemaschine der Welt hast du auf jeden Fall erworben!«, sagte meine Frau.
»Das war eine Lehre«, sagte am Telefon der traurige Oleg, der in den längst unauffindbar über alle Berge entschwundenen Peter Wiese weitaus mehr Geld »investiert« hatte als ich. »Und für eine Lehre zahlt man eben Lehrgeld.«
Als ich den Hörer einhängte, erinnerte ich mich an mein nächtliches Telefonat, als ich aus Versehen meine gesamten Weichteile in der Schreibtischschublade eingeklemmt hatte, und fragte mich, was mehr weh getan hatte, das damals oder das jetzt.
Olegs Traurigkeit hing auch mit dem Umstand zusammen, dass er viele in die Investitionsgemeinschaft gelockt hatte, von denen man sich eher hätte fernhalten sollen. Peter war auf und davon, und jetzt stand Oleg da und musste diesen gescheiterten Investoren, die wie ordentliche Geschäftsleute ausgesehen hatten, aber in Wirklichkeit echte Gangster waren, erklären, dass sie auch übers Ohr gehauen worden waren. Die Gangster wollten aber nicht dumm dastehen und machten mit Oleg kurzen Prozess.

Eines Tages, als Oleg vom Mittagessen zu Hause wieder zum Auto ging, sah er zum Fenster, winkte Swetka, die die kleine Alexandra im Arm hielt, setzte sich ans Steuer, drehte den Zündschlüssel und: BOOM!!!
Das Auto explodierte mit unglaublicher Lautstärke. Zwei Kotflügel flogen in die Luft, bis zum Fenster, an dem Swetka stand. Sie machten einen Looping und fielen wieder zu Boden. Swetka stand entsetzt da und hielt sich an den Händen ihrer kleinen Tochter fest.
»Swetka … ich bin hier …«, erklang leise die Stimme Olegs wie aus dem Jenseits. Die Bombe war in die falsche Richtung explodiert. Sie hatte die Fahrgastzelle kaum erwischt, aber der Motor war hochkant rausgeflogen und auf einem Haufen mit Sperrmüll gelandet.
»Ich bin hier.« Oleg stand unversehrt vor Swetka an der Wohnungstür. »Zieh dich an!«, flüsterte er und holte aus dem Wandschrank den schon lange für einen Fall wie diesen vorbereiteten Koffer mit Geld und Reisepässen.
Swetka folgte schell und schweigend seiner Anweisung.
»Wo ist Serjoscha?«, fragte Oleg, immer noch flüsternd.
»In der Schule«, flüsterte die verstörte Swetka zurück.
Der kreidebleiche Oleg ging zum Telefon und wählte eine Nummer. Er sprach beherrscht und freundlich.
»Ja, hallo? Ja, danke, danke, … ja, wir würden Serjoscha heute gern früher von der Schule holen … Ja, jetzt sofort«, er lachte gekünstelt, »ja, ein unvorhergesehenes Familienfest.«
Oleg wählte eine andere Nummer und innerhalb kürzester Zeit raste ein Taxi mit der ganzen Familie in Richtung Flughafen.
»Wohin geht's? Nach Moskau?«, fragte Serjoscha, zufrieden, dass er die Schule früher hatte verlassen können.
»Nach Kanada, mein Sohn«, sagte Oleg, noch immer im Flüsterton. Swetka fing an zu weinen. Alexandra schlief.

»Alter!!! Hier ist ja alles so dörflich, so dörflich, dass mir zum ersten Mal in meinem Leben nach richtiger Arbeit ist!«, rief Oleg mich aus Kanada an. Er brachte jetzt den von Touristen zu den Niagarafällen angeschleppten Müll wieder weiter von dort weg. Das recht geräumige Haus, das schon lange vor der tatsächlichen Abreise gekauft worden war, löste das Wohnproblem.
Swetka, die in Petersburg eine Ausbildung zur Masseurin abgeschlossen hatte, machte mit ihrer tragbaren Liege Besuche in gut betuchten Haushalten. Serjoscha ging auf eine Schule, die nicht nur Bildung vermittelte, sondern auch auf einen Beruf vorbereitete. Alexandra wuchs. Längst war sie kein kleines Küken mehr, sondern ein großgewachsenes, langbeiniges und schönes Mädchen.
»Du glaubst ja gar nicht, wie klug sie ist!«, schwärmte Oleg am Telefon. »Ich schicke dir ein Foto übers Internet! Nein, nicht ich selbst, ich kann mit dem Ding nicht umgehen, hahaha ... kann mir nicht mal einen Porno angucken! Alexandra schickt es dir. Sie ist mit dem Internet per Du!«
Per Du war Alexandra nicht nur mit dem Internet. »Du« sagte sie längst auch zu einem großen athletischen Schönling von etwa 28 Jahren. Der Schönling empfing die 15-jährige Alexandra mit seinen starken Armen, in denen sie vergaß, dass das Internet, Papa und Mama überhaupt auf dieser Welt existierten. Der Schönling hieß Hadzdschi und stammte aus dem Kosovo. Er arbeitete nicht und lebte von den Mitteln, die ihm das kanadische Sozialsystem zur Verfügung stellte.
Eines Tages, als die nahe gelegenen Wasserfälle besonders leise rauschten, tauchte Alexandra Arm in Arm mit Hadzdschi beim abendlichen Grillen auf. Oleg und Swetka erstarrten. Es war nicht nötig, ihnen auch nur etwas zu erklären. Selbst Serjoscha kam aus seinem Zimmer, starrte Hadzdschi an und strich sich schweigend über seinen modischen Ziegenbart.
»So, Hadzdschi«, sprach Oleg, wobei er den Namen Hadzdschi

besonders betonte. »Du liebst also unsere Tochter, und sonst tust du nichts.«

Nichts zu tun war in Olegs Vorstellung das Schlimmste, was man tun konnte. Hadzdschi nickte.

Oleg ging ins Haus, holte den alten Koffer, kramte daraus sein rotes Sakko hervor und zog es sich schnell direkt über das Muskel-Shirt. Als er Swetkas komischen Blick von der Seite bemerkte, sagte er: »Der soll wissen, dass er es hier nicht mit einem Müllmann zu tun hat!«

»Mama, Papa!«, flötete die 15-jährige Alexandra mit zartester Stimme. »Ich und Hadzdschi, wir erwarten ein Baby, wir sind im fünften Monat!«

»AAAAAAAAaaargh!« Swetka fing an, wie eine Hexe um das Feuer zu rennen. »Du hast hiermit dein ganzes Leben verpfuscht!!!«

»Mama!«, rief Serjoscha beleidigt. »Habe ich dir etwa dein Leben verpfuscht?!«

»Du bist eine Ausnahme!«, unterbrach Swetka für eine Sekunde ihre Runden um die Steaks.

In diesem Moment hatte Oleg sein Sprachzentrum wieder in den Griff bekommen, seine Stimme klang aber eher wie das Brüllen eines Löwen. »Du mieser kleiner Typ!!! Asylantenkanake!!!«, schrie er.

»Ich hol mir einen Buckel deinetwegen, massiere jüdische Ärsche, damit aus dir ein Star wird und keine …«, Swetka wurde unterbrochen.

»Ich bring dich uuuuumm!!!« Oleg, in rotem Sakko, der Kohlezange in der einen Hand, einen Metallspieß in der anderen, rannte auf Hadzdschi zu.

»Papa!!! Ich liebe ihn!«, winselte Alexandra.

»Mama! Wir sind doch zivilisierte Leute!«, versuchte Serjoscha seine Mutter zur Raison zu bringen.

»Scheiß doch auf die gesamte Zivilisation«, schrie Swetka, »wenn

die eigene Tochter so einen Widerling …«, sie piekte mit dem Finger in Hadzdschis schönes Gesicht, »… ausgesucht hat!!!«
Oleg prügelte mit aller Wut auf Hadzdschi ein. In seiner Rage machte er ihn für alles Unglück in seinem eigenen Leben verantwortlich, die Autoexplosion, alle anderen Dinge, alle Misserfolge, alle Beleidigungen, alle Unglücke, alle Angst, die er erleben musste. Aber vor allem prügelte er diesen verdammten Albaner dafür, dass er ihm seinen Traum geraubt hatte: sein kleines Mädchen, für das er, Oleg, so buckeln und sein Leben riskieren musste, damit es nur an nichts fehlte in all diesen verdammten Jahren.
Keines der Familienmitglieder hatte mitbekommen, dass die wegen des unüberhörbaren Geschreis aufgeschreckten Nachbarn längst Polizei und Notruf alarmiert hatten. Die Polizisten drehten Oleg sofort die Hände hinter den Rücken. Die Ärzte setzten Swetka eine Beruhigungsspritze. Alexandra strich über Hadzdschis wunderschönes Gesicht, das etwas gelitten hatte im Kampf um die Liebe. Serjoscha umarmte reuevoll seine Mutter, der die Lage langsam zu dämmern begann.
Oleg, in rotem Sakko und in Handschellen, wurde abgeführt.
»So, das war's. Scheiße! Knast! Gefängnis!« Swetka sank zu Boden.
Und Oleg, der die Geduld Gottes so lange strapaziert hatte, sah hinauf zum Himmel: »Was denn, Allmächtiger, konntest mir wohl doch nicht verzeihen!?«

26.
OBERST NIKOLAJEW

Seit Urzeiten ist Leipzig bekannt für seine Mustermessen. Mir ist aber eine ganz andere Leipziger Messe in besonderer Erinnerung geblieben. Eine Messe, die völlig unbemerkt von den Einwohnern dieser wunderbaren Stadt stattfand.

Anfang der neunziger Jahre hatten geschäftstüchtige Leute, schon damals die Erschließung neuer lukrativer Märkte hinter dem gerade erst gehobenen, aber längst durchgerosteten Eisernen Vorhang witternd, beschlossen, etwas Ungewöhnliches zu organisieren. In einer der Hallen auf dem Gelände der Alten Messe hatten sich Repräsentanten namhafter und weniger bekannter Firmen angemeldet, ihre Waren – von Nahrungsmitteln über Haushaltswaren bis hin zu Technik und Elektronik – den Mitarbeitern der internen Handelsabteilungen der damals auf dem Territorium der ehemaligen DDR stationierten sowjetischen Armee feilzubieten.

Am besagten Tag erklang auf der Messe russische Musik, und am Haupteingang versammelte sich eine Kolonne von Militärjeeps. Ihnen entstiegen die Gesandten der Garnisonen, Experten auf dem Gebiet des militärischen Handels. Diese außerordentlich seriösen Männer hatten die Macht, zu entscheiden, welche Waren in welcher Menge für die Garnisonen bestellt wurden, die strenger abgeschirmt waren als ein Naturschutzgebiet.

Nach den Jeeps kamen Busse in Camouflage mit Offizieren in Paradeuniform und ihren Familienangehörigen. Diese Messe sollte ihre Kauflust entfachen. Auf dem gesamten Gelände hatten die Russen kleine Feldküchen aufgestellt, um die Handelsvertreter von SONY, PHILIPS oder BOSCH mit Piroggen zu überraschen, die sich so gut mit kaltem Wodka vertrugen.

Die Vertreter von SONY, PHILIPS und BOSCH hatten sich ihrerseits auch sehr gut auf das Treffen mit den russischen Kunden vorbereitet. Auf Hunderten Quadratmetern bauten sie ein in seinen Bann ziehendes Labyrinth aus unzähligen Verkaufsständen mit kleinen, gemütlichen Nischen zum Rückzug für Verhandlungsgespräche auf. Ein unvermeidlicher Bestandteil einer jeden solchen Nische war eine kleine Bar mit hochprozentigen Getränken.

Überall herrschte freudige Erwartung.

Schöne Mädchen verschenkten verheißungsvolle Augenaufschläge und Werbeprospekte. Junge Offiziere folgten anstandslos den Befehlen ihrer sie am Ärmel zu den Ständen mit Spielzeug oder COCA-COLA ziehenden Kinder. Die Atmosphäre hätte für den Abschluss vielversprechender Verträge nicht besser sein können!

Und dann erschien *er* – Oberst Nikolajew –, Chef einer der in ganz Ostdeutschland größten Handelsabteilungen der Roten Armee. Von kräftiger Statur, Ende vierzig, selbstsicher und aufgeschlossen stand er nun da.

»Na? Was gibt es denn so Neues bei euch?!«, fragte er laut in den Raum und setzte sich, samt der hinter ihm her marschierenden Gefolgschaft, in Gang. Von Stand zu Stand, von Vertreter zu Vertreter. Von SONY zu PHILIPS, von PHILIPS zu BOSCH, von BOSCH zu SIEMENS und so weiter.

Nachdem er ein paar Worte mit den gekämmten und gestriegelten Repräsentanten besagter Firmen gewechselt hatte, sagte er jedes Mal mit vorgetäuschter großspuriger Gleichgültigkeit: »Und, wie ist es? Wollen wir trocken verhandeln?«

Ein jeder Repräsentant wurde ganz unruhig, Beute witternd, und goss großzügig ein. Der eine Wodka, der andere Cognac, der

Dritte Wein, welcher seitens des Obersts nur einen Blick der Verachtung ernten sollte. Die Unterredungen flossen genauso geschmeidig wie die belebenden Getränke.

»Einen schönen guten Tag!«, streckte der freundliche Oberst einem weiteren Vertreter an einem weiteren Stand seine Hand entgegen. »Dann erzählen Sie mal!«

Tatsächlich war der Oberst in nur gar zu geringem Maße an den ihm immer wieder ausführlich vorgetragenen technischen Details interessiert. Ihn faszinierte der Prozess der Verhandlung an sich. Ob nun Kühlschränke, Waschmaschinen, Fernseher, Staubsauger – egal!

»Natürlich werden wir das alles kaufen! Aber nicht jetzt. Jetzt trinken wir! Auf den Erfolg unserer Zusammenarbeit. Auf …«

»Sie sollten vielleicht einen kleinen Happen dazu essen, Genosse Oberst …«, piepste eine Mitarbeiterin aus dem Gefolge ihrem Oberst kleinlaut ins Wort.

»Hier geht's nich' darum, 'nen Happen zu essen!«, antwortete der Oberst schroff. »Wir sind hier geschäftlich!«

Was für einen »Happen« auch? Blöde Kekse, die von den Firmen zum Kaffee gereicht wurden, passten ja so gar nicht zum Wodka. Und die Piroggen überließ Oberst Nikolajew großzügig den Firmenleuten.

»Machen Sie den Papierkram fertig!«, kommandierte er die BOSCH-Leute, während er das volle Glas in die Hand nahm.

»Haben Sie Referenzen?!«, fragte er dreist bei SONY, bevor er sich, mit geübter Hand, den Inhalt des Bechers in den Rachen kippte. Und taktlos schwelgte er am PHILIPS-Stand in Erinnerungen: »Wissen Sie, mein Großvater hatte damals auch so einen. Als Trophäe behalten, so einen TELEFUNKEN.« Er ließ das leer getrunkene Glas auf den Tisch mit den zum Unterzeichnen bereiten Papieren krachen.

Der Ruf von einem Oberst, der seine Geschäfte hart und bestimmt durchführte, eilte Nikolajew voraus und hatte sich schon auf der ganzen Messe verbreitet. Sein Kommen wurde nun mit Aufregung und Hoffnung an jeder Ecke des Standlabyrinths erwartet.

»Nee, Jungs! So geht das nich'!«, erklärte er den »Jungs« von SIEMENS, denen der Wodka ausgegangen war.

Die »Jungs« machten entschuldigende Armbewegungen, während Oberst Nikolajew, von Seite zu Seite schwankend wie ein Panzer ohne Steuermann, den Sturm auf die nächste Firma ansetzte.

Man hätte meinen können, er kaufte ALLES!

»Genosse Oberst, Sie sollten jetzt wirklich einen Happen essen!«, piepste die Mitarbeiterin aus dem Gefolge erneut, im Versuch, dem Oberst eine Pirogge anzudrehen.

»Siehst du's nicht? Ich bin mitten in der Durchführung!«, stieß der erboste Nikolajew die Hand der Mitarbeiterin von sich. Und noch diesen Satz stammelnd, war es um den Oberst geschehen. Wie paralysiert blieb er stehen: »PANASONIC«, flüsterte er, zwar getrübten, aber dennoch plötzlich wachen Auges nach vorn blickend. Das nüchterne Gefolge des Obersts schaute auch in die vom Chef gewiesene Richtung.

Vor ihren Augen präsentierte sich ein bescheidener Stand mit drei, vier Videorekordern, darüber das Firmenlogo PANASONIC in leuchtenden Lettern. Auf einem Vorführfernseher lief irgendein Trickfilm. Auf einem kleinen runden Tisch lagen ein paar bunte Prospekte, solche, die heutzutage aus dem Briefkasten direkt in den Papierkorb wandern. Neben dem Tisch standen zwei Stühle, auf einem der Stühle saß ein älterer Japaner.

Heute weiß ich, dass die Firmenvertreter von damals einfache Einzelhändler waren, die, das persönliche Risiko in Kauf nehmend, aufgebrochen waren, den neuerdings offenen »russischen Markt« zu erobern.

So einer war auch der alte Japaner. Er hatte sein heimisches Düsseldorf verlassen, die geliebte Straße, wo er einen winzigen Laden

für Fernseh- und Videogeräte hatte, um in das weitentfernte, fremde Leipzig zu reisen. Der Japaner ging ein Wagnis ein!
Doch das verstanden damals weder ich noch Oberst Nikolajew. Hinter dem Japaner blinkte PANASONIC, und der Oberst dachte, im Reich seiner Träume angekommen zu sein. »Paaa-naa-sonic!«, stöhnte der Oberst genüsslich und war in Gedanken in seiner Jugend angekommen. Einer seiner Jugendfreunde hatte einst ein PANASONIC-Radio besessen. Dessen Vater, ein Seemann, hatte das Wunderding nach langer Reise seinem Sohn zum sechzehnten Geburtstag mitgebracht.
Nikolajew und sein Freund verschlossen die Tür, machten den PANASONIC an, zogen die verchromte Antenne so weit heraus, wie es nur ging, drückten die empfindlichen Tasten und hörten, den Atem anhaltend, den verbotenen Sender »RADIO Liberty«.
Das wiederum steckte jemand denen, die Verbotenes kontrollierten, und der Freund des Obersts wurde aus dem Komsomol ausgeschlossen. Der Oberst selbst war davon verschont worden und stellte sich stattdessen mit dem Eintritt in die Akademie ganz in den Dienst des Militärs.
Und jetzt ein PANASONIC-Videorekorder! Die Kehle des Obersts war schon ganz trocken. »Ich habe Durst«, sagte Nikolajew zum Japaner.
»Ich habe Sake«, sagte der Japaner zu Nikolajew.
Ich will ehrlich sein: Ich kann mich der Sprache, in der sich die beiden verständigten, nicht entsinnen, aber sie verstanden einander und tranken.
»Ich kaufe deine Videorekorder!«, sprach Nikolajew fest entschlossen, »mach den Vertrag!«
Die sich im Gefolge befindlichen Übersetzer machten sich an die Arbeit, während der Oberst die Reste des Sake trank, ohne Häppchen, dafür unter den verächtlichen Blicken seiner Mitarbeiterin.
»Preis?!«, fragte der Oberst und verströmte seinen hochprozen-

tigen Samurai-Atem in des Japaners Gesicht. Der Preis wurde geklärt.
»Wie viele?«, fragte der Japaner, sein Glück kaum fassend. »Zehn Stück?«
Da fing der Oberst an zu lachen.
»Hundert?«
Der Oberst schüttelte den Kopf.
»Tausend?!« Der Japaner schmiedete schon einen Plan, wie er den Gewinn weiterinvestieren könnte, um sein kleines Geschäft zu expandieren.
»Dreitausend!«, sagte Nikolajew leise, aber mit großer Bestimmtheit. »Unser Volk«, erklärte er den Sachverhalt, »ist ganz hungrig nach Videorekordern!«
Ob die angegebene Anzahl der tatsächlichen Kaufkraft von Nikolajews Garnisonen entsprach, bleibt ein Militärgeheimnis. Nikolajews Gefolge jedenfalls war von dem Ausmaß des Vorhabens sichtlich erschüttert.
Es war der schöne Monat Mai. In seiner Heimat hätte sich der Japaner zu dieser Jahreszeit wohl an der Blüte der Sakura ergötzt. Hier ergötzte er sich an Oberst Nikolajew.
»Wann kann geliefert werden?«, erkundigte sich Nikolajew professionell. Der Japaner stürzte zu seinem Kalender. Er, ein bescheidener Verkäufer, hatte kein Lager mit einem solchen Vorrat. Er müsse sie erst bestellen und dann die Lieferung abwarten. Die Beschleunigung eines solchen Prozesses würde sehr viel Geld kosten.
»Das nächste Schiff, auf dem ich meinen Container unterbringen könnte, läuft erst Anfang Januar im Hamburger Hafen ein«, tat der Japaner wichtig kund. »Somit werden sich Ihre Leute bereits im Februar der neuesten und modernsten Videorekordertechnik bedienen können!«
»Zu spät«, maulte der bereits völlig betrunkene Oberst. »Unser Volk braucht die Videorekorder dringend!«

Der Japaner murmelte etwas und schaute erneut in den Kalender. Er machte einen Anruf mit seinem Mobiltelefon, das aus heutiger Sicht mehr Ähnlichkeit mit einer tragbaren Funkstation hatte. Er fragte jemanden etwas auf Englisch, beschimpfte jemanden auf Japanisch und sagte dann: »Gut! Die Geräte werden zum 3. Januar geliefert!«

»Zum 31. Dezember!«, setzte Oberst Nikolajew dagegen. »Unsere Leute wollen doch die Neujahrsrede ihres Präsidenten aufzeichnen!«

Der Japaner schüttelte nur den Kopf, schrieb einen Vermerk in den Vertrag und besiegelte ihn mit seiner Unterschrift.

»STEMPEL!«, grölte der Oberst so, dass ihn SONY, SIEMENS, PHILIPS und alle anderen hören konnten.

Die Mitarbeiterin reichte ihm den Stempel, und er stempelte mit ganzer Wucht auf die Stelle, wo seine erhabene Unterschrift sich ihren Raum nahm – eine Unterschrift wie die eines Generals!

Fast ein halbes Jahr war vergangen. Die üblichen Weihnachtsfeiertage waren vorbei, in den Garnisonen aber herrschte vorfreudige Stimmung. Alles bereitete sich hastig auf den Jahreswechsel und das Jolka-Fest vor. Ich saß im geräumigen Büro des Obersts Nikolajew. Wir tranken Tee. Der Vertrag mit »meiner« Brauerei war für das gesamte kommende Jahr unterzeichnet, und so plauderten der gutherzige Oberst und ich über die Tendenzen der aktuellen Politik. In diesem Moment, nach einem vorwarnenden Klopfen, öffnete die piepsende Mitarbeiterin – sie war die Sekretärin des Obersts – die Tür.

»Herr Oberst, für Sie – ein Herr Hakamuro.«

»Was denn für ein Hakamuro!?«, murrte der Oberst.

»Der Japaner!«, klärte ihn die Sekretärin auf, »der mit den Videorekordern.«

»Was denn für Videorekorder?!« Der Oberst verstand nicht. »Na ja, egal, schick ihn rein.«

In das Zimmer trat der freudig strahlende ältere Japaner. Er hatte es geschafft! Der Kalender auf Oberst Nikolajews Tisch zeigte den 27. Dezember an!

»Panasonic!«, stieß der Japaner seinen Kommensgrund aus, als wäre es eine Parole.

»Panasonic«, wiederholte der Oberst, nichts begreifend.

»Dreitausend Stück! Hab ich dabei!«

»Was faselt er?«, fragte der Oberst die Sekretärin.

»Wissen Sie's nicht mehr? Auf der Messe? Sie haben einen Vertrag unterzeichnet.« Die Sekretärin kramte eine Kopie des Vertrages heraus und hielt sie dem Oberst hin.

»Es war gar keine Messe!«, schnitt Oberst Nikolajew militant die Diskussion ab.

»Aber … Ich hab einen Vertrag!« Das Gesicht des Japaners wurde so bleich wie das eines Darstellers des Kabuki-Theaters. Der tragische Ausdruck, den es jetzt hatte, übertraf aber jede Kabuki-Maske bei Weitem.

»Sagen Sie ihm«, befahl der Oberst seiner Sekretärin, die stillstehend auf Anweisung wartete, »sagen Sie ihm, er kann sich seinen Vertrag sonst wohin …«

»Ich werde Sie verklagen«, kam es aus dem sich ans Herz fassenden Japaner.

Das laute Lachen des Obersts schallte durch den Raum. Er lachte, wie wahrscheinlich einst Dschingis Khan gelacht hatte, auf einem stummelbeinigen Ross durch die unendlichen Steppen Russlands reitend.

Die Sekretärin fasste den alten Mann aus Japan vorsichtig bei den Schultern und führte ihn hinaus.

Ich weiß nicht, ob Herr Hakamuro Harakiri gemacht hat, aber ich musste mich stark zusammenreißen, um den Oberst nicht mit bloßen Händen zu erwürgen.

27.
HARTE ZEITEN

Gerade war der Kalte Krieg zu Ende gegangen. Die Rote Armee bereitete sich widerwillig darauf vor, den Abzug der Truppen vom wiedervereinigten deutschen Territorium anzutreten.
»Ganz Europa lacht mich aus!!!«, wütete Feldwebel Nitschipailo, während er den sechsarmigen Kronleuchter von der Decke seiner Garnisonswohnung abmontierte. »Ach, verzeihen Sie bitte! Die Kloschüssel hätt' ich abgeschraubt! Jawohl! Und ich nehm' sie auch mit!« Er riss so stark an dem Kronleuchter, dass Teile der Decke herunterbröckelten. »Ja ja, lach du nur über mich, Europa, aber ich will dich sehen, wenn du, wo du hingehst, nichts hättest, wo du reinkacken kannst! Und vielleicht sogar nicht einmal etwas, das du reinkacken könntest! Ha-ha-ha-ha …« Nitschipailo lachte laut auf, obwohl neue, harte Zeiten anbrachen.

»Stehen bleiben!« Aus einem hohen Busch sprangen zwei russische Soldaten mit Maschinengewehren in der Hand.
Ich trat abrupt auf die Bremse, das Auto stand und zitterte mit mir zusammen vor Schreck. Ich war gerade auf dem Weg zu einer mir noch unbekannten, tief im Wald versteckten russischen Garnison. Den Weg dorthin hatte mir einer meiner Kollegen beschrieben, und ich war weder sicher, ob der Weg stimmte, noch ob es legal war, dass ich versuchte, zu dieser Garnison durchzudringen.
Die Soldaten traten ganz dicht an meinen Wagen heran und machten mir Zeichen, ich solle das Fenster herunterkurbeln.

Was soll ich denn jetzt machen, dachte ich, während ich das Fenster herunterließ. Jetzt fragen die gleich nach einer Parole, und ich werde keine nennen können?!
»Brauchst du Zigaretten?«, fragte einer der beiden in gebrochenem Deutsch.
»Was für welche?«, fragte ich vorsichtig in mindestens genauso gebrochenem Deutsch zurück. Genau genommen brauchte ich als Nichtraucher keine.
»Marlboro!«, sagte der andere streng und ging, mich immer noch im Visier haltend, rückwärts zum Busch.
Ich legte vorsichtshalber beide Hände auf das Armaturenbrett: »Brauche ich!«
Der Soldat schlüpfte in den Busch und tauchte mit einer Stange Marlboro in der Hand wieder auf.
»Fünfundzwanzig Mark!«
Nachdem die beiden das Geld erhalten hatten, teilten sie es gerecht untereinander auf und waren von da an freundlich gestimmt: »Gute Fahrt, Genosse!« Ich drückte aufs Gas.
Rechts von mir waren hoch bewachsene gelbe Felder, links von mir rauschte das Grün der Bäume. Ich schaute in den Rückspiegel. Hinter mir erstreckten sich die Wagen der Ortsbewohner, die diesen »Militärpfad« mit Zigarettenumschlagspunkt schon lange kannten. Mit 25 Mark in der Hand ergaben sie sich bereitwillig, denn die Rote Armee ging in die Verkaufsoffensive. Widerstand zwecklos. Es verkaufte fast jeder, und verkauft wurde fast alles.
Die Firma, deren Bier und Lebensmittel ich so überaus erfolgreich an die russischen Soldaten, Offiziere und deren Angehörige gebracht hatte, war drauf und dran, das Geschäft mit den Russen aufzugeben, um nichts zu riskieren.
Es gingen Gerüchte um, dass die Russen in letzter Zeit ihre Vertragspartner hängen ließen und die gelieferten Produkte nicht bezahlten. Und Stress zu machen und die unbezahlte Ware zurückzufordern, so behaupteten die Panikmacher, sei ebenfalls

unmöglich. Die Ware, ganz egal welcher Art, verschwand mitsamt den Habseligkeiten der abziehenden Sowjets unauffällig direkt in den Tiefen des postsowjetischen Imperiums.
Man erzählte sich, und zeigte es sogar einmal im Fernsehen, dass beinahe täglich Modelle der Marken Mercedes, Jaguar und Porsche in die dicken Bäuche der sowjetischen Frachtflugzeuge einfuhren. Die Flugzeuge brummten solide mit den Motoren und hoben in regelmäßigen Abständen, prall gefüllt mit der teuren Ladung, von der Startbahn des Militärstützpunktes ab, zu ihrem weiten Flug nach Moskau. Was man sich nicht alles erzählte …

Die Zeitungen schrieben Sensationsberichte und deckten Skandale auf. Die Administration der Roten Armee dementierte diese »frechen Unterstellungen«. Und doch floss tonnenweise Diesel aus den Panzern und anderen motorisierten Fahrzeugen der Divisionen in die Tanks der friedlichen Einwohner der neuen Bundesländer.
»Druschba«, klopften die zufriedenen Macher dieser Abwicklungen einander auf die Schultern. Man kannte sich ja schon fast fünfzig Jahre.
Neulinge aus dem Westen, die das Wort »Druschba« zum ersten Mal in ihrem Leben vernommen hatten, klinkten sich mit größtem Vergnügen in dieses Spiel ein: »Na, diese Russen …«, sagten sie bewundernd, und strichen sich über das Seideneinstecktuch in der Tasche des schicken Sakkos mit unbedingt zwei Schlitzen links und rechts neben den dicken Pobacken.
Ja, ja … davon geht er schön in' Arsch, dein Katalysator!, dachte sich der Tankwart-Feldwebel und lächelte gutmütig, während er die Valuta sicher in seiner Jackentasche verstaute. Von Herzen gern! Uns ist es nicht zu schade! Wir brauchen nur noch gerade genug, um bis zum Bahnhof zu kommen. Und dann: Ab nach Hause!
Über diesen kurzen, leisen und wilden Abschnitt der europäi-

schen Geschichte wird man noch Bücher schreiben, aber schon damals gab es Sagen und Erzählungen von furchtlosen Helden, die es beispielsweise geschafft hatten, einen Laster mit Spiritus vom Parkplatz eines sowjetischen Militärflughafens zu entwenden. Normalerweise verwendete man diesen Spiritus für die Reinigung feinmechanischer Teile. Doch jetzt stand der Ladung eine Reise über die Ostgrenze bevor, wo man den Spiritus mit Wasser mischte, bunte Aufkleber auf die Flaschen klebte, und von nun an war es »Smirnoff Wodka U.S.A.«, der wieder in die Garnisonen geschickt wurde, für den weiteren Wiederverkauf.

Man erzählte auch von einem Feldwebel, Verwalter der Standortgüter, der in den zwanzig Jahren seines Dienstes mehrere hunderttausend Armeedecken in seinem Depot gehortet hatte. Der Feldwebel war kein dummer Mann: Er ging zu seinem Boss, dem Oberst, und fragte: »Wir werden das Zeug doch nicht in die Heimat mit rüberschleppen, Genosse Oberst?! Was soll ich denn jetzt machen mit dem Zeug?«

»Abschreiben und drauf geschissen!«, beschloss der Oberst kurzerhand.

Der Verwalter war ein viel einfallsreicherer Mann als der Herr »Genosse Oberst« und löste das Problem auf seine Weise: Er schrieb die alten Decken ab, aber drauf scheißen?! Er verkaufte sie, als sein Eigentum, zweihunderttausend Stück, zu einem Spottpreis von einer Mark pro Decke. Die Decken gingen an eine Wohlfahrtseinrichtung, die Waren dieser Art in Katastrophengebiete dieser Welt verschickte, als humanitäre Hilfe.

»Nee, ist doch klar!«, sagte der Feldwebel. »Man muss doch helfen. Wir sind doch Menschen!?«

In Hollywood oder Babelsberg hätte man aus diesem Stoff tolle Blockbuster gedreht. Doch die Kameras, die um die Garnisonen herum in Verstecken standen, verfolgten andere Ziele. Polizei und Zoll arbeiteten ohne Pause.

Eine weitere abenteuerliche Episode handelte vom Hauptmann

Wolodja, den die deutsche Polizei beim Zigarettenhandel mit Schmuggelware gefilmt hatte. Der Handel lief schon viele Jahre. Als alles begann, war Wolodja noch ein milchgesichtiger Leutnant. Und nun, dank dem Umstand, dass das Gebäude von Wolodjas Handelsabteilung außerhalb der Garnisonsmauern lag, kam die deutsche Polizei eines schönen Tages plötzlich vorbei und legte Hauptmann Wolodja in seinem eigenen Büro in Handschellen.

»Lassen Sie mich doch bitte wenigstens von meiner Familie Abschied nehmen«, bat Hauptmann Wolodja, der keinerlei Widerstand geleistet hatte, mit flehender Stimme. Die humane deutsche Polizei fuhr Wolodja nach Hause. Nachdem man Wachen am Eingang des Hauses und der Wohnungstür aufgestellt hatten, ließen die korrekten Polizisten Wolodja mit seiner weinenden Ehefrau und den schreienden Kindern allein.

Etwa eine halbe Stunde später hämmerten die besorgten Polizisten gegen die Tür. Immer noch Rotz und Wasser heulend, öffnete seine Frau. Von Wolodja in der ganzen Wohnung keine Spur.

Die einen sagen, er hätte sich an zusammengebundenen Laken abgeseilt, die anderen sagen, er hätte die Feuerleiter genommen, die vor seinem Schlafzimmerfenster auf der unbewachten hinteren Seite des Hauses lag. Man erzählt sich, ein Fluchtauto hätte ihn unten bereits erwartet. Seitdem hat man Hauptmann Wolodja nie mehr gesehen. Weder auf russischem noch auf deutschem Boden. Man sagt, er wäre jetzt Millionär und lebe auf den Seychellen. Unter anderem Namen, mit anderem Äußeren, mit einer anderen Frau und anderen Kindern. Und vielleicht ist es auch gar nicht er, sondern irgendein anderer Ganove.

28.
MELANCHOLISCHES LIED

Wenn ich wieder einmal in einen der weit entfernten Stationierungsorte der Roten Armee in Pommern kam, verweilte ich im Offiziershotel. »Hotel« konnte man dieses Etablissement allerdings nur schwer nennen, denn es war höchstens eine Absteige, ein Nachtlager. In den Zimmern, von denen ein jedes mit zwei, drei, manchmal auch vier Betten ausgestattet war, gab es weder eine Toilette noch ein Waschbecken. Alle sanitären und hygienischen Notwendigkeiten verrichtete man in den Gemeinschaftswaschräumen am Ende des Flurs. Offiziere, die abends einige Biere zu viel getrunken hatten, schlichen die ganze Nacht wie Schlafwandler, getrieben von ihrer drückenden Blase, den langen Flur entlang. Wichtig war nur, richtig abzubiegen und nicht die Gemeinschaftstoilette mit der genau gegenüberliegenden Gemeinschaftsküche zu verwechseln.
Eines Tages, genau in dieser Küche, begegnete mir eine Dame, die von allen nur »Frau Nina« genannt wurde. Frau Nina war eine sehr schöne Frau russischer Abstammung. Vor fünfzehn Jahren, als sie als Rezeptionistin des Hotels »INTOURIST« in einer mittelgroßen ukrainischen Stadt an der Strecke der neuen Ölpipeline »Druschba« gearbeitet hatte, lernte sie Hans, den Ingenieur kennen. Das war Liebe auf den zweiten Blick. Auf den ersten Blick hatte ihr dieser glatzköpfige, kleingewachsene Hans, der unter seiner halboffenen Weste einen kleinen Bierbauch vor sich hertrug, so gar nicht zugesagt. Doch dann, als sie genauer hingeschaut

hatte, musste sie doch feststellen, dass Hans ein anständiger Mann war und sie mit so einem ihr ganzes Leben verbringen könnte, so sicher wie an einem beschützenden Felsen.
Hans fand auf den ersten Blick, Nina sei eine Frau leichten Benehmens und schweren Charakters, da sie die Gäste des Hotels mal anflirtete, mal anfluchte. Doch auch er stellte auf den zweiten Blick fest, dass ihm das durchaus gefallen könnte, und verliebte sich in sie, samt ihrem Kind aus erster Ehe.
Ninas erste Ehe war ein Fehler der Jugend gewesen und ging schon vor der Geburt des Sohnes, den sie allein großzog, in die Brüche. Hans hatte weder Frau noch Kinder. Als Nina und Hans heirateten, zog sie zu ihm, in irgendeinen Hamburger Vorort, wo Hans von seiner kinderlos gebliebenen Tante und dazugehörigem Onkel als damals mittelloser Ost-Verwandter ein schönes und großes Haus geerbt hatte. Der kluge Hans hat sich ziemlich schnell und gut in die kapitalistische Umgebung integriert.

Ich hatte Frau Nina schon früher in dieser Garnison neben anderen Handelsvertretern gesehen. Aber ich sah sie immer nur aus der Ferne, da ich nie einen passenden Anlass hatte, sie in ein Gespräch zu verwickeln.
Frau Nina kam stets mit einem Mercedes C-Klasse. Im Winter lag um ihre Schultern ein teurer Pelzmantel. Außerhalb der Garnison hätte sie sich wohl nicht getraut, diesen Mantel zu tragen, da die Gefahr zu groß war, von aggressiven Tierschützern dafür eins über die Rübe zu kriegen. Aber hier, hinter den Zäunen der russischen Garnisonen, unter dem Schutz der gesamten russischen Armee, pfiff sie auf europäische Gepflogenheiten und ethische Vorstellungen. In den Garnisonen erweckte der Pelzmantel einen ungeheueren Neid bei allen Offiziersfrauen und absolute Bewunderung bei ausnahmslos allen Männern.
Frau Nina stieg nie von den hohen Stöckeln ihrer Schuhe. Von ihren Ohren hing langes goldenes Geschmeide, reich verziert mit

edlen und halbedlen Steinen. Wenn sie aus ihrem Mercedes stieg und durch die Garnison stolzierte, wippten ihre Hüften unter dem noblen Nerz, und ihre Ohrringe klimperten hell.
Allein bei diesem Klang standen die Wachsoldaten sofort stramm, und mit erhobenem Kinn sahen sie ihrer grazilen Erscheinung noch lange nach.
Geraume Zeit konnte ich mir nicht vorstellen, welche Firma Frau Nina wohl vertrat oder was sie Wichtiges an die Stationierten verkaufte. Bis ich sie eines Tages in der Offizierskantine mit einem jungen, hochgewachsenen Major sah.
Dieser Major, ein tapferer Ukrainer, war in der ganzen Westtruppe der Russischen Armee bekannt und berühmt für seine wunderbare Singstimme in schönster Tenorlage. Den jungen Major zierten zudem ausdrucksstarke pechschwarze Augenbrauen und eine dichte schwarze Haarpracht; eine Locke fiel in seine Stirn, die er mit galantem Handgriff nach hinten warf, bevor er die Offiziersmütze mit dem lackschwarzen Schirm aufsetzte. Seine Uniform saß tadellos an seinem stattlichen Körper. Wenn Katharina die Große zu unserer Zeit gelebt hätte, so hätte sie als Geliebten keinesfalls die Gebrüder Orlow oder den Grafen Potjomkin favorisiert. Nein, sie hätte sich für den Major entschieden! Diese Wahl traf auch Frau Nina. Ich fragte mich nur, wann sie ihre Wahl getroffen hatte, bevor er den Mund aufgemacht hatte oder danach. Wahrscheinlich davor, denn alles, was aus dem Mund des Majors kam, gemischt mit dem sauren Geruch des Essens von gestern und des Rauchens von heute, war derartiger Quatsch, dass ich es mir anders nicht vorstellen konnte. Zumal der Blödsinn, den er von sich gab, so weit entfernt war von allen grammatikalischen oder literarischen Normen, dass ich so manches Mal nicht einmal definieren konnte, welche Sprache das überhaupt sein sollte, derer er sich da bediente.
Aber was er sagte, war allen tatsächlich egal. Wichtig war nur, wie er sang – und singen konnte er wie ein Engel.

Wobei er sonst wirklich nichts mit einem Engel gemein hatte. Der Major war überzeugter Single.
Das wussten alle Telefonistinnen der gesamten Westtruppe der Roten Armee, alle Krankenschwestern und natürlich auch in dieser Garnison so ziemlich der größte Teil des weiblichen Personals – alle, die ihr Glück vergeblich in den Armen des Majors gesucht hatten.
Frau Nina interessierte sich nicht für die Vergangenheit des Majors, und sie fragte ihn auch nicht nach der Zukunft. Alles, was sie interessierte, war die Gegenwart.
An dem Abend, als das Schicksal mich zu einem offenen Gespräch mit Frau Nina zusammenführte, saß ich allein am Tisch der Gemeinschaftsküche des Offiziershotels und »nüchterte aus« nach einer weiteren Ich-bin-ja-so-besoffen-Show für die hohen Tiere des Militärstützpunkts.
Frau Nina betrat die Küche mit einer Zigarette zwischen den Zähnen, öffnete den Geschirrschrank, holte eine Tasse heraus und aschte rein. Ich stellte mich vor.
»Ich weiß, wer Sie sind«, sagte Frau Nina.
»Und wo ist der Major?«, fragte ich taktlos.
»Hat man unvorhergesehen auf Dienstreise geschickt«, antwortete Frau Nina mit genervter Stimme und zuckte mit den Schultern.
»Sie wohnen weit weg von hier?«, fragte ich.
»Von hier? Nein. Nicht weit. So hundert Kilometer.«
»Und warum fahren Sie dann nicht nach Hause?«
»Kann ich nicht. Hab meinem Mann gesagt, dass ich drei Tage weg bin. Und in drei Tagen werde ich auch wiederkommen. Verstehst du?!«, duzte mich Nina unverhofft.
»Verstehe«, sagte ich. »Was gibt's denn da nicht zu verstehen.«
»Willst'n Wodka?«, fragte Nina.
Ich, der am Vorabend die ganze Zeit nichts tat, als dem Zeug auszuweichen, verspürte plötzlich, dass ich tatsächlich Lust hatte, jetzt einen zu trinken.

»Ich bringe gleich alles«, sagte Nina und verschwand.
Zehn Minuten später kam sie wieder. Diesmal mit einem großen Tablett, auf dem zwei Gläser standen und eine Flasche eisgekühlten Wodkas. Daneben lagen Salzgürkchen, eingelegte Tomaten, bestreut mit Dill. In einem Flechtkörbchen lag frisches, säuberlich geschnittenes Brot. Ich begriff, dass diese ganze Pracht mit Liebe und Hingabe für den unvorhergesehen auf Dienstreise weilenden Stirnlocken-Dämlack-Major vorbereitet worden war.
Nina goss uns mit sicherer Hand randvoll ein. »Los geht's!«
Wir stießen an und schleuderten uns das Zeug zeitgleich in den Hals. Genauso simultan griffen wir jeder ein Gürkchen, bissen in diese durchsalzene Naturköstlichkeit und kauten etwa eine Minute, ohne ein Wort zu sagen.
Dann atmeten wir wieder erleichtert durch und fingen an zu reden.
»Was verkaufst du hier eigentlich?«, fragte ich Nina.
»Schmuck«, speiste sie mich kurz angebunden ab. Es war absolut klar, dass »Schmuck« nur Tarnung war für ihre Aufenthalte beim Major.
»Ja ja, jetzt wirst du mich ausfragen, was ich mit so einem Hohlkopf wie dem Major will, was?!«
Ich nickte. Für mich war der schöne Major tatsächlich die Krönung an Dummheit, Niveaulosigkeit und Mangel an jedweder Kultur.
»Bist du unglücklich in deiner Ehe?«, fragte ich mitfühlend.
»Wieso?!«, fragte Nina erstaunt.
»Na ja, vielleicht ist er knauserig oder so …?«
»Sag mal, bist du doof?« Nina schaute mich verstört an. »Sieh dir doch meinen Mantel an!« Sie strich über den Nerz, den sie sich über das Nachthemd geworfen hatte. »Und mein Auto!« Sie zeigte obligatorisch in die Dunkelheit hinter dem Fenster.
Ich konnte nicht widersprechen.
»Ich kenne keinen, der so freigiebig wie mein Hans wäre! Es gibt

keinen Zweiten wie ihn auf der ganzen Welt. Keinen!«, sagte sie und goss uns erneut ein.
»Auf Hans! Schenke Gott ihm Gesundheit!«
Sie holte ihr Handy aus der Manteltasche und fing an, mit dem Daumen darauf herumzutippen.
»Schöne lange rot lackierte Fingernägel …«, dachte ich.
»Stören, die blöden Dinger!«, sagte sie, als hätte sie meine Gedanken gelesen.
»Rufst du den Major an?«, fragte ich.
»Wozu das denn?!«, entrüstete sich Nina. »Wollte meinem Mann und den Kindern gute Nacht wünschen.«
»Liebt dein Mann die Kinder?«
»Er vergöttert sie! Er ist ein vorbildlicher Vater.«
»Vielleicht ist er komisch zu deinem Sohn aus erster Ehe, ist ja immerhin nicht seiner?«
»Nicht seiner?!« Nina schaute mich an, als wäre ich ein Idiot. Ich schenkte uns erneut randvoll ein. Wir tranken.
»Zu meinem Sohn ist er besser als zu unserem gemeinsamen! Hat Angst, dass er sich ausgeschlossen vorkommt. Verwöhnt ihn, schimpft nie, preist ihn gegenüber dem Jüngeren als Vorbild! Ach …«, winkte Nina ab und wischte sich über den Mund, wobei sie ihren purpurfarbenen Lippenstift über die Wange verrieb. »Was denn? Hab' ich mir den Lippenstift verschmiert?«, Nina lachte. »So eine besoffene Kuh!«
»Nina!«, erdreistete ich mich, die intimste Frage zu stellen. »Und wie ist es mit den ehelichen Pflichten? Vielleicht klappt's bei euch im Bett nicht?«
»Na du bist ja völlig verrückt!« Nina verschluckte sich fast vor Empörung. »Was klappt nicht?! Bei wem soll es nicht klappen?! Bei mir und Hans soll es nicht klappen???«, Nina geriet ernsthaft außer sich. »Einen besseren Liebhaber als Hans hatte ich nie vorher, habe ich jetzt nicht und werde ich niemals haben!« Nina nahm die Flasche in die Hand und teilte den Rest auf unser beider

Gläser auf. »Niemals!!!«, sagte sie überzeugt und stieß ihr Glas gegen das meine.

»Nina!« Ich leerte mein Glas und wollte es endlich genau wissen. »Was fehlt dir denn noch??? Wozu, zum Teufel, brauchst du dann diesen bekloppten Major?!«

Nina dachte eine Sekunde nach und lächelte dann breit über den ganzen verschmierten Mund: »Und was ist mit ein bisschen Singen …?«

Tief im Innern ihrer verrückten Seele Hans treu ergeben, sang sie ein langsames, melancholisches Lied. Sie sang die zweite Stimme, als würde sie Platz lassen für die Stimme des schönen Majors, der irgendwo weit entfernt auf unvorhergesehener Dienstreise war.

29.
KLEINE MILITÄRSHOW

Ich verkaufte friedlich Bier, Käse, Wurst und Mayonnaise an stationierte Russen auf deutschem Boden. Niemand von den ernsteren Jungs, die meistens in den gleichen Kreisen mit Alkohol und Zigaretten dealten, interessierte sich für mich.

Ich wähnte mich in absoluter Sicherheit. Ich unterhielt die Oberhäupter der Handelsabteilungen der russischen Armee mit Anekdoten aus dem Leben berühmter Künstlerpersönlichkeiten und konnte mich guten Gewissens als Liebling dieses Publikums bezeichnen. Ich erzählte unanständige Witze und trank Unmengen Wodka mit solchen, mit denen man trinken musste. Trinken gehörte als Standardnummer zum Programm. Ohne ging's nicht. Ohne konnte man vergessen, dass sich ein für den Abschluss der Geschäfte wichtiges Vertrauensverhältnis aufbaute. Der Nüchterne stand immer unter Verdacht. »Warum trinkst'n du nich'? Respektierst du uns nich'?! Vertraust uns nich'? Oder willst du uns anschwärzen?«

Jetzt, nachdem so viele Jahre ins Land geflossen sind, kann ich's ja sagen: Was ich da mit den Generälen und Obersten trank, war kein Wodka, sondern von mir eigens in eine Wodkaflasche abgefülltes einfaches Leitungswasser. Ich war der Einzige am Tisch, der nach dem Abend keine Kopfschmerzen hatte. Dafür aber von dem Leitungswasser einen derartigen Durchfall, dass mir ein jeder solcher Abende trotzdem noch eine Weile in Erinnerung blieb.

Ich stellte meine Flasche also dicht zu mir und goss mir immer selbst ein, wenn wieder ein Trinkspruch ausgesprochen wurde: »Na, trinken wir darauf, dass alles nicht schlechter wird! – Na, trinken wir darauf, dass das Glück mit uns ist und der Mist mit denen! – Na, dann trinken wir auf alles Gute!!«

Ich wurde langsam mit den anderen »betrunken«. Jedes Gelage dieser Art war für mich aufs Neue wie eine Examensprüfung im schauspielerischen Fach.

Und dann, gegen Ende, wenn einige mit dem Gesicht bereits im Salat lagen und der wichtigste Trinkspruch, der auf die Liebe, ausgesprochen wurde, kam meine Stunde – der Höhepunkt meiner Show: Ich schrie dämliche Lieder und zog die Decken samt dem darauf stehenden Essbaren von den Tischen. Ich benahm mich so daneben, dass den Mittrinkern nicht der leiseste Zweifel kam: Der Towarischtsch ist voll! Man trug mich zum Ausschlafen in das Hotel der Offiziere, wo ich mich endlich nach überlangem Arbeitstag ausruhen konnte.

Am nächsten Morgen, wenn ich im Büro des Handelsabteilungsleiters auftauchte, um wichtige Abschlüsse dingfest zu machen, schaute mich mein Vertragspartner mit einem zustimmenden Grinsen an und fragte: »Na, mein Freund? Weißt du noch, was du gestern Abend getrieben hast?!«

»Was hab ich denn gestern getrieben?«, fragte ich, als hätte ich von nichts mehr eine Ahnung.

»Mannmannmann, machst du Sachen«, lachte der Abteilungsleiter auf, während er mir einen weiteren Vertrag für die Bierlieferung unterzeichnete.

Dann drückte er einen Knopf unter seinem Tisch, und eine Sekretärin kam mit sauren Gürkchen und einer Flasche Wodka ins Kabinett.

»So, wir sollten nachlegen.«

»Nein, nein. Ich kann nicht. Ich muss doch noch fahren!«

»Oh, Mann, du bist ja schon total deutsch geworden!«, winkte der

Abteilungsleiter ab, kippte sich einen hinter und begann mir mit großer Freude von meiner gestrigen Aufführung zu berichten – wie ich auf den Tisch gesprungen war, Kasatschock getanzt hatte und dann, wie ein Irrer lachend, irgendwelchen wichtigen Leuten auf den Schoß geplumpst bin.

Eines Tages bei gleicher Gelegenheit fiel ich auf den Schoß von ein paar Typen in Zivil, getarnt als Cowboys in Jeans und Karohemden. Die Typen fluchten wie russische Matrosen und schrien, noch lauter als ich, auf Russisch mit Moskauer Akzent zu unseren Generälen und Offizieren rüber: »Ihr habt uns verraten! Verraten habt ihr uns! Ihr seid doch die Armee! Warum habt ihr denn geschwiegen? Gorbatschow, diese Scheißschwuchtel! Der hat uns doch einfach dem Schicksal überlassen!!!«

Man flüsterte mir zu, dass das Ehemalige aus der DDR seien, von der Volksarmee, die lange in Moskau an der Generalstabsakademie studiert hatten.

»Verkauft habt ihr uns! Für Valuta!!!«

Die russischen Frauen der Cowboys nickten zustimmend mit gesenktem Blick.

»Große Brüder, große Brüder! Wo seid ihr denn jetzt, große Brüder?!«, schrie einer der Strullbesoffenen einem seiner am Tisch gegenüber sitzenden Moskauer Kommilitonen ins Gesicht.

»Wo, wo …«, brummte ein älterer Unteroffizier, während er das Geschirr vom Tisch abräumte, »… da, wo ihr auch seid – am Arsch!«

Der Typ im Karohemd riss sich vom Sitz und rannte hinters Haus, um zu kotzen. Nein, nicht wegen des Getrunkenen, er hätte weitaus mehr gekonnt, nein, einfach nur so, rein menschlich. Ihm ging's scheiße.

Dieser Zwischenfall unterbrach meine künstlerisch gestaltete Show genau auf ihrem Höhepunkt, wo ich normalerweise wild schreiend dazu überging, die feiernden Offiziere anzuspringen und ihnen die Schulterstücke von der Uniform zu reißen.

Mir blieb nichts anderes übrig, als mich still am Rand neben jemanden zu gesellen, das Gesicht in eine Salatschüssel gesenkt, und so zu tun, als würde ich schlafen, damit man mich so schnell wie möglich in mein Offiziershotel rübertrug.

30.
ONE FOR THE ROAD

Keiner will es abstreiten: Trinken ist ungesund. Das aber nur, wenn man zu viel trinkt.

Spricht man aber von der richtigen Menge, so spricht man von unbetretenem Terrain, denn die richtige Menge hat noch niemand jemals erwischen können. Und vielleicht genau deshalb trinkt man den Ersten immer hoffnungsvoll auf die Gesundheit.

Die einen trinken, um zu vergessen, die anderen, um sich zu erinnern. Jedes neue Glas weckt die nächsten Erinnerungen, und man erinnert sich an alle möglichen Sachen und erzählt sie und erzählt und erzählt … Und man weiß gar nicht mehr, was war und was überhaupt wahr ist.

Gespräche im Suff ziehen sich immer bis tief in die Nacht.

In der Küche, wo man sich zusammenfindet, ist es so verraucht, dass das Lüften keinerlei Wirkung zeigt. Alle Probleme, die man hat oder die das Fernsehen widerspiegelt, sind längst besprochen, und für all diese Probleme findet man durch und durch kompetente Lösungen. Und diese Lösungen sind so innovativ, dass sie mit keiner Lösung, die der Rest der Welt gefunden hat, übereinstimmen.

Außerdem wird einem nach solchen Gelagen vieles klar: Nämlich dass das Abnehmen sehr wohl möglich und eigentlich ganz einfach ist, ebenso wie mit dem Rauchen und dem Trinken aufzuhören, man muss nur mal anfangen zu wollen. Und überhaupt, dass in der Kunst ein Mangel an frischen Ideen herrscht. Und dass sei-

nen Arsch von der Bühne zu zeigen schon lange keine Kunst mehr ist. Wenn jetzt aber die Zuschauer im Saal aufstünden und denen, die von Berufs wegen auf der Bühne stehen, ihren nackten Arsch entgegenstreckten – ja, das wäre mal 'ne Performance!
Beim Wort »Arsch« kommt das Gespräch auf Politik. Und es wird beschlossen, dass Politik scheiße ist und die Politiker allesamt Kackeschöpfer. Und überhaupt, es wäre gar nicht schlecht, wenn die Schwarzen ein bissel grüner würden, die Grünen etwas röter, die Roten etwas gelber.
Ist doch gut, dass die Welt bunt ist! Ist doch gut, dass man frei ist und sagen kann, was man will … Die ganze Wahrheit!
Aber besser, man lässt es, denn wenn man mal die ganze Wahrheit sagt, werden alle, ohne Ausnahme, aufeinander sauer sein.
Deshalb: Lasst uns kein Wort mehr verlieren. Lasst uns noch einen trinken, one for the road, und ab nach Hause. Aber man verharrt ja doch im Flur und verfängt sich in neuen Gesprächen. Die Uhr an der Wand schlägt drei nach Mitternacht, und allen wird jetzt unwiderruflich klar, dass es Zeit wird. Zeit für eine neue Flasche.

DANKSAGUNG

Der Autor bedankt sich von Herzen bei Peter und Ludmila Steinacker für ihre Hilfe bei den ersten Schritten auf dem Weg zur Entstehung dieses Buches.

ARMIN MUELLER-STAHL
Die Jahre werden schneller
Lieder und Gedichte
220 Seiten. Gebunden
Mit 68 Abbildungen
ISBN 978-3-351-03353-8

Eine Autobiographie in Versen und Bildern

Seit Jahrzehnten schreibt Armin Mueller-Stahl Lieder und Gedichte. Mit vielen von ihnen bestritt er, gemeinsam mit dem berühmten Jazzmusiker Günther Fischer, legendäre Bühnenprogramme und Fernsehshows. So entstand eine Autobiographie in Gedichten. Sie handeln von Herzenssachen, wie unglücklichen oder gelungenen Lieben, von den Plagen der Menschheit, wie Armut, Kriegen, skrupellosen Politikern. Von den Erfolgen und Niederlagen eines Künstlerlebens, von Sternstunden im Rampenlicht und Nächten des Selbstzweifels. Das Bestechende an den Gedichten Mueller-Stahls ist die Balance zwischen Ironie und Poesie sowie seine Fähigkeit, scheinbar kleine Alltagserlebnisse prägnant und poetisch zu erfassen.

Mehr Informationen erhalten Sie unter www.aufbau-verlag.de oder in Ihrer Buchhandlung

aufbau

ANDREY HERMLIN
My Way
Autobiographie
288 Seiten. Gebunden
Mit 35 Abbildungen
ISBN 978-3-351-02726-1
Auch als ebook erhältlich

Von Pankow nach New York

Andrej Hermlin kann als Kind in Begleitung seines prominenten Vaters reisen und sieht die Welt. In der Schule wird er deshalb oft angefeindet. Ein Fluchtpunkt ist für ihn die Musik. Als Vierjähriger hört Andrej Hermlin zum ersten Mal jene Melodien, die ihn fortan nicht mehr loslassen – amerikanischen Swing aus den 30er Jahren. Bereits 1987 gründet er seine erste Band, heute tourt er mit dem berühmten Swing Dance Orchestra weltweit erfolgreich. Seine Autobiographie ist ein Rückblick auf eine ungewöhnliche Kindheit und Jugend in der DDR, eine Reise in die faszinierende Welt des Swing und erzählt von Begegnungen mit Dichtern wie Pablo Neruda, Max Frisch oder Heinrich Böll.

»Der deutsche Botschafter des amerikanischen Swing.« DIE WELT

»Hermlins neue CD beeindruckt sogar amerikanische Kritiker.« DIE ZEIT

Mehr Informationen erhalten Sie unter www.aufbau-verlag.de
oder in Ihrer Buchhandlung

aufbau

GERT SCHRAMM
Wer hat Angst vorm schwarzen Mann
Mein Leben in Deutschland
304 Seiten. Gebunden
Mit 10 Abbildungen
ISBN 978-3-351-02727-8

»Einfach einstecken – das lag mir nicht.«

Gert Schramm wird 1928 als Sohn einer Deutschen und eines schwarzes US-Amerikaners in einem kleinen thüringischen Dorf geboren. In die behütete Kindheit des Jungen, dem man seine »nicht arische« Herkunft schon weitem ansieht, bricht bald schon die Allgegenwart des Nationalsozialismus ein. Die Haft im KZ Buchenwald überlebt der Fünfzehnjährige nur aufgrund der Courage seiner Mithäftlinge. Nach Kriegsende muss er erleben, dass diejenigen, die für sein Schicksal Mitverantwortung tragen, noch immer in Amt und Würden sind. Er geht zunächst in den Westen Deutschlands, später nach Frankreich, kehrt jedoch schließlich in die DDR zurück. Dort widersetzt er sich bewusst der sozialistischen Doktrin und macht sich mit einem Transportunternehmen selbstständig. Seit er nach der Wende von Neonazis bedroht wurde, engagiert er sich in der Aufklärungsarbeit gegen Rechts. Seine Erinnerungen sind ein eindringliches Zeugnis, wie Rassismus und Ausgrenzung die Gesellschaftssysteme überdauern und was man dagegen tun kann.

Mehr Informationen erhalten Sie unter www.aufbau-verlag.de oder in Ihrer Buchhandlung

aufbau